BLACKOUT

ROBERTO LEONARDI

BLACKOUT

Traduction de l'italien par
Angelina OSWALD – Stagiaire – Travaux préparatoire
1ère traduction.
Océane LESENNE et Nathalie GOUILLON Traduction finale.

M+ ÉDITIONS
6 rue Masséna
69006 Lyon
mpluseditions.fr

Composition Marc DUTEIL
ISBN : 978-2-38211-260-1

À *ma famille, pour l'amour infini avec lequel je me nourris chaque jour*

Prologue

7 mai 1963 (Roswell, Géorgie)

Ethel cligna des yeux et fixa le plafond dans la pénombre ; un réveil imprévu entraîna sur son passage les fragments d'un cauchemar.

Cependant même dans la réalité quelque chose clochait. En effet, la petite fille était incapable de bouger.

Une force obscure et invisible l'oppressait, elle n'arrivait plus à respirer.

Paralysés sous la couverture, ses membres ne répondaient plus. Dans la confusion de cette obscurité voilée, l'enfant fit le seul mouvement dont elle était capable : ses yeux se mirent à regarder autour d'elle jusqu'à ce que son regard glisse vers le bas, au pied du lit. Ce fut à ce moment qu'elle comprit qu'elle n'était pas seule. Dans les ténèbres, des traits dessinés à la craie représentaient la silhouette d'un être abominable. Des iris jaunâtres, enclavés dans un visage à la peau rugueuse la scrutaient, faussement curieux. Ils la voulaient, elle et son dernier soupir

Crie, Ethel ! lui suggéra une voix dans sa conscience. *Pourquoi n'appelles-tu pas à l'aide ? Si tu restes muette, c'en sera fini de toi. Tu finiras comme Adèle, tu le sais. Tu mourras !*

Mais le souffle d'Ethel s'était déjà perdu loin dans sa gorge, amalgamé dans une boule de bile et de peur. Elle aurait même vomi, si elle avait pu seulement ouvrir la bouche.

Au moment même où cette pensée traversa l'esprit engourdi de la petite, la créature bondit, rapide comme le vent. Si rapide que la fillette ne parvint pas à suivre son déplacement. L'être disparut de son champ visuel, avant de reprendre forme aussitôt, à califourchon sur son corps frêle, avec sa bouche en putréfaction et sa langue fourchue qui serpentait à quelques centimètres de son visage. Le poids qui comprimait son estomac se fit plus lourd, une pression prolongée et douloureuse, comme si des os acérés lui perforaient la chair, lentement.

En désespoir de cause, Ethel se débattit. Presque un spasme. Avec une force démesurée, elle parvint à chasser ce fardeau qui l'oppressait. Sa cage thoracique recommença à se gonfler et à accueillir l'oxygène vital. L'horrible silhouette aux traits semblables à ceux d'une vieille sorcière se volatilisa soudain.

Les poumons de la petite fille reprirent leur rythme naturel. Elle était sauve. Elle avait été forte, plus forte que sa petite sœur.

Car cela faisait maintenant un an, qu'Adèle l'avait quittée.

Un an qu'Adèle était morte.

JOYLET
(Cahier Violet)

La logique vous mènera d'un point A à *un point B, l'imagination vous mènera partout.*

Albert Einstein

Dans la vie, il y a des choses que tu cherches et d'autres qui viennent te chercher.

Tu ne les as pas choisies, ni même voulues, mais elles arrivent et après tu ne seras plus le même. À ce moment-là, il y a deux solutions : soit tu fuis en cherchant à les laisser derrière toi ; soit tu t'arrêtes et tu les affrontes. Quelle que soit la solution que tu choisis, elle te change, et tu as seulement la possibilité de choisir si c'est en bien ou en mal.

Giorgio Faletti - In « Io uccido[1] »

1. Je tue

1

Aujourd'hui, 29 novembre 2014 (Atmore, Alabama)

Les circonstances tragiques qui nous ont contraints à fuir de Joylet me tourmentent encore aujourd'hui, malgré les dizaines d'années passées. Si cela était possible, je me soumettrais volontiers à un reset partiel de ma mémoire afin d'effacer ces souvenirs qui résonnent encore en moi.

Je ne demande rien d'autre que d'oublier ces jours épouvantables. Ce cataclysme : la fureur de la nature au service de la folie d'un être humain voire plus, mais cela, on ne l'a jamais su. Peu nous importe désormais de savoir combien étaient ces bêtes sanguinaires qui rôdaient autour de nos habitations lors de ce mois de janvier de l'année 1983.

J'ai essayé de prendre mon courage à deux mains, de déchirer ces cinq cahiers où j'ai retranscrit tous les événements de notre bref séjour à Joylet, mais je n'y suis pas arrivée. Je n'ai pas réussi à m'en défaire, effacer ce qu'il s'est passé serait impossible. Je les ai donc enfermés dans une malle, que j'ai soigneusement fermée avec un cadenas.

J'ai mis cette malle dans un coin de la chambre de mon petit-fils, isolée, enveloppée dans un tissu bleu brodé.

Je sais pertinemment que certains agissements servent bien peu. Cacher ne veut pas dire oublier.

***

Comment tu les as trouvés, Stevie ? demandé-je en référence aux cahiers que mon petit-fils a entre les mains lorsqu'il entre dans ma chambre.

Steven est un petit garçon espiègle, le seul que m'ait donné ma fille. Je me souviens encore quand je l'ai vu pour la première fois, emmitouflé dans les bras de sa mère. Il n'a pas versé une seule larme, Steven est né avec le soleil dans les yeux. À cette époque, c'était un petit garçon bien en chair qui avoisinait les cinq kilos, et j'aurais pu tout imaginer, mais pas qu'il se présente ainsi au seuil de son septième anniversaire, frêle et délicat comme un cristal de Baccarat.

– Qu'est-ce que ça peut te faire, mamie ?

– Ce sont les miens, ce sont mes cahiers.

Steven soupire et se retourne vers ma fille qui, depuis qu'elle est rentrée, s'est blottie dans un coin et n'a pas dit un seul mot. C'est une femme qui préfère écouter plutôt que de parler pour ne rien dire.

– OK, d'accord, me répond-il à contrecœur. J'ai pris les clefs… dans ton sac à main. Je veux savoir ce qu'il y a écrit dedans.

Je le regarde de travers. Une envie malsaine de le baffer m'effleure, mais je la réfrène rapidement. Ce n'est pas la peine de s'énerver pour une bêtise de ce genre. Au fond, c'est juste un enfant.

– Tu sais que ça ne se fait pas, ça, Stevie ? N'est-ce pas ? Il acquiesce de sa petite bouille au teint lisse et hâlé.

– Et tu sais aussi ce qui t'attend…

– Je sais… mais… j'ai pas envie !

Je lui reprends les cahiers des mains, malgré sa faible résistance. Je serre contre ma poitrine le premier carnet, le violet, et fixe mon petit-fils d'un air de défi.

– Dans ce cas, je ne te raconterai rien de Joylet.

Oui, je lui fais du chantage, accentuant intentionnellement le dernier mot.

Joylet. Je fais comme si j'allais me lever du bord du lit. Steven ne me laisse pas faire, il m'attrape par l'avant-bras et pose son regard de chien battu sur moi.

– OK. On va faire la vaisselle après…

– Ce n'est pas suffisant, lui précisé-je, en remuant mon index devant son nez.

– Toute la semaine ?

– Parfait ! C'est mieux comme ça.

– Par contre, maintenant tu vas me parler de… *Joyler* ?

– Joylet…

– Oui… Joylet.

Je lui caresse les cheveux, et pendant ce temps, je cherche un signe d'approbation de ma fille qui nous observe sur le seuil de la porte.

Elle accepte d'un haussement d'épaules. Les lignes écrites dans ces pages ne sont pas vraiment adaptées à un enfant, j'en suis consciente. Elle aussi.

Feuilleter ces cahiers c'est comme rouvrir une blessure d'où s'écoule beaucoup de sang, du sang empoisonné.

Il est impossible d'oublier les images d'un massacre.

– Ça marche, ajouté-je pour le satisfaire.

– Tu me le jures ?

– Je te le jure.

2

Avril 1982 (Joylet, Pennsylvanie)

Nous arrivâmes à Joylet par un après-midi pluvieux, même si le qualifier de « pluvieux » était assez réducteur. Des gouttes énormes, aussi grosses que des noix, tombaient sur le comté de Luzerne depuis au moins trois heures. Les spécialistes, et là on pourrait écrire un chapitre entier sur la fiabilité des prévisions météorologiques, avaient assuré que le phénomène se serait calmé à la tombée de la nuit. Ils promettaient du beau temps pour les trois semaines à venir avec du soleil en abondance partout en Pennsylvanie.

Par chance, les choses se passèrent exactement comme ils l'avaient prévu.

Nous étions alors presque arrivés, nous avions dépassé depuis moins d'une minute le panneau « Joylet, 6,5 km ». Une légère montée et à son sommet, de l'autre côté de la protubérance de goudron, l'excentricité de Joylet.

Christopher détacha sa ceinture de sécurité. J'en fis de même. Entre-temps, la pluie avait ralenti et la visibilité s'était améliorée. Au loin, par-delà du lit du fleuve, une zone urbaine exiguë s'enroulait sur elle-même, comme une énorme lance à incendie. D'où j'étais, je discernais la rue principale du village : une boucle de bitume d'un noir si profond qu'on pouvait le confondre avec un rouleau de réglisse géant.

J'étais stupéfaite.

– Arthur ne plaisantait vraiment pas ! dis-je à mon mari, repensant aux étrangetés de Joylet dont nous avait parlé un ami de Northport.

À présent la nationale redescendait, et grâce à l'effet inévitable de la gravité, la pente facilita la descente de notre Pontiac Le Mans.

– Le caprice d'un homme pourri gâté, me rappela Christopher avec un sourire amer. Je croyais vraiment que c'était une énième imbécillité du vieil Artie, mais en réalité, non. J'ai du mal à y croire. Une route en spirale et un assemblage de baraques colorées. Va savoir dans laquelle ils nous ont fourgués. Tu préfères le rouge ou le vert, chérie ?

Il n'y avait vraiment pas de quoi rire. L'humour de Chris m'avait de nombreuses fois remonté le moral, mais dans ce cas-là, pas du tout. Il ne ferait pas demi-tour, ne me ramènerait pas en Alabama, dans notre belle maison de Tuscaloosa. Je me concentrai de nouveau sur la route. La nationale était rectiligne sur une centaine de mètres avant d'arriver à un rond-point qui permettait de prendre trois directions différentes, nous avions donc trois choix possibles.

La première à droite : faire demi-tour. Si seulement !

La deuxième en face : se diriger vers la côte orientale. Toujours mieux que la merde qui nous attendait, là au moins, nous aurions pu plonger dans le bleu de l'océan.

Et enfin, la dernière possibilité : s'engager sur le pont qui, à gauche, surplombait le fleuve, l'unique route possible pour ceux qui voulaient rejoindre Joylet avec un moyen de transport. J'ai précisé « moyen *de transport* » car, en réalité, il existait une alternative au pont, et celle-ci consistait en une longue expédition, à pied bien évidemment, à travers les arbres d'une immense forêt au sud du village.

À la moitié de la passerelle de ciment, je fus tout à coup prise d'un mauvais pressentiment lorsque j'entendis un gravillon grincer sous les roues de la Pontiac. Sur cette infrastructure grisâtre, où nous étions suspendus à dix mètres au-dessus des eaux du fleuve, je sentis naître en moi un terrible sentiment d'insécurité. J'avais comme l'impression d'être traînée contre ma volonté vers un monde misérable, engloutie par un sac visqueux et purulent, où vers et insectes insatiables attendaient chair et moelle pour pouvoir commencer leur banquet.

Le terrain d'où pointaient les maisons polychromes de Joylet était aux trois quarts encerclé par un large affluent du Susquehanna, et le quart restant, une étendue à l'écart du village dominée par un labyrinthe de végétation, était le seul lien qui le rattachait à la terre ferme. Ce petit village avait été édifié sur une presqu'île, une langue de terre qui chatouillait l'enclave au coude du grand cours d'eau.

Le panneau signalétique – lettres blanc sale sur un fond vert – annonçant : BIENVENUE À JOYLET – était aussi accueillant que pouvait l'être cet ensemble concentrique de constructions.

La carrosserie métallique de la Pontiac, reluisante grâce à la bienveillance de la pluie, dépassa un petit tronçon de route délimité par des rangées de peupliers centenaires. Le boulevard, connu sous le nom de Spire street, ne tarda pas à bifurquer vers la gauche, pour repartir dans l'autre sens avant de se remettre sur sa trajectoire initiale. Un virage de bien trente degrés qui reproduisait une force centrifuge constante et agaçante. Vus de l'extérieur, nous ressemblions à deux enfants dans un manège au parc d'attractions, avec Chris qui tenait le volant d'une seule main, en suivant la ligne blanche badigeonnée sur le bitume de Spire street, et moi qui serrais énergiquement la poignée de la portière pour éviter de glisser au centre de l'habitable.

Une scène tragicomique, accrue par l'orage qui nous martelait à nouveau d'énormes gouttes.

– Mais ils t'ont d… je dus m'interrompre contre mon gré, cette route en tire-bouchon me donnait la nausée. Ils t'ont dit où aller ? réessayai-je.

– Oui… enfin non. Une abrutie cette secrétaire, pesta Chris imitant le couinement de Madame Owens.

Chris était vraiment très fort ! L'imitation était son don, sa bouée de sauvetage dans les périodes de disette. Elle lui avait permis de joindre les deux bouts jusqu'à ce que, hélas, en juin 1980 il me demande de l'épouser. La maigre rétribution d'un acteur comique – il travaillait avec une compagnie de théâtre et s'amusait aussi à organiser des petits spectacles de cabaret aux alentours – et mes petits travaux de couturière n'étaient pas suffisants pour vivre une vie de couple digne de ce nom. D'où le déménagement à Joylet. En effet, le lundi suivant, mon mari commencerait à trimer dans les mines de charbon de Fred Hutchison, l'homme aux caprices, pourri gâté, pour qu'on se comprenne.

C'est simple, Monsieur Goldwyn, avait précisé Madame Owens. Vous n'avez qu'à rester sur la route principale. Et si vraiment vous ne trouvez pas, demandez à quelqu'un. C'était la maison de Joseph Walker, vous ne pouvez pas vous tromper. La secrétaire avait prononcé le nom de Joseph Walker comme s'il avait été une célébrité au crépuscule de sa carrière.

– Chris, tu aurais pu lui demander le numéro quand même, non ? Sait-on jamais !

Christopher écrasa délicatement le frein, la voiture ralentit.

– C'est un bistro ça ? me demanda-t-il, ignorant ce que je venais de lui reprocher.

– Où ça ?

– Devant toi. Là, sur ta droite.

Je m'appuyai sur la poignée de la porte pour me redresser, de l'autre main j'enlevai la buée sur la vitre et lus l'enseigne lumineuse délavée par les gouttes d'eau qui faisaient la course sur la fenêtre. « WHINER SQUONK – OUVERT DE 6.00 AM À 12.00 PM ». *Squonk* ? C'est quel genre de mot ça ? Un hiéroglyphe de dessin animé ? On aurait plutôt dit une onomatopée de bande dessinée, le bruit d'un rebond qui a mal fini sa course : le *Boing* ! *Boing* ! d'une balle qui s'éclatait contre un mur comme une tomate pourrie.

– On dirait bien que oui, répondis-je.

Chris ne se le fit pas répéter et se faufila sur le parking juste devant. Il se gara à côté d'une Cadillac couleur taupe au pare-chocs branlant et aux flancs parsemés de bosses.

– Tu m'attends là ?

– Même pas en rêve !

En un éclair, j'ouvris grand la porte de la voiture pour me réfugier sous une bâche en tissu à rayures verticales, trempée et ruisselante. Mon mari me rejoignit immédiatement, se protégeant la tête avec sa veste en jean. Sans attendre, il poussa la porte d'entrée.

Un carillon avertit le propriétaire de notre arrivée.

Une odeur de friture et de viande brûlée régnait à l'intérieur. L'auberge était déserte à l'exception d'un tas de lard, affalé sur la dernière table à notre droite, qui ronflait à plein régime. Au premier coup d'œil, on aurait dit un obèse qui s'était endormi au mauvais endroit, mais ce n'était pas le cas.

On apprendrait plus tard que ce gros plein de soupe s'était gavé de hot-dogs et avait bu une quantité démesurée de blondes. Il était là depuis environ une demi-heure, en retrait, bourré comme un coing, à grogner comme un sanglier.

– N'ayez pas peur, lança une voix rauque et traînante.

Nous regardâmes autour sans pouvoir identifier la personne qui avait parlé.

– Avancez. Vous êtes nouveaux, c'est ça ?

Mon cœur se mit à battre à toute allure et je me serrai tout contre Chris. Nous étions tous deux perdus. S'avancer ? Oui, mais où ? Là, dedans, à part un gros enraciné dans son sommeil, il n'y avait personne d'autre.

– Qui êtes-vous ? demanda Chris en prenant son courage à deux mains.

Un ricanement glaireux me fit sursauter. Mon mari tendit l'oreille.

– Ne m'obligez pas à me lever. Approchez-vous, s'il vous plaît.

Christopher déglutit. Il posa ses yeux sur moi et, levant le menton, m'indiqua l'endroit d'où il pensait que venait la voix.

– Là-bas, me murmura-t-il.

Disposés en demi-cercle, trônaient un canapé et deux fauteuils identiques à haut dossier, en miroir. À coup sûr, quiconque entrait dans cet endroit s'asseyait sur l'un des deux fauteuils jumeaux.

Chris fit le premier pas, et je le suivis, lui collant aux basques. Nous avançâmes, incertains, entre deux rangées de tables. Nous effleurâmes un jukebox et nous nous figeâmes soudainement. Un fauteuil grinça, pivotant sur l'axe métallique qui le soutenait. L'homme qui l'occupait se fit craquer le cou puis ouvrit grand ses bras. Un sourire oblique marquait son visage.

– Coleman Cox, pour vous servir.

3

Coleman Cox était un gars d'environ soixante ans, au physique banal et à l'attitude très calme. Ses mouvements lents faisaient penser à ceux d'un paresseux tridactyle et en l'observant attentivement il ressemblait à Gomez de la famille Addams. Un personnage que j'adore. Il ne lui manquait que le cigare magique pendu aux lèvres, mais le reste, la chevelure et les moustaches, étaient identiques.

Coleman nous parlait en gesticulant au ralenti.

Rien de terrible en réalité, juste mille courbettes pour nous inviter à nous asseoir. Pendant ce temps, le déluge ne semblait pas vouloir se calmer, nous avions donc largement le temps de bavarder. Hypnotisés par ses mouvements si lents, mon mari et moi restâmes là, à l'écouter, hébétés.

– Ça alors ! Vous auriez perdu votre langue par hasard ?

Chris fut plus rapide que moi et secoua la tête.

– Non, bien sûr que non, Monsieur Cox.

– Ben alors ? Que faites-vous encore là, immobiles comme des statues ? Installez-vous. Je ne crois pas que vous ayez un balai dans le cul ! nous encouragea-t-il de manière obscène, avant de se donner de l'élan avec la pointe du pied.

Son fauteuil pirouetta à nouveau et il se remit dans sa position initiale. Satisfaisant à la requête de Coleman, nous nous assîmes sur le canapé en nubuck à bandes multicolores.

Nous étions très proches, trop proches de l'homme, moins d'un mètre de distance. Cox dégageait une odeur dissonante, comme une émanation de rôti assaisonné à l'eau de Cologne. Je fronçai le nez instinctivement, et après un furtif coup d'œil inquisiteur, je fus contrainte de détacher mon attention de son visage. Il était énigmatique. Embarrassée, je me retrouvai à fureter du regard tout autour de moi, à la recherche d'un quelconque objet sur lequel faire semblant de me focaliser. À droite, à gauche, en bas, en haut. Mais jamais en face, sur l'homme qui occupait la caquetoire au grand dossier. Je ne saurais dire pourquoi, mais le regard de Coleman m'intimidait. Il était glacial, des iris bleu ciel, ombrés. Ils étaient d'une couleur presque blanche, peu communs, et rendaient son regard magnétique et sinistre. Ses cornées semblaient opaques, comme celles des personnes devenues aveugles à cause d'une maladie rare. Mais lui, il n'était pas aveugle, Coleman Cox nous voyait très bien. Oh, que oui, il nous voyait !

– À qui ai-je l'honneur de parler ? poursuivit-il en s'adressant à Chris.

Il avait certainement flairé mon embarras ou plus simplement, c'était un pur misogyne.

Chris légèrement penché en avant, était voûté, et frottait ses mains devenues moites.

– Excusez-moi, Monsieur Cox. Enchanté, je suis Christopher Goldwyn, se présenta-t-il. Et elle… il me donna un léger coup de coude dans le flanc, c'est Ethel, ma femme.

Je souris, nerveuse, et Coleman décela également cet éclair d'insécurité qui me saisit.

– Quoi qu'il en soit, vous êtes ici pour la mine de charbon de mon cousin Fred je présume.

– Comment le sav… tenta de demander Chris.

– Comment je le sais ? l'interrompit Coleman.

Un léger ricanement lui échappa.

– En général, les habitants de Joylet sont presque tous des mineurs, les hommes en tout cas. Parce que, si je ne m'abuse, vous êtes bien un homme ? J'ai tort ?

Chris acquiesça, ouvrit la bouche et laissa apparaître ses incisives colorées de nicotine.

– Vous aussi vous travaillez à la mine de Raw Coal ?

Coleman pencha son cou comme un pinson curieux.

– Diantre… non ! Fred ne va quand même pas embaucher sa famille. Et puis, qui ferait avancer cette boutique ? Mon cousin a été rusé. Il s'est approprié les terrains les plus riches en charbon à quelques kilomètres d'ici. Sa brillante idée de créer Joylet lui est venue dans un second temps. Deux ans plus tard. Cet endroit, il ne l'a pas choisi au hasard et il en a aussi payé le prix, précisa-t-il, faisant claquer sa langue contre son palais.

– Ici ? demanda Chris avec un geste théâtral.

Ce bout de terre confiné entre une forêt interminable et les bras d'un fleuve méritait-il réellement une dépense si importante ? Fred Hutchison avait-il vraiment flairé l'affaire du siècle en acquérant cette parcelle de terrain oubliée par notre Seigneur ? La terre habitée la plus proche de Joylet n'était après tout qu'à quarante kilomètres…

– Cette ville ne vous plaît pas, Monsieur Goldwyn ?

– Je n'ai pas encore eu le temps d'en *profiter pleinement.* De ce que j'ai pu constater, c'est très coloré. C'est un lieu très… équivoque, si je puis dire. Mais je le trouve quelque peu troublant, je ne sais pas si vous comprenez.

Coleman plissa les yeux et farfouilla dans la poche de son pantalon. Il en sortit une pipe en bruyère et tout l'attirail pour la faire fonctionner : tabac, cure-pipe et une boîte d'allumettes.

Avec son flegme habituel, Cox effectua plusieurs actions nécessaires à l'allumage. Un laps de temps qui me parut interminable.

Pendant ce temps-là, je levai la tête. Je ne pouvais pas rester comme ça, la tête baissée, comme une pécheresse en attente de sa rédemption.

Je regardai autour de moi. Depuis que j'étais entrée dans cette auberge, je n'avais pas fait attention aux murs décorés de têtes empaillées de cerfs et de renards argentés, de cadres photo représentant des scènes de chasse ou le groin d'un animal similaire à un phacochère. Il était évidemment que Coleman aimait la poudre à canon et le gibier.

– Je comprends, Monsieur Goldwyn, reprit-il après avoir fumé une première bouffée de tabac. Mais je suis certain que vous changerez d'avis. C'est tranquille ici. Vous saurez en apprécier ses bienfaits... quand vous ne travaillerez pas, bien naturellement. Mais dites-moi : quand est-ce que vous commencez ? Lundi ?

– C'est ça. Mais nous ne savons pas encore quel est notre logement.

Coleman aspira une nouvelle bouffée du tuyau de la pipe et le tabac se mit à rougeoyer dans le foyer. Formant un rond avec sa bouche, il en laissa s'échapper un petit cercle de fumée. Son regard de glace s'illumina.

– Pardieu ! s'exclama-t-il. J'ai compris maintenant. Corrigez-moi si je me trompe, mais vous êtes là pour remplacer Cyclope n'est-ce pas ?

– Non, non. Enfin, ça, je n'en sais rien. On ne m'a pas parlé d'un remplacement. Pour la maison en revanche Madame Owens m'a parlé de son ancien locataire, un certain Joseph Walker.

– Exactement, s'écria Cox en écartant les bras. Cyclope ! C'est un vrai miracle que cette canaille soit encore en vie. Il aurait pu y laisser sa peau, vous savez ? Heureusement on lui a seulement retiré l'œil abîmé. Par contre, il en a perdu son poste à la mine, ça oui. Non pas qu'il lui restât beaucoup d'années à tirer. À cet âge-là, les muscles se ramollissent et l'énergie diminue alors que là en bas, il faut bûcher dur. Creuser à la pioche, frapper et tailler comme un forgeron. Et celui-là… pardonnez-moi la vulgarité Madame Goldwyn, n'avait même plus la force de se secouer le petit oiseau.

Je rougis et ne dis rien.

– Walker, c'est ça ? Et qu'est-ce qu'il est devenu ? demanda mon mari.

Coleman nous indiqua un point dehors, derrière la grande fenêtre. La pluie dense obstruait tout ce qui pouvait se trouver derrière la vitre de l'auberge.

– Là-bas ! Dans la forêt.

– Dans la forêt ?

– C'est ça. Il a été expulsé fin janvier. Mais il n'a pas voulu s'en aller. Têtu comme une mule, le bigleux. Il a squatté un petit refuge abandonné, construit il a des dizaines d'années par les bûcherons du coin. Mon cousin n'a rien eu à redire, et maintenant Cyclope crèche là-bas, caché dans les branchages de Lynwood. On peut voir sa cabane depuis votre maison.

Il se mit à pianoter sur l'accoudoir de son fauteuil et sourit.

– De temps à autre il vient au village pour faire ses courses puis il retourne en compagnie de ses lièvres et de ses ratons laveurs. Tant mieux pour lui.

Chris haussa les épaules.

– Je ne suis pas beaucoup plus éclairé, Monsieur Cox.

Coleman se gratta la tête avec sa pipe.

– J'y arrive, patience. Vous voyez des bêtes qui nous courent après pour nous mordre les fesses, par hasard, Monsieur Goldwyn ?

– Non.

– Très bien, j'en suis heureux. Maintenant, je vous explique tout. Comme vous avez pu le constater, Joylet a une grande rue principale, Spire street. Mon cousin est un blagueur…

Blagueur ? En réalité, je pensais à tout autre chose, moi. La définition d'Artie correspondait au concept : « le caprice d'un homme pourri gâté ». Mais étant donné le lien de parenté entre notre interlocuteur et le prochain patron de mon mari, je ne dis rien.

– Il a conçu de cette manière, une route qui tourne sur elle-même, comme une spirale, et qui se termine sur la place centrale, Rainbow square. Spire street est composée de trois cercles complets que nous appelons, en partant de l'extérieur : troisième, deuxième et premier anneau. Vous allez me dire : il n'y a pas d'autres rues ? Bien sûr que si ! Imaginez la jante d'une roue de vélo composée de six rayons. Voilà, Joylet est exactement comme ça. De la place principale, six chemins divisent le village en six secteurs égaux. Un secteur égal un quartier. Les murs des habitations de chaque quartier sont monochromes et chaque quartier a sa propre couleur ; turquoise, vieux rose, ocre, rouge corail, vert citron et blanc.

– Attendez, un instant s'il vous plaît, le coupa Chris en se passant la main dans les cheveux.

Sa patience était en train de vriller, je le lisais dans les petites rides qui lui striaient le front. Plus qu'un plaisantin, Fred Hutchison possédait tous les attributs de quelqu'un de très déséquilibré.

– Vous êtes en train de me dire que personne ne s'est opposé à un projet, comment dire, aussi délirant ?

– C'est un peu fort comme terme, Monsieur Goldwyn. Quel délire ? Fred a créé des postes de travail sortis de nulle part. Je ne vois pas pourquoi on aurait dû refuser son projet. Ce n'est pas une nouveauté non plus ! Déjà avant notre siècle, aux États-Unis, des petits villages ont été créés pour accueillir les mineurs et leur famille. Fatigués par leur travail, les mineurs abandonnaient leur résidence pour aller chercher fortune ailleurs. Par conséquent, les villages se dépeuplaient, se transformant en villes désertes. Des villes fantômes. On en a par dizaines en Amérique. Vous croyez peut-être que je vous raconte des balivernes ?

J'écoutais, impassible. Je recevais et enregistrais chacune des informations énoncées. Il est vrai que le mot « délirant » prononcé par Chris pouvait sembler exagéré pour ceux qui vivaient ici et étaient habitués à Joylet comme Cox, mais pas pour moi en revanche. Une route en colimaçon. Des secteurs divisés selon leur couleur. Des maisons aux façades turquoise ou rouge corail : le pays des jouets.

– Non, non, les discours sur l'occupation et les villes fantômes ne font aucun doute. Mais ne me dites pas que tout ceci reflète la tradition. Aux États-Unis, nous avons des villes structurées avec un certain rationalisme. Ici, on se croirait à bord des montagnes russes de Notting Hill.

Chris prit une grande respiration, peut-être pour essayer de passer outre l'opinion qu'il s'était faite de Joylet.

– Quoi qu'il en soit, pourriez-vous m'expliquer dans quel quartier, ou secteur, ou comment diable vous l'appelez, on nous a fichus ?

Coleman fronça les sourcils, et ce faisant, sa chevelure se leva et s'abaissa comme s'il portait une perruque.

– Dans le troisième anneau du troisième secteur, à quelques pas d'ici. Quartier White Smoke. Numéro trois.

– Merci beaucoup, Monsieur Cox. Nous sommes donc dans le même quartier ?

– Il n'y a pas de quoi. Non, moi j'habite à l'étage, dit-il en levant l'index vers le plafond. Ici, on est dans le quartier Ocher, le quartier limitrophe.

À ce moment, je pris mon courage à deux mains :

– Vous travaillez seul, Monsieur Cox ? lui demandai-je.

Le propriétaire du Whiner Squonk se tourna vers moi nonchalamment.

– Ah ! J'avais perdu tout espoir, vous savez ? J'étais presque convaincu que vous ne baragouiniez pas un mot de notre langue, Madame Goldwyn.

Je ne bronchai pas et attendis qu'il finisse de parler.

– Mon neveu, Jacob, m'aide. Celui-là, là-bas, précisa-t-il. À midi il s'est goinfré de hot-dogs. Comme à son habitude.

– Moi, il me donne plutôt l'impression d'avoir exagéré sur une autre chose, ajouta Chris.

– Vous avez raison, Monsieur Goldwyn. Il ne jure que par les bières allemandes, ricana Coleman.

Pendant ce temps, dehors, le vent s'était levé, ululant dans les interstices des gouttières.

– Depuis dix jours il remplace mon assistante, Madame Rivera. Dans le village, on est encore tous secoués par la tragédie qui a touché sa famille. Il faut qu'elle s'en remette cette pauvre dame.

Je sentis mon estomac se retourner.

– Tragédie ? Que s'est-il passé, si ce n'est pas indiscret ?

– Maverick, son deuxième enfant. Il souffrait d'asthme et… continua-t-il en soupirant tandis que je serrais les dents, il est mort, étouffé dans son sommeil.

Chris ne broncha pas. Le bruit assourdissant de la pluie qui battait se mélangeait au ronflement de fond de Jacob.

Une piqûre me traversa le cœur comme un coup de fleuret. Une boule m'empêcha d'extérioriser ma pensée. La révélation de ce malheur raviva en moi les souvenirs d'une lointaine phobie. La pire de toutes. La porte blindée derrière laquelle je l'avais jetée ne résisterait plus pour longtemps.

Était-ce elle ?

– La Vieille Sorcière… la Vieille Sorcière, soufflai-je, déconcertée par la terrible vision de mon obsession.

Des yeux de serpent, enfoncés dans des orbites creuses. Une langue fourchue. Des rides semblables à des cicatrices gravées dans la peau. Des griffes. Et une haleine nauséabonde qui sortait comme de la buée, au-delà de sa dentition irrégulière et parsemée de minuscules morceaux de verre. Un frisson me parcourut la colonne vertébrale.

Peut-être que c'était *elle*.

4

En moins d'une heure, le vent violent qui venait du nord-est avait éloigné les nuages noirs et pleins de pluie. Sur les conseils de Coleman Cox, nous étions restés à l'abri, à l'intérieur du local. Durant ce temps nous avions enrichi notre bagage culturel sur Joylet et tout ce qui tournait autour. De sa voix traînante, Coleman nous avait appris que pour rejoindre la mine souterraine de Raw Coal, Fred Hutchison avait mis à disposition une navette spéciale qui partait de la place principale de Joylet à sept heures du matin et repartait des gisements de charbon à six heures du soir. Chris avait qualifié ça de « riche idée ».

Puis nous avions eu *l'honneur* de faire la connaissance de Jacob, le neveu de Coleman. Il ne m'avait pas fallu longtemps pour comprendre que le gras, dans ce garçon, était réparti de manière égale dans tout son corps, cerveau inclus. En effet, le centre nerveux représentant le langage mettait en évidence plus d'une défaillance. Rien de grave, hein. Mais il arrivait que Jacob gobe quelques paroles lorsqu'il s'exprimait.

Quand le Bon Dieu eut décidé de fermer les cascades, Coleman laissa le Whiner Squonk aux mains de son neveu et nous escorta jusqu'au numéro trois du quartier de White Smoke.

Avant de descendre de la voiture, Cox tint à nous préciser une chose.

Ici, vous avez la maison des Rivera. Ce sont vos voisins. Depuis la mort de son petit frère, Susan refuse de retourner à l'école, elle passe ses journées avec sa mère, Violet. Mais bientôt, Madame Rivera reprendra son travail au bistro, donc la petite sera obligée de retourner sur les bancs de Wilkes-Barre.

Après une courte pause, il pointa son doigt vers sa droite.

– Là, en revanche, ce sont les Mikeller. Ils ont déménagé de Calgary il y a une paire d'années. Ils ont des triplés. Trois garçons puants.

Contrairement à ces deux belles familles, Chris et moi n'avions pas d'enfants. J'étais l'obstinée qui n'en voulait pas. Mon mari me reprochait souvent cette décision. Il était même allé jusqu'à me dire qu'une graine malsaine avait planté ses racines vénéneuses dans mon cerveau. Je ne lui en voulais pas, il avait toutes les raisons du monde de penser ces horribles choses sur moi. J'étais terrorisée à l'idée qu'un éventuel nourrisson puisse mourir à l'intérieur de moi. J'étais même convaincue que ça arriverait. Je ne voulais absolument pas pleurer la mort de mon enfant. À cause de cette peur, j'étais obligée d'être très prudente et d'utiliser toutes les précautions nécessaires.

Mes beaux-parents pensaient la même chose que Chris. Plus d'une fois ils avaient accusé leur fiston d'avoir épousé une femme psychologiquement stérile.

En écoutant Coleman qui nous répertoriait la vie, la mort et les miracles des Rivera et des Mikeller, je riais sous cape de l'ironie du sort qui nous avait balancés là, pour servir de terre-plein central entre une famille à qui le destin avait arraché un enfant et une autre à qui en revanche il en avait refilé trois d'un coup.

Dès que Cox repartit pour l'auberge, Chris se mit sans attendre au travail. Il ouvrit le coffre ainsi que la portière arrière pour décharger les valises et les cartons que nous avions ramenés de Tuscaloosa. Le reste, le plus encombrant, une entreprise de déménagement s'en occupait. Le patron nous avait garanti la livraison pour mercredi matin au plus tard.

Pendant ce temps, je m'approchai de l'entrée, la clef de la porte d'entrée serrée dans la main. Je la glissai dans le trou de la serrure, la tournai deux fois et ouvris en grand le battant en noyer. L'intérieur sentait le renfermé. Les volets baissés ne permettaient pas à la lumière naturelle d'entrer. Du peu que je vis dans le hall, j'identifiai les coins d'un coffre et trois patères rondes et vétustes d'un portemanteau en bois. Je ne regardai pas plus loin. La bouffée d'air malodorante m'avait donné la nausée au point de devoir revenir sur mes pas.

– Alors ? C'est comment ? me demanda Chris, en me voyant revenir vers lui avec une expression étrange.

– Je ne sais pas. C'est un peu sombre. J'ai l'impression que ce Walker n'a pas tout vidé dans la maison.

– C'est-à-dire ?

– J'ai aperçu des meubles… lui répondis-je, en sortant plusieurs cartons de la banquette arrière de la Pontiac.

– Cyclope, me dit-il, attrapant par les poignées deux grosses valises en cuir. J'ai hâte de le rencontrer.

– Le taré ?

Chris devint tout rouge sous l'effort. Ces valises pesaient un âne mort.

– Taré ? marmonna-t-il. Coleman a seulement dit que la malchance lui avait volé un œil.

– Je ne crois pas que quelqu'un qui se réfugie au milieu des bois, dans une vieille cabane en bois, soit très sain d'esprit.

Chris me dépassa en murmurant quelque chose que je ne réussis pas à comprendre. Puis il disparut, absorbé par la pénombre du rez-de-chaussée de la maison. Je refermai la portière d'un léger coup de pied et avançai, la pile de cartons oscillait dangereusement dans mes bras. À proximité de la première marche en pierre, mon sixième sens se mit en action. Je tournai la tête vers la gauche, en direction d'une des fenêtres de la maison des Rivera. Derrière la vitre, des yeux mélancoliques, réduits à deux cailloux d'un bleu intense, me dévisageaient et me clouaient au sol comme des piquets de fer. Ils appartenaient à une petite fille au visage contracté et creusé. Ses cheveux châtains coupés au carré lui donnaient l'air d'une marionnette. Une poupée de chiffon qui semblait transporter douleur et souffrance dans ses deux fragments de saphir.

Je pliai les genoux et posai les cartons sous le porche, sans quitter des yeux la fillette. Embarrassée, j'essayai de lui faire un signe de la main, une politesse qui se voulait un geste affectueux et surtout compréhensif. Je pouvais percevoir, plus que n'importe qui, le raz-de-marée qui faisait rage dans le cœur de cette enfant et se fracassait contre sa carapace fragile. Je savais ce que signifiait la cohabitation avec une absence, et le devoir d'affronter un futur chargé seulement de souvenirs. Un vide que le souffle de la vie avait pris soin de remplir, mais qui continuait à me priver d'oxygène encore vingt ans après.

Parce que moi aussi j'avais eu une sœur, de deux ans plus grande que moi… et je l'avais perdue.

Comme poussée par une force d'attraction, je me dirigeai vers la fenêtre. Aucune barrière ne séparait les deux propriétés. À moins d'un mètre du parapet, je m'immobilisai. La petite fille avait une expression triste et impassible. Tout à coup, je vis la physionomie de l'enfant changer. Sa peau se contracta et à la place du bleu infini de ses yeux apparurent des iris de reptiles. La bouche de la fille des Rivera commença à saigner, un liquide écarlate jaillissait de fines gerçures sur ses lèvres lacérées. La petite essayait de communiquer. Elle articula. Et moi je lus sur ses lèvres.

Tu dormiras pour toujours.

Sûrement à cause du soudain vacarme qui retentit du jardin des Mikeller, l'enfant tira le rideau et elle disparut de ma vue. Des cris stridents et déchaînés effacèrent en un éclair mes pensées agitées. Les triplés des voisins se couraient après comme s'il y avait une invasion, et faisaient un boucan d'enfer.

– Chérie, m'appela Chris, appuyé contre le chambranle de la porte. Faut qu'on se dépêche, il va bientôt faire nuit.

J'acquiesçai, reprenant où je m'étais arrêtée. Je m'éloignai de la fenêtre des Rivera, saisis les cartons et les serrai contre moi. Il m'avait fallu moins de deux heures pour me faire une idée approximative de ce lieu où nous venions tout juste d'emménager : Joylet était malade.

5

Apprendre la mort du petit Maverick Rivera m'avait bouleversée. Non pas parce que c'était un enfant d'à peine cinq ans, mais à cause de la manière dont il avait perdu la vie. Asphyxie. Étouffé par une crise d'asthme. Une explication que j'avais du mal à croire, surtout après avoir entraperçu les yeux reptiliens et la peau fripée de la Vieille Sorcière prendre possession petit à petit du visage si gracieux de sa sœur. Une vision d'horreur qui m'avait contrainte à passer une nuit blanche. La crainte que la Vieille Sorcière puisse revenir m'avait immunisée du sommeil.

Je n'étais pas devenue folle subitement ! Non, monsieur. Jusqu'à présent j'avais réussi à repousser cette phobie grâce à la seule aide d'un petit pot en verre rempli d'un sable très fin posé derrière la porte de ma chambre. C'était mamie Geena qui m'avait raconté cette histoire. Une rumeur qui se répandait depuis des siècles partout dans le monde, et c'était elle aussi qui m'avait conseillé ce remède. Hasard ou non, depuis la présence de ce petit pot en verre la sorcière n'était jamais revenue. Maudites soient mes étourderies ! Tous ces va-et-vient m'avaient fait oublier le plus important à Tuscaloosa. Je l'avais fourré dans un carton avec d'autres bibelots et, je ne sais pour quelles raisons, ne l'avais pas chargé dans la voiture. Une négligence réellement angoissante. Mais je ne pouvais certainement pas retourner en Alabama, me taper des kilomètres et des kilomètres pour un « simple petit pot en verre », comme le définissait souvent mon mari. Je m'en procurerais un autre et ça irait comme ça.

Le matin suivant, tandis que Chris dormait profondément sur le canapé de Cyclope, j'en profitai pour faire ce qui me passait par la tête. Pour commencer, je me rendis à l'auberge de Coleman Cox pour obtenir quelques informations.

– Si j'ai bien compris, vous et votre famille, vous faites tourner toutes les activités commerciales de Joylet.

Avec sa lenteur habituelle, Coleman posa sur la table l'assiette d'œufs au bacon ainsi que le jus d'orange pressé que je lui avais commandés.

– Tout à fait. Voyez-vous, Madame Goldwyn… Fred n'a confiance qu'en nous. C'est pour cela qu'il a choisi de ne travailler qu'avec sa famille. Il me fixa. Ça vous semble étrange ?

– Atypique surtout, lui répondis-je en portant à ma bouche un morceau de bacon.

Le bistro était bondé. Parmi les personnes présentes, je reconnus les trois diablotins des Mikeller qui se balançaient des bouchées de nourriture les uns sur les autres, prenant sûrement les petits sièges rembourrés du local pour des tranchées de guerre. Ceux qui devaient être leurs parents, une femme à la voix criarde et un homme aux cils poisseux avec un tic disproportionné aux yeux, assistaient à la scène comme si de rien n'était.

– Ça vous plaît ? me demanda Coleman Cox en s'asseyant à côté de moi.

Je mâchai puis avalai la viande.

– C'est pas mal, bravo. Je pense que je viendrai souvent vous voir, lui répondis-je en souriant. Sinon, pour revenir à nous… j'aurais besoin de quelques informations.

– Dites-moi.

– Des petits pots en verre. Vous voyez ceux qu'on utilise pour les confitures ?

Coleman acquiesça.

– Comme je vous le disais, les activités à Joylet se comptent sur les doigts d'une main. La supérette est tenue par mon frère, Joe Jack. JJ pour les intimes. Là-bas vous pourrez presque tout trouver.

Grâce aux indications de Coleman Cox, j'arrivai en un claquement de doigts à la supérette de Joe Jack. Après tout il n'y avait que six rues, accessibles seulement aux piétons, qui découpaient Joylet comme six quartiers d'orange. Chacune d'entre elles traversait Spire street au moins trois fois, de la périphérie à la place principale. Et comme c'étaient ces rues qui délimitaient les quartiers, leur seul point commun était la diversité des couleurs entre les habitations de droite et celles de gauche. Exactement comme nous l'avait décrit Cox.

Je restai perplexe devant le centre de Joylet. Rainbow square, malgré son nom si kitsch choisi délibérément pour décrire l'hexagone formé par les constructions multicolores présentes, avait l'air d'une zone morte. Un cœur de poussière et de pavés froids. Je coupai la place en diagonale, passant rapidement à côté de quatre jeunes femmes. À la différence des cinq autres quartiers, qui étaient composés de plusieurs bâtiments, la boutique de Joe Jack était la seule et unique de Coral Red qui faisait partie du périmètre de Rainbow square. Et, bien qu'elle ait conservé la même couleur que celle qui distinguait son secteur, le rouge corail, le matériau avec lequel elle était fabriquée faisait exception : du bois. Murs en bois, véranda en bois, toit en bois. Je contournai un banc détérioré et constatai immédiatement que les dires de Coleman correspondaient à la vérité. Dans sa description rapide et concise, il m'avait mentionné une femme de quatre-vingt-dix-neuf ans qui, chaque jour sans exception, se postait à côté de l'entrée de la supérette, comme une sentinelle.

Elle restait là jusqu'à la fermeture, ses grosses fesses enracinées dans un fauteuil roulant.

Un chat noir, dont seul le bout de la queue était blanc, se frottait, ondulant entre les mollets et les tibias de la vieille dame, attentif à dessiner, lors de ses trajectoires, des symboles de l'infini identiques. Plus je me rapprochais de la loggia où se tenait la vieille dame, plus les détails devenaient nets. Notamment, l'odeur. Semblable à celle qui émanait du sous-bois directement après une averse.

La vieille avait la colonne vertébrale courbée vers l'avant, le visage caché par un tas de cheveux gris et sales. Avec sa main gauche elle frottait de manière obsessionnelle la surface de sa jupe, comme si elle voulait absolument y enlever des peluches de laine invisibles. Dans sa main droite en revanche, elle serrait un rosaire fait de fragments de cristal tenus ensemble par une petite chaîne en argent. En passant à côté d'elle, j'interceptai un murmure qui me figea à quelques centimètres du seuil de la supérette. Au-dessus de ma tête pendait une rangée d'attrape-rêves bleu clair. La « vieillarde » sur sa chaise roulante avait-elle parlé ? Ou me l'étais-je imaginé ? Ce chuchotement que j'avais cru intercepter un instant avant se concrétisait, se transformait en quelque chose de moins vague. La vieille était en train de prier. Mais ce n'était pas une prière qui s'adressait au Seigneur. Les mots qu'elle récitait n'avaient rien à voir avec le Bon Dieu, ni avec l'Église, ni même avec les Saints. C'étaient des paroles mâchonnées, malsaines, que j'entendais pour la deuxième fois en moins de vingt-quatre heures.

« *Tu dormiras pour toujours* ».

Je pris une grande inspiration et me décidai à entrer. Les mouvements de lèvres de la fille des Rivera et le murmure de la vieille dame n'étaient sûrement rien d'autre que le fruit de mon imagination, mais je devais être attentive aux avertissements inconscients de mon cerveau.

Je me persuadai que le pot avec ses grains de sable résoudrait mon inquiétude actuelle. Il était la solution miracle à tous les maux.

Après la mort de ma sœur, la Vielle Sorcière m'avait tourmentée. Une nuit, elle avait menacé de me tuer, de m'étouffer dans mon sommeil. Comme elle l'avait fait avec Adèle. J'étais la seule dans la famille à n'avoir jamais cru au verdict que nous avait donné le médecin légiste. Selon lui, ma sœur était décédée à cause d'un emphysème pulmonaire. À cette époque, ma grand-mère avait été la seule personne qui, dans un certain sens, ne m'avait pas donné tort. Peut-être qu'elle faisait semblant, mais au moins, elle ne m'avait pas accusée comme l'avaient fait mes parents. Elle ne s'était pas moquée de moi. Au contraire, c'était justement elle qui m'avait suggéré la solution du petit pot de verre.

Je poussai la porte vers l'intérieur. La supérette de Joe Jack donnait l'impression d'être le repaire d'un collectionneur en série. Le frère de Coleman pouvait-il être atteint par un tel trouble ? Des objets en tout genre étaient éparpillés partout dans le magasin. Suspendus au plafond et aux murs. Des cages, des horloges, des jouets et une quantité infinie d'autres ustensiles et accessoires.

Dans une vaine tentative pour le débusquer dans ce bric-à-brac interminable, je tournai sur moi-même plusieurs fois. Ne le trouvant pas, je m'appuyai à ce que je pensais être, en toute logique, le comptoir. Il y avait là une sonnette de réception en laiton. Je donnai deux petits coups successifs avec le doigt et, comme par magie, un homme avec une longue barbe apparut de derrière une énorme étagère chargée de rouleaux de tissu. Je fus directement saisie par la fragrance qui émanait de lui. Il sentait la barbe à papa.

– Bonjour.

– Bonjour, que puis-je pour vous… madame, ou mademoiselle ?

– Madame, merci. Je suis Ethel Goldwyn.

– Vous êtes nouvelle ?

– Oui, mon mari et moi sommes arrivés hier. On vient de l'Alabama.

– J'ai un certain âge et pourtant je ne suis jamais allé dans le Sud, vous savez ? Quoi qu'il en soit, moi je suis Joe Jack Cox.

– Il n'est jamais trop tard, Monsieur Cox. Il y a des endroits qui méritent vraiment d'être visités.

L'homme se pencha sur le comptoir.

J'ai plein de petits problèmes de santé, madame. Je déteste les avions, et un trajet en voiture aussi long me détruirait le dos. Mais dites-moi, vous êtes ici pour la mine de mon taré de cousin ? *Taré*, il avait dit *taré* ? Son ton était goguenard, mais il l'avait réellement défini ainsi. L'espace d'un instant, captivée par la tenue vestimentaire de l'homme, je détournai les yeux de son visage.

Ce n'était pas tant son pantalon qui me surprenait, un jean bleu foncé avec des ourlets décousus, mais son gilet vert kaki qu'il portait au-dessus d'un t-shirt blanc. Le gilet était garni de poches bombées et de chacune d'elles dépassait le manche d'un tournevis.

J'étais si fascinée par son gilet que je ne me rendis même pas compte que Joe Jack était en train de me parler. La clochette posée sur le comptoir sonna, son tintement fit éclater la bulle dans laquelle j'étais emprisonnée.

– Pardonnez-moi, m'excusai-je embarrassée. J'étais perdue dans mes pensées, vous disiez ?

– Je parlais de la mine de charbon.

– Ah oui… Mon mari commence demain.

– Je vois. Vous habitez à White Smoke ? L'ancienne maison de Cyclope était vide…

– Votre frère Coleman nous a parlé de ce *borgne*, l'interrompis-je en acquiesçant. Comment se fait-il qu'il n'ait pas quitté Joylet ?

– Et où voudriez-vous qu'il aille ? Lui non plus n'est pas tout jeune. Il préfère se terrer en marge, dans sa cahute de la forêt. Les mauvaises langues disent que de là, il peut mieux épier sa *vraie* maison.

Je le dévisageai perplexe :

– Dans quel sens ?

– N'y prêtez pas attention, ce sont des stupidités, précisa Joe Jack d'un geste de la main peu convaincant.

– Je veux savoir. Quelles sont ces stupidités ?

L'homme soupira.

– On dit qu'il aurait enfermé, dans son sous-sol, l'enfant qui l'a rendu aveugle.

Joe Jack se caressa la barbe. Et je lui fis signe de continuer.

– Cet enfant était fils unique.

– Était ?

– Laissez-moi continuer, je vais vous expliquer les détails. C'était un petit garçon indiscipliné qui aimait torturer les animaux. Les oiseaux surtout. Je me souviens encore du lance-pierre rudimentaire que lui avait fabriqué son père. C'est facile, vous savez ? Une branche courbée, un élastique, un morceau de cuir, et le tour est joué. Il traînait dans tout le village, lançait des cailloux n'importe où. Un matin, il a tué une mésange perchée sur la boîte aux lettres. Pour essayer de le satisfaire, le Noël suivant, son père lui a offert un arc avec une douzaine de flèches. Une semaine, et toutes les flèches étaient perdues, la plupart dans les eaux du Susquehanna. Bizarrement on ne lui en a pas donné d'autres. Et le gamin, vous savez ce qu'il a fait ? Un après-midi, c'était au tout début de cette année, il a cassé le parapluie de sa mère et a utilisé les baleines en acier pour faire des flèches. Vous devinerez par vous-même ce qu'il a pu en faire.

J'étais stupéfaite du terrible épilogue qui concluait cette histoire. Y avait-il quelqu'un de normal ici ? J'étais à Joylet depuis très peu de temps et j'en avais déjà entendu de toutes les couleurs. De plus, l'histoire de Cyclope et de son jeune tortionnaire ne s'était pas finie juste avec la perte de l'œil droit de Joseph Walker.

– Ce n'est pas tout. À la suite de cet accident, Walker a aussi perdu son poste de travail. Pour le punir, la mère de l'enfant a obligé son fils à dormir dehors, dans la rue. Le matin suivant, quand le père est sorti dans la cour, il a découvert que son fils n'était plus là. Pouf ! Volatilisé. Le shérif et ses chiens de garde ont passé des journées entières à le chercher, à Joylet et aux alentours, mais on ne l'a pas retrouvé. Certains pensent que Cyclope l'a enfermé dans un endroit secret du sous-sol de son ancienne maison. Mais comme vous pourrez le vérifier par vous-même, ce n'est absolument pas le cas. La vérité c'est que le môme a été dévoré par la forêt. Ce sont les bêtes qui l'ont mangé. Elles ne font pas les fines bouches sur la qualité de la viande celles-là.

Mais il ne me semblait pas réellement convaincu par ce qu'il disait. Et en effet il continua.

– Ou du moins c'est ce que tout le monde croit. Mmh… Moi j'en doute. Vous savez je ne fais pas trop confiance aux nègres moi.

Je fus saisie de vertiges. Je tendis le bras et m'appuyai sur le rebord du comptoir.

– Et... et… ses parents ? balbutiai-je.

– Quand ils ont compris qu'il n'y aurait plus rien à faire, les Pemberton ont quitté Joylet. Leur enfant, par contre, est encore parmi nous… me dit-il en me fixant avec ses petits yeux bleus. Vous avez l'air perplexe, Madame Goldwyn. Je faisais seulement référence au nom de la forêt qui borde Joylet.

– C'est quoi le rapport avec la disparition du garçon ?

– Le fils des Pemberton s'appelait Lynwood.

6

Aujourd'hui, 29 novembre 2014 (Atmore, Alabama).

Un bruit sec me surprend. J'ai un drôle de pressentiment. Je lève les yeux vers mon petit-fils. Stevie est en train de tourner les pages du troisième cahier, le bleu cobalt. Non, il n'est pas en train de le feuilleter. Il est en train d'en déchirer les pages. Il en a déjà arraché deux, les a mises en boule et les a jetées au sol. Je me lève d'un bond et lui prends le cahier des mains.

– Steven ! hurlé-je en le fusillant du regard.

– Mais je… c'était pas bien écrit, mamie, dit-il à deux doigts de se mettre à pleurer.

Je ramasse les deux pages qui gisent par terre comme deux petites sphères blanches irrégulières.

C'était pas bien écrit. Que veut-il dire ?

J'en prends une et la déplie, elle est toute froissée. En effet, les lignes tracées sur le papier de ma propre main sont visibles, mais incertaines. On dirait une ordonnance écrite par un médecin. Pourtant c'est bien moi ; cette écriture rendue tremblante et lourde de par le sens de ces lignes est bien la mienne.

Des lignes gonflées de douleur.

Et de sang. Trop de sang.

Le premier meurtre, pas au sens temporel. Comme le confirmeraient les forces de l'ordre, l'exécuteur – ou les exécuteurs

– avait déjà laissé une empreinte à Joylet. En tout cas, celui-là fut *ma* toute première découverte de cadavre.

La pire.

Mes yeux deviennent brillants, j'essaye de me contenir face à mon petit-fils. J'arrive à repousser les larmes, mais pas l'obsession de lire.

[…] elle gisait dans une position presque comique. S'il n'y avait pas eu les taches bordeaux qui recouvraient la housse du canapé beige et la puanteur des excréments mélangés à l'urine, cette scène m'aurait presque provoqué un fou rire.

Renversée sur le côté, les bras ballants. Le visage marqué par une grimace. Un sourire rouillé par le sang qui lui tachait les dents. J'avais la chair de poule. Je tremblais, les tripes sens dessus dessous.

[…] c'était un pantin désarticulé dont les organes avaient perdu toute leur valeur. Le liquide lymphatique nécessaire à la vie, sa gaîté, son entêtement, tout s'en était allé en même temps que son dernier soupir. Le plus long et le moins désiré.

Qui l'avait mise dans cet état ?

On l'avait surprise par-derrière ? Certainement. Et on lui avait obstrué la bouche avec un chiffon. Le bout de tissu était *encore sur le canapé.*

Je suis pétrifiée. Je prends une grande inspiration, survole rapidement, saute un passage, et je recommence.

[…] à quelques centimètres de la carotide, et ressortait de la nuque avec la pointe ensanglantée. Un deuxième clou lui avait fracassé le crâne, créant une brèche dans la tempe droite. On lui avait brisé la raison. Ses sens avaient été annihilés, désactivés pour toujours par deux tirs sortis d'un pistolet à clous. L'arme fraîchement nettoyée resplendissait sur l'accoudoir du canapé.

C'était un instrument similaire à une perceuse, la coque rouge et la poignée noire. La paire de missiles en fer de dix-sept centimètres était sortie de la tête creuse de cet outil.

Je lis en hoquetant.

Le sang avait coulé même sur le sol et créé une flaque sombre dans laquelle, sans le savoir, j'avais taché mes genoux. Je m'en fichais. Je lui caressai le visage, le menton et descendis jusqu'à son cou. Du bout des doigts, j'effleurai un léger renfoncement, la fossette où la tête ensanglantée du clou se reconnaissait difficilement. J'avais envie de la serrer contre moi [...] Alors, je me penchai sur elle et je l'entourai, mon bras passé entre sa colonne vertébrale et le dossier du canapé.

Je sentis son odeur, elle embaumait la lavande. [...] Je me serrai contre elle, mon oreille appuyée sur sa poitrine. Son cœur, en toute logique, avait cessé toute activité.

Mes yeux me brûlaient et fixaient l'accoudoir, support de l'arme du crime.

Un cloueur similaire à *celui que j'avais repéré dans ma cave.*

Walker avait laissé un tas de choses chez nous : des cartons au grenier, quelques meubles et des outils comme un marteau, une lime, une petite boîte avec des vis et des boulons, une hache et une tronçonneuse pendues à des crochets.

Et ce *pistolet* à *clous.*

Stop ! Stop ! Je lisse les deux pages sur le lit, en essayant de faire disparaître les plis créés par Stevie. J'ouvre le cahier bleu cobalt et les repose vers les encoches du papier précédemment arraché.

Quand le moment sera venu, me dis-je. Je n'ai pas la force de disputer mon petit-fils.

– Steven, on reprend ?

Il se rassoit les jambes croisées et acquiesce. J'espère qu'il a compris la leçon.

7

Je quittai la supérette avec deux sacs de provisions contenant deux petits pots en verre vides, des œufs, du lait et un kilo de pommes de terre.

La presque centenaire postée devant le magasin de Joe Jack n'avait pas bougé d'un millimètre. Le murmure qui ressemblait à une faible litanie, lui, persistait. Le chat noir avait fini ses va-et-vient oscillatoires et, fatigué, s'était enroulé autour des chaussures usées de la vieille dame.

Je marchai tout droit, parcourant Rainbow en sens inverse ainsi que la ruelle qui faisait office de frontière artificielle entre les quartiers de Ocher et de White Smoke. Méprisant le passage piéton, je traversai pour la troisième et dernière fois Spire street. Je passai très vite devant la maison des Rivera, tête basse. Je voulais éviter de croiser les yeux tristes de la fillette.

Mon cerveau était préoccupé, surpeuplé de toutes ces histoires impliquant les petits citoyens du village. Et puis, celle de Lynwood était vraiment affreuse. Déchiqueté par les mâchoires d'on ne sait quel animal, mort de froid dans le gel de l'hiver ou… non ! Non ! Non ! Les ragots qui le disaient captif dans un coin secret de ma cave étaient encore moins crédibles qu'un mensonge. Les ongles glacés d'un frisson parcoururent ma nuque couverte d'un voile de sueur. Se perdre dans l'obscurité, dans une forêt sans limites et ne pas réussir à revenir sur ses pas parce que les poursuivants n'étaient pas des êtres humains, mais… la faim, les crocs ou le froid de la nuit.

Les volets fermés de ma nouvelle maison laissaient le salon enveloppé dans la pénombre. Christopher était encore recroquevillé sur le canapé, de dos. Je m'assurai qu'il dormait.

Je contrôlai le poids et la vitesse de mes pas, cherchant à faire le moins de bruit possible. Une fois que j'eus atteint la cuisine, je déposai les sacs en plastique sur le plan de travail attenant à l'évier et j'en sortis les deux bocaux de verre. Je les rangeai dans le buffet. Malheureusement, la mission supérette n'était gagnée qu'à moitié ; parmi tout l'attirail de Joe Jack, engrais, sacs de terreau, semences et trucs du genre manquaient à l'appel. D'une part parce que le magasin manquait d'espace et qu'il était désormais réduit au minimum, d'autre part parce qu'à environ huit kilomètres de Joylet, il y avait une station essence et une pépinière, gérées par les Bennett.

Si ça n'avait tenu qu'à moi, j'y serais allée directement. Mais à mon grand désespoir, les Bennett n'étaient pas attachés à leur activité comme l'étaient les Cox. Travailler le jour du Seigneur ? Jamais au grand jamais. En outre, comme me l'avait expliqué Joe Jack en personne, chaque dimanche les Bennett se rendaient à l'Est pour rejoindre ce qui restait de leur arbre généalogique. Sur le moment, je le pris assez mal, puisque ce contretemps m'allait m'obliger à passer deux nuits blanches d'affilée, mais ça, ce n'était que mon problème. Il suffisait de regarder mon mari qui avait la chance d'être plongé dans les bras de Morphée depuis au moins douze heures.

J'abandonnai la cuisine et me dirigeai vers la salle de bains sans allumer la lumière.

Toutes les habitations de Joylet étaient identiques, et la nôtre ne faisait pas exception. En bas, se trouvaient un petit salon, une cuisine, une salle de bains et deux chambres. Puis il y avait un sous-sol et un petit grenier accessible grâce à une échelle escamotable en aluminium.

Je poussai la porte de la salle de bains. J'abaissai le pistil noir de l'interrupteur installé dans le miroir. Les trois petites ampoules flammes éclairèrent la pièce, mettant en évidence les zones de mon visage marquées par la fatigue. Dans ma poche, je pris ma boîte de pémoline et en avalai soixante-quinze milligrammes. Je fis tourner le robinet vers la droite et me penchai pour me rincer le visage. J'essuyai ensuite ma peau humide avec une serviette et, après l'avoir reposée sur sa barre métallique, je tendis le cou en avant. Le bout de mon joli petit nez à la française – avis de mamie Geena – effleura le verre du miroir. Je portai ma main à mon visage, caressai mes lèvres charnues qui, légèrement entrouvertes, laissaient apparaître le plus important de mes défauts physiques : mes dents du bonheur. Je touchai mes joues rougies et, du bout des doigts, je fis le tour de mes yeux où flottaient mes grands iris verts, épuisés. Je ressemblais à un zombie. Je restai là, immobile, à me fixer, dans l'espoir que peut-être je me découvrirais plus belle. Le miracle n'arriva pas. J'étais la même femme, ni moche, ni belle.

Celle qu'on définissait comme « banale ».

Bang !

Tout à coup, j'entendis un bruit sourd et sortis précipitamment de la salle de bains. Chris était encore étendu sur le canapé et ronflait. Qu'est-ce que c'était ? Je ne pouvais pas l'avoir inventé. Je retournai sur mes pas et dans le couloir qui séparait le salon du coin nuit je l'entendis de nouveau. *Bang* ! Plus étouffé cette fois. Pas très loin de moi. Je me tournai vers la porte blanche, en bois, du sous-sol.

Bang ! Bang ! Bang ! Trois coups violents. Ils venaient de derrière la porte. Je retins mon souffle, mon cœur sursauta, s'emballa puis sembla s'arrêter dans l'attente que tout se calme. Ma tête commença à pulser. Un vertige me saisit. J'aurais voulu crier.

Mais après ? Quelles seraient les conséquences ? Chris se réveillerait en sursaut et, constatant les raisons infondées de mes cris, il me traiterait de folle, comme cela se passait chaque fois que je voyais ou entendais quelque chose que sa piètre attention n'était pas capable de discerner. Je m'adossai au mur, le battant blanc laqué était à moins d'un mètre de moi. Je m'accroupis, l'oreille tendue, au plus près de la serrure, silencieuse, le souffle court, la cage thoracique ébranlée. Une bouffée de chaleur me lécha le pavillon de l'oreille, transportant avec elle des paroles dissoutes dans l'air.

Tu dormiras pour toujours.

Je maintenais les yeux fixés sur le mur du couloir, certaine que la porte de la cave allait s'ouvrir d'un moment à l'autre et qu'une force obscure me saisirait par le cou pour me traîner en bas des escaliers, dans les entrailles du numéro trois de White Smoke.

8

Quand je n'étais pas sereine, je rêvais souvent de cette jetée. Une jetée sans brise-lames. Juste des bouts de bois ébréchés, soutenus par des tubes rouillés qui dépassaient d'une étendue d'eau trouble. Contre ma volonté, je marchais dessus, vêtue d'une chemise de nuit en soie bleue. J'étais trempée jusqu'aux os, mes boucles me collaient au visage. Le ciel noir menaçait de la tempête récurrente que je ne voyais jamais car je mourais toujours avant que la pluie ne commence à tomber. Un silence irréel m'accompagnait jusqu'à la fin de l'appontement. Même si je me rendais compte du danger, je continuais à avancer, et une fois dépassée la dernière latte de bois, je tombais. Je m'enfonçais dans des mètres cubes d'eau sale, entrais dans l'abîme sans opposer de résistance dans l'attente que tout s'accomplisse. Dans l'attente de me noyer.

Mais cette fois-ci, je me rendis compte, je ne sais comment, que je me trouvais à la moitié de la digue. C'était un rêve éveillé. La voûte céleste était enduite de poix, ma chemise de nuit, mouillée. Trop d'indices qui menaient à une réponse. M'étais-je assoupie ? Comment cela s'était-il passé ? Ça ne devait pas arriver, je ne pouvais le permettre. Mon subconscient réagit, désintégrant cette fresque onirique, et je me réveillai dans un hurlement rauque, la bouche empâtée. J'étais étendue dans une chambre sur un lit simple. Le matelas où s'était allongé Joseph Walker. Je mis une main sur ma poitrine. Lentement, les battements de mon cœur et ma respiration recommencèrent à fonctionner, reprenant leur vitesse de croisière.

– Ethel ! Ça va ? me demanda Christopher tandis que je tanguais, assise au bord du lit. Dieu du ciel, qu'est-ce qui t'arrive ?

– Un mauvais rêve, soufflai-je.

– J'ai eu une de ces peurs !

Je posai les pieds par terre. J'étais choquée et mes jambes flageolaient. Je vacillais. Je vis défiler devant mes yeux les images floues de la fille Rivera et de la vieille femme au rosaire. Puis mon esprit retourna à Lynwood Pemberton, le petit garçon qui avait fait éclater l'œil de Walker avec la baleine en métal d'un parapluie. Puis à la petite voix faible provenant du sous-sol, qui me présageait un sommeil éternel. Pourquoi m'étais-je endormie ? J'essayai de me remémorer ce que j'avais fait. Après la peur qui m'avait assaillie dans le couloir, j'étais retournée dans la cuisine pour boire de l'eau, puis je m'étais allongée sur le lit qui avait appartenu à Walker… et je m'étais écroulée.

– Excuse-moi… je ne voulais pas, lui dis-je à voix basse. Je suis allée à la supérette et le propriétaire m'a raconté une sale histoire. Un enfant…

– Encore ? m'interrompit Chris en secouant la tête.

Je savais à quel point il me pensait sensible, surtout lorsqu'on me parlait d'enfants. J'étais terrorisée à l'idée de les perdre, de les voir mourir.

En réalité, il ne croyait pas à cette obsession qui me hantait, puisqu'il soupçonnait que je n'avais pas la lumière à tous les étages.

Qu'est-ce qu'il se trompait !

– Ethel, s'il te plaît, m'implora-t-il.

– Ils l'ont massacré là-dedans, m'exclamai-je, indiquant l'arrière de notre maison, où les troncs centenaires de Lynwood s'étendaient à perte de vue.

– Où ça ? me demanda Chris.

– Dans la forêt ! Le frère de Coleman m'a dit qu'ils n'avaient jamais retrouvé son corps, mais ils sont certains que ça s'est fini comme ça. C'est justement lui qui a crevé l'œil de Walker. Et sa connasse de mère tu sais ce qu'elle a fait ? Elle l'a laissé dehors toute la nuit. C'est elle qui l'a tué ! Tu comprends ?

Christopher se passa les mains sur le visage et acquiesça. Je savais pertinemment qu'il faisait semblant d'être d'accord avec moi. Je savais ce qu'il pensait réellement de moi. Et il n'avait pas l'intention de continuer à écouter mes conneries, car sinon il s'énerverait et cela nous mènerait inévitablement à une énième querelle.

– Ethel, je t'en prie, j'ai pas envie de me disputer, dit-il. Mais je ne voulais pas qu'il gagne, pas cette fois.

– Tu ne penses quand même pas que j'ai inventé cette histoire de toutes pièces ? Vraiment, Chris ? Tu crois sérieusement que Maverick Rivera a perdu la vie à cause d'une crise d'asthme, hein ? Ils sont tous pareils ces médecins. Quand ils se retrouvent face à quelque chose qui n'est pas scientifique, ils trichent. C'est une erreur de diagnostic, comme pour Adèle !

Je remarquai le scepticisme qui s'était emparé de Christopher, mais je ne me retenais plus.

– Purée, Chris, tu ne me crois pas ! Je ne suis pas folle ! Et puis, je l'ai entendue… les larmes me brûlaient les yeux. Je les ai entendues !

Chris s'installa sur le lit et me fit signe de le rejoindre. À peine assise, il me prit dans ses bras.

– Qu'est-ce que tu as entendu ? me demanda-t-il avec délicatesse, espérant peut-être que ce geste affectueux me calmerait.

– La petite Rivera, la vieille devant la supérette et…

Lui rapporter aussi les rumeurs qui racontaient que Lynwood était caché dans notre sous-sol serait contreproductif. Je ferais mieux de ne pas mentionner cette deuxième partie. Et puis, ce n'étaient que des commérages, non ? Et tous ces coups flippants à la porte laquée blanche du sous-sol, alors ? Chris aurait dû les entendre. Ils auraient réveillé même un sourd. Et pourtant il était resté avachi dans le canapé comme si de rien n'était.

– Et… ? me demanda-t-il.

– Rien de plus.

Mon mari posa sa main sur ma cuisse. Un geste pour m'encourager à expliquer. Je décidai donc de rentrer dans les détails, d'approfondir la question de la fille des Rivera et de la vieille dame de la supérette.

– Hier après-midi, commençai-je, pendant que tu étais occupé à transporter les cartons dans le salon, j'ai vu cette petite. Elle m'observait derrière sa fenêtre, et à un moment donné, son visage s'est, comment dire, déformé. Puis elle a ouvert la bouche et… j'ai pu lire sur ses lèvres, Chris. Elle a prononcé trois mots, les mêmes que m'a murmurés la vieille avec son rosaire dans la main.

– Mais c'est qui cette vieille, Ethel ?

– Elle a quatre-vingt-dix-neuf ans et passe ses journées sous la véranda de la supérette. Elle est en fauteuil roulant et… elle prie.

– Et elle prie… répéta Chris. Je vois. Et qu'est-ce qu'elles t'auraient dit, elle et la petite ?

– Je crois que c'est un avertissement, me limitai-je à répondre, consciente que la sérénité de Chris n'était qu'une façade.

En réalité, il se retenait pour ne pas exploser. Avec le temps, il avait appris à réprimer ses excès de colère provoqués par ce qu'il jugeait comme des absurdités. Selon mon mari, je traînais en moi des peurs qui me hantaient depuis l'enfance. Mais pourquoi lui mentirais-je ? Il me reprochait d'être folle et insensée, de voir des choses ou de percevoir des murmures que les autres n'étaient pas en mesure de comprendre. La pire de toutes ces illusions, selon lui, était liée à la légende de la Vieille Sorcière. Et, pour ne pas créer de nouveaux conflits, Chris avait joué le jeu. « En vérité » l'avais-je entendu dire un soir alors qu'il parlait avec ma mère

« en quoi un simple pot en verre rempli de sable pourrait-il me déranger ? »

***

Au son irritant du réveil, Chris avait bondi du canapé. Moi, j'étais déjà debout à six heures et demie, je prenais mon cachet de pémoline, en cachette de mon mari. S'il avait su que j'avalais des médicaments pour maigrir, des pilules qui, entre autres, n'étaient même pas prescrites dans ce but, il m'aurait envoyée en hôpital psychiatrique.

Je le vis arriver à la cuisine pour préparer le petit-déjeuner avec les rares ingrédients que j'avais achetés à la supérette. Deux verres de lait et des œufs brouillés. La navette partirait à sept heures pile de Rainbow square.

En me voyant, Chris soupira. Même un idiot aurait compris que la nuit avait été pour moi source d'insomnie.

Malgré une petite sieste l'après-midi précédent, les deux grosses valises sous mes yeux me faisaient ressembler à un catcheur professionnel qui s'en était pris de bonnes.

– Prêt ? lui demandai-je, l'embrassant sur la joue.

– Ça va. Et toi, tu vas faire quoi de ta journée ?

Je me grattai les doigts.

– Je fais faire un petit tour à Joylet. Au moins pour faire savoir que je suis couturière. Je voudrais mettre une annonce au Whiner Squonk et à la supérette. T'en dis quoi ?

– Ça alors ! Je pense que c'est une excellente idée, me dit Chris lentement, imitant presque à la perfection la cadence de Coleman Cox.

Je lui souris. Sur ce terrain-là, Christopher était un vrai maître. Dommage que ses revenus n'aient jamais été à la hauteur de son talent.

– Tu y es presque, approuvai-je, tandis que je reposais dans l'évier la poêle avec laquelle j'avais fait les œufs. Tu dois ajuster encore un peu l'accent, mais pour le reste on dirait vraiment lui. Christopher m'embrassa sur le front et se dirigea vers la porte d'entrée. Après m'avoir saluée avec la voix de Gregory Peck, l'acteur qui lui réussit le mieux, surtout dans la peau de Robert Thorn dans *la Malédiction*, il referma la porte derrière lui. Depuis la fenêtre du salon, je le suivis du regard. Je le vis traverser Spire street d'un pas rapide jusqu'à ce que sa silhouette disparaisse au coin de la petite rue qui s'enfonce entre les maisons blanches et les maisons ocre.

Il était dix-sept heures passées quand je remontai en voiture et quittai l'aire de repos de la station essence des Bennett. L'information que m'avait donnée Joe Jack avait été précieuse. Le coffre de la Pontiac était chargé d'un sac de sable du fleuve. Une typologie différente de celle de la mer, mais qui convenait tout à fait à l'usage que j'allais en faire. Le fils des Bennett qui m'avait servi avait été très sympathique. Peut-être même un peu trop. Il m'avait expliqué de A à Z l'histoire et les particularités de ce sable. Au terme de cet interminable monologue, je l'avais remercié et je lui avais demandé de me mettre cinq dollars d'essence, en espérant fortement qu'il ne commence pas à me parler de pétrole et d'octane. Pour écarter toute éventualité, je l'avais payé à l'avance et je m'étais barricadée dans mon habitacle avec les fenêtres scrupuleusement relevées.

Je m'engageai sur la nationale, tendis le bras et poussai la cassette dans le poste de radio. Un faible grésillement annonça le chœur entraînant de *Centerfold* de J. Geils Band, suivi par la voix de Peter Wolf. Des strophes que je connaissais par cœur.

My blood runs cold
My memory has just been sold
My angel is the centerfold
Angel is the centerfold.

C'était vraiment impossible de ne pas se laisser emporter par le rythme de cette musique. En cadence, je pianotais sur le tableau de bord en chantant à tue-tête comme une adolescente. J'adorais ce morceau. J'appuyai sur le bouton *retour* pour l'écouter une deuxième fois. Puis une troisième. Au moment même où le *nanananana* du chœur se propageait dans la voiture, j'aperçus le pont de ciment à l'entrée de Joylet. Une tache rouge se démarquait du gris de l'infrastructure. Des contours colorés se mouvaient à quelques pas de la rambarde. J'éteignis la musique et ralentis en rétrogradant de deux vitesses.

La tache indéfinie se transforma en une petite robe, une petite robe à volants qui entourait le corps fin d'une fillette. Cheveux châtain clair coupés au carré ondulant sous la brise. Que faisait la fille des Rivera sur ce pont ?

J'hésitais sur ce que je devais faire : descendre ou m'en aller ? La Pontiac se laissa porter tout doucement sur la première partie du pont.

Puis la curiosité prit le dessus. Je m'approchai le plus près possible de la balustrade. Je coupai le moteur et dès que la petite se tourna vers moi je fus prise de vertiges. Elle me scrutait avec méfiance. Je fus tentée, un instant, de redémarrer la voiture et de repartir, vite, pour m'éloigner de ces iris bleu ardent qui m'intimidaient et m'attiraient à la fois. Pourtant je ne pouvais l'abandonner ici. J'avais le devoir de descendre pour m'assurer de la situation. Je refermai la portière. Bien que la journée fût calme, le vent soufflant du nord-est agitait les eaux du fleuve. Le gargouillis du Susquehanna était audible même à cette hauteur.

La fille des Rivera tenait ses bras le long du corps et ses yeux ne me lâchaient pas. Je m'approchai prudemment.

– Qui es-tu ? me demanda-t-elle.

Une voix faible se mêlait aux grondements du fleuve en dessous. Je réduisis la distance qui nous séparait. À cet âge, il est difficile de prendre réellement conscience des risques qui nous entourent : le pont suscitait un sentiment de précarité. Le parapet, bien trop bas, était un facteur aggravant non négligeable.

My blood runs cold.

Je l'invitai à s'éloigner de cet endroit. Les pans de sa robe flottaient au vent, effleuraient la barrière en ciment. Mais la fille des Rivera ne bougea pas d'un pouce.

– Qui es-tu ? répéta-t-elle.

– Je suis Ethel, ta nouvelle voisine. Écarte-toi de là, s'il te plaît. C'est dangereux.

– Tu habitais où avant ? me demanda-t-elle, ignorant totalement mon avertissement.

J'avançai encore, contrainte d'entrer dans son jeu, réduisant petit à petit l'espace qui nous séparait jusqu'à être sûre de pouvoir l'attraper au cas où elle tenterait une action irréfléchie.

– Tuscaloosa, Alabama. Tu y es déjà allée ?

La petite secoua la tête négativement et enroula le tissu de sa robe autour de ses doigts.

– Rick est parti pour un long voyage, dit-elle.

Rick ? Maverick ? Le regard courroucé de la petite créature renfermait tout le mécontentement qu'elle ressentait… à l'égard de quoi ? Du destin ? De l'incertitude de la vie ? Qui sait comment ses parents avaient enjolivé la mort de son frère ? Souvent, quand on est petit, les grands préfèrent camoufler la réalité, la rendre moins dure.

– Maman dit qu'il reviendra. Ce sera un jour magnifique, parce que le soleil brillera.

– Et il est allé où ? lui demandai-je, conciliante.

L'espace d'un instant, je crus que la petite allait me sourire. Des sautes d'humeur dues au manque d'affection, à l'espoir que ce vide puisse se remplir à nouveau : des sentiments contradictoires en alternance, un tremblement de terre qui se déclenchait dans une âme de cristal très fin. Je les connaissais bien.

– Retrouver mon papi. Peut-être qu'ils rentreront ensemble.

– Ça se passera comme ça, tu verras, la rassurai-je tandis que mon cœur se serrait dans ma poitrine.

Presque inconsciemment, je posai ma main sur son épaule.

Elle ne réagit pas à mon geste. Le geste d'une inconnue.

– Comment tu t'appelles, ma grande ?

– Susy. J'ai… elle commença à bouger les doigts jusqu'à garder une paume ouverte avec le petit doigt et l'annulaire visibles dans l'autre. Ces doigts-là. Sept ans.

– Waouh ! m'exclamai-je. Tu es vraiment grande alors. Susy acquiesça, satisfaite.

– Tu veux venir avec moi ? me proposa-t-elle.

– Où ça ?

– Aux Gullies. Pour parler avec Rick.

Elle l'attendait sur le pont, mais elle allait lui parler ailleurs. Le monde fantastique des enfants.

– Les Gullies ?

La petite fille m'indiqua une zone de Joylet, derrière le quartier de Pulp Lime, le plus proche du pont du côté est. Même si je n'avais pas bien compris à quoi elle se référait, j'acceptai et lui proposai de monter dans la voiture. Dès que Susy ferma la portière, j'entendis un grincement sinistre, incomparable aux grognements du Susquehanna. Non, on aurait plutôt dit un râle en provenance directe de l'un des quatre piliers qui soutenait le pont. Je tendis l'oreille. Le crissement ne se répéta pas. Il ne resta que les gazouillements des oiseaux et le bruit de l'eau qui coule.

My blood runs cold.

9

Les Gullies comprenaient une grande parcelle de terrain qui se terminait abruptement sur le fleuve. Des falaises, surplombant le Susquehanna, délimitaient à elles seules une zone très contradictoire. C'était assez bizarre que le cimetière de Joylet fût placé exactement à cet endroit, dans une excavation, au centre d'un parc de jeu pour enfant. Une zone verte où les enfants pouvaient jouer en plein air – il y avait des manèges, des balançoires, des toboggans et des bascules en bois – et où les adultes pouvaient se promener ou lire, assis sur un banc, à l'ombre des majestueux peupliers blancs.

Pour rendre visite aux défunts, il fallait passer par l'entrée du parc, parcourir un sentier de gravillons et enfin traverser un portail en fer forgé avec des arabesques dorées qui se tordaient en formant des visages hurlants. Le cimetière se composait de trois niveaux, semblables à des plates-formes.

Une fois franchi le seuil de la porte, Susy Rivera s'était mise à courir et, après avoir monté un escalier, elle avait rejoint le plus haut point du cimetière.

Cinq, dix, vingt. Arrivée au sommet, j'avais compté soixante-dix-sept marches. Tantôt hautes tantôt basses et parsemées de mousse. Les trois plates-formes avaient la même superficie. Un cimetière assez singulier, un agencement à des années-lumière de celui que j'étais habituée à fréquenter à Tuscaloosa. Là-bas, je me rendais régulièrement sur la tombe de ma sœur pour changer les fleurs, prier et lui raconter quelques nouvelles futilités. Les tulipes jaunes étaient ses fleurs préférées. Avec mon emménagement à Joylet, ces gestes disparaîtraient de ma routine hebdomadaire, mais pas de mes pensées. Adèle vivait près de moi, chaque jour. Chaque heure.

Je retrouvai Susy agenouillée face à une pierre tombale en marbre, la nouvelle demeure de son petit frère. Je restai en retrait, muette.

De sa petite main, elle me fit signe de m'approcher.

– Tu veux lui parler, Ethel ?

Je m'agenouillai près d'elle.

– Il ne sait pas qui je suis, ma puce, lui répondis-je à voix basse. La tombe de Maverick Rivera était jonchée de jouets, de peluches, de lettres conservées à l'intérieur d'emballages en plastique. Pour Adèle aussi ça avait été comme ça, du moins pendant les premiers mois, sa pierre tombale avait été surchargée. Mais le temps avait passé, et les cadeaux de ses amis avaient diminué jusqu'à disparaître. Triste résultat des intempéries et de la vie qui continue inexorablement.

– OK, c'est moi qui parle alors, dit Susy en se remettant debout. Elle contourna la tombe. Derrière, une boîte en plexiglas protégeait un téléphone jouet. Il ressemblait à celui que j'avais trouvé dans un paquet vert petit pois, un matin de Noël désormais lointain. Le Téléphone Bavard de chez Fisher Price. Un téléphone doté de roulettes, avec imprimé dessus une petite tête souriante qui donnait envie de glisser son doigt dans le cadran jaune et de composer le numéro de son choix.

– Il est beau, hein ?

– Il marche encore ? lui demandai-je en remarquant que le combiné rouge n'avait plus le câble qui aurait dû le relier au corps en plastique.

Susy secoua sa petite tête.

– Pas avec tout le monde. Moi, par exemple, je l'entends toujours. Maman aussi. Papa, lui, sourit et c'est tout. Je sais que lui aussi entend Rick, mais il ne veut pas l'admettre. Sinon pourquoi il sourirait ?

– C'est vrai ça, ma puce. Il sourit parce qu'il est content d'entendre la voix de Rick, mentis-je en me mordant la lèvre inférieure.

Susy enleva le couvercle que la boîte en plexiglas et en sortit le téléphone. Le petit visage joyeux dessiné sur le devant du jouet était inquiétant. Dans ce contexte, il me donnait la sensation d'une expression faussement joyeuse. Un clown sans famille ni ami, seul au monde, et contraint d'égayer une grande foule de spectateurs.

– Il marche vraiment alors ? T'en es sûre ?

– Regarde, dit la fillette en levant le combiné de plastique.

Elle enfonça son petit doigt dans la butée et fit tourner le cadran jusqu'au numéro sept. Elle répéta cette action encore deux fois. Curieuse, je constatai que la petite avait à chaque fois choisi le numéro sept.

– Pourquoi sept ? lui demandai-je presque sans m'en rendre compte.

Susy posa son index sur les lèvres : « Chuuut ! » Son imagination s'activait, et imposait le silence. Elle était en pleine élaboration.

Je soupirai, consciente que cette farce se réduirait au spectacle d'un échange de propos mignons entre une fillette et son frère décédé.

Un amas effiloché de nuages s'étendait au-dessus de nous. La lumière naturelle s'atténuait, la couleur de chaque chose devenait de plus en plus sombre. La baisse de luminosité me fit penser à autre chose l'espace de quelques secondes.

Dès que j'entendis le « Salut, Rick » de Susy, je redevins attentive.

– Salut, Rick, répéta la fillette, l'extrémité inférieure du combiné collée à ses lèvres gercées. Tu m'entends, Rick ?

Aucune réponse. Une larme zigzagua sur la joue de la petite fille. Je m'approchai encore un peu plus, inquiète. L'imagination de Susy l'avait-elle déjà abandonnée ? Possible. Ou bien…

– Tu m'entends Rick ? insista-t-elle. Réponds-moi ! Répo… Le dernier mot s'étouffa dans un sanglot. Maverick lui avait-il répondu ? La petite me fixa et acquiesça pleine d'espoir.

– Comment tu vas ? J'eus le souffle coupé.

– Rick m'a dit qu'il avait mis Papi en colère, me murmura Susy en écartant légèrement le téléphone de la bouche.

Puis elle retourna à son entretien chimérique avec son petit frère. Elle sourit.

– Oui, elle est ici, avec moi, articula-t-elle en me regardant en coin. T'es sûr ? Ça marche…

La petite fille me tendit le combiné.

Je la contentai, me limitant à empoigner l'appareil et à le coller contre mon oreille. Mon sixième sens se mit en alerte.

– Allô ? dis-je.

Silence… puis, j'eus comme l'impression d'entendre un bourdonnement lointain provenir de l'intérieur du récepteur. Impossible ! Comment un bout de plastique inanimé pouvait-il émettre un son, même altéré et insignifiant ?

La petite m'incita à réessayer, mais tout s'interrompit quand une ombre apparut dans mon dos. Susy m'arracha le téléphone des mains et reposa le jouet dans sa boîte en plexiglas. Avec l'arrivée de cet homme au gilet rempli de tournevis, la porte magique du monde de Susan Rivera s'était refermée à l'improviste. L'appel du sucre s'était montré plus fort que n'importe quel contact avec l'au-delà. La fillette bondit vers Joe Jack et, sans même qu'elle lui parlât, l'homme fourra sa main dans une de ses innombrables poches et en sortit une Chupa Chups.

– Tiens, Susy, c'est une délicieuse friandise, elle arrive tout droit d'Espagne.

– Papa, il dit que les Espagnols ils sont bons qu'à tuer les taureaux.

– Ton papa se trompe.

La fillette rentra la tête dans les épaules.

– C'est quoi ?

– Une sucette à la fraise. T'enlèves le plastique au-dessus et tu suces. Tu verras c'est super bon !

J'assistai stupéfaite à cette petite mise en scène jusqu'à ce que Joe Jack me reconnaisse.

– Ah, Madame Goldwyn, mais c'est vous ?

Je me relevai.

– On dirait bien, répondis-je en réajustant ma robe. Vous ne travaillez pas aujourd'hui, Monsieur Cox ?

– Si, si, comme chaque jour que Dieu fait. Mais le lundi Madame Ramirez vient faire le ménage et je ferme une heure plus tôt. Du coup, j'en profite pour me promener aux Gullies.

Pendant ce temps, Susy avait réussi la difficile entreprise de retirer le plastique de la sucette et avait commencé à la déguster.

– Une promenade au cimetière ?

– Trop bon ! s'exclama la fille des Rivera, en s'immisçant dans notre conversation.

Joe Jack lui ébouriffa les cheveux.

– T'as vu ? Tu pourras dire à ton père que les Espagnols tuent les taureaux parce qu'ils utilisent leurs cornes pour faire des sucettes, dit-il en lui tirant la langue.

– C'est pas vrai ?

– Bah non, bien sûr, rigola-t-il. J'aime te taquiner, tu sais. Maintenant finis ta sucrerie. La petite recommença à manger sa sucette.

– Excusez-moi, Madame Goldwyn. Les enfants me rendent dingue.

– Vous avez des enfants ?

– Vous plaisantez ? Des mômes ? Que Dieu m'en préserve !

– Alors j'ai dû mal comprendre, précisai-je. Honnêtement, vu la façon dont vous lui parlez et les petits cadeaux que vous leur offrez, je m'étais fait une tout autre idée.

Joe Jack lissa l'extrémité de sa barbe bien entretenue.

– Pas vraiment non… J'aime juste les gâter. Et s'il y en a un qui ne me supplie pas pour un bonbon ou un bâton de réglisse…

– … vous le lui donnez…

– Évidemment ! Ce seront des nouveaux clients un de ces jours !

Je réfléchis à l'âge de cet homme à demi voûté. Il devait avoir dépassé les soixante ans depuis pas mal de temps. Malgré cela, son esprit restait focalisé sur les finances.

– Apparemment vous êtes un bon semeur.

– Le meilleur de Joylet, me répondit-il rebondissant sur ma blague.

Puis il redevint sérieux et se rapprocha.

– Vous me demandiez pourquoi je me promène au cimetière, n'est-ce pas ? Un jour, quand vous aurez le temps, comptez-les, me recommanda-t-il en pointant du doigt les tombes qui émergeaient du sol autour de nous. Je viens ici juste pour prier. Tous les lundis, pour chacun d'entre eux.

Les ossements enterrés dans les fosses de la troisième plate-forme étaient donc jeunes. Trop jeunes. Les dates de naissance et de mort gravées sur chacune des pierres avaient très peu d'écart. Je les observai une à une avec intérêt. Celui qui avait vécu le plus longtemps aurait dû fêter son sixième anniversaire au mois de mai suivant.

10

C'était mercredi. À dix heures et une minute, un klaxon claironna. Le fourgon jaune et orange des déménageurs était arrêté sur Spire street, les warnings allumés.

Pour la deuxième nuit consécutive, j'avais dormi comme un bébé. La phrase de Joe Jack avait toutefois continué à envahir ma tête comme un écho constant qui ne semblait pas vouloir faiblir.

Un jour, quand vous aurez le temps, vous les compterez… compterez… compterez…

Je ne l'avais pas fait, pour moi c'eût été comme compter les diables qui peuplent l'enfer. Un coup d'œil m'avait suffi pour faire une estimation. Ils étaient des dizaines. Des dizaines d'enfants ignorants qui étaient tombés dans les bras de la mort. Maladies, hasard. Banalité. Des vies détruites par des destins cruels. Selon les dires de Cox, une bonne moitié des couples touchés par le deuil avaient décidé de rester à Joylet. En dépit de la perte d'un enfant, il était de leur devoir de continuer à avancer. Le salaire garanti par le travail à la mine était bien trop intéressant et permettait pleinement de subvenir aux besoins d'une famille. Mais à cette époque, malgré la récession en cours en Amérique, la pire après la Grande Dépression de 1929, qui impliquait surtout la « Rust Belt » – les régions industrielles du Nord-Est et du Midwest – la crise n'avait pas touché les mines de Joylet.

Les trois déménageurs finirent de décharger le camion à treize heures et s'en allèrent à toute vitesse, déroutés par l'absurdité de Spire street.

Chris et moi pourrions enfin dormir ensemble dans notre grand lit, avec des meubles et des tableaux familiers. Cette maison acquerrait un aspect plus confortable et plus convivial.

Pour la première fois depuis que nous étions arrivés à Joylet, j'étais détendue. Je m'installai confortablement dans le fauteuil et allumai la télévision. Comme pour changer, on parlait de Reagan et du chaos qu'il avait déclenché en tant que président. L'économie américaine était en train de s'effondrer. Dans un court laps de temps, l'effet de ce qu'on appelait les *Reaganomics* avait fait augmenter le déficit budgétaire.

Les prêts entre gouvernements et le resserrement de la politique monétaire avaient contribué à une hausse excessive des taxes dans le pays, aux alentours de vingt pour cent. Je posai la télécommande sur l'accoudoir. Je ne renierais pas mon choix électoral. Ma mère et mon père étaient républicains, ainsi que mes grands-parents et mes arrière-grands-parents des deux côtés. Un arbre généalogique entièrement composé de républicains entêtés. Je ne changerais jamais d'idée, quand bien même le monde s'effondrerait.

Pourtant, bien que cette partie des États-Unis soit, en plus d'être peu républicaine, l'une des plus touchées par la crise industrielle, Chris m'avait obligée à venir m'enterrer dans ce patelin paumé de Pennsylvanie, le seul où le travail ne manquait jamais, paraît-il. Un village que mon esprit se représentait, je ne sais pas du tout pourquoi, comme un grand chapiteau de cirque affaissé. Un immense tissu plastifié qui s'était effondré sur un spectacle auquel je n'avais pas eu le droit d'assister. Peut-être était-ce encore une de mes énièmes hallucinations sensorielles.

Tout avait commencé par la Vieille Sorcière. Ma grand-mère m'en avait parlé non pas pour m'effrayer, mais pour me mettre en garde et me faire renoncer à l'envie de manger mon assiette beaucoup trop vite. En réalité, c'était exactement ce que contait la croyance populaire aux États-Unis. En effet, la Vieille Sorcière se manifestait pendant l'état de somnolence, auprès de ceux qui s'étaient gavés et avaient, de ce fait, mal digéré le dîner.

Mais moi je l'avais vue, cette horrible sorcière aux dents de verre acérées. C'était arrivé un an après la mort d'Adèle. Et ce fut, justement, cet épisode-là qui me convainquit que la nourriture n'avait rien à voir là-dedans, qu'il y avait des failles dans ce que m'avait raconté mamie Geena. D'autant plus que ce soir-là, j'avais sauté le dîner.

Chris voyait les choses différemment : ce n'était qu'une manifestation inconsciente due à mon état de somnolence, que j'avais mêlée à une croyance populaire et à la perte de ma sœur. Selon lui, mon esprit immature avait traité et confondu la réalité avec l'imagination en me convainquant qu'Adèle avait été étouffée dans son sommeil par la Vieille Sorcière. Une fumée vénéneuse qui polluait sans cesse mon inconscient et avait contribué à l'apparition de mes hallucinations. Un matin, à mon insu, il m'avait même emmenée chez un « retourneur » de cerveaux qui, d'ailleurs, n'avait trouvé aucune trace de schizophrénie dans mes synapses. Depuis ce jour, Chris était devenu plus doux avec moi. Un comportement hypocrite qui cachait plutôt mal son scepticisme invétéré.

Je zappai un peu puis éteignis la télévision. À la moitié du couloir je me figeai et levai les yeux. Au-dessus de moi j'aperçus les contours de la trappe rectangulaire découpée dans le plâtre du plafond. Je décidai de monter pour découvrir ce qu'il y avait là-haut. Grâce à la perche télescopique placée entre le mur et le radiateur, je fis sauter le loquet de la trappe. La porte s'ouvrit tout doucement grâce à un mécanisme en accordéon.

Je saisis la poignée fixée sur l'extrémité inférieure de l'échelle en aluminium puis la dépliai entièrement jusqu'à la faire reposer sur le sol en granit. Je me hissai tout en haut en m'aidant des rampes latérales.

Le grenier était peu éclairé et exigu. Je notai instantanément qu'il était bien moins spacieux que ce que j'avais imaginé : sa superficie ne coïncidait pas avec celle de la maison. À ma droite, il y avait deux réservoirs d'environ deux mètres de haut qui servaient à assurer l'approvisionnement en eau en cas de panne du réseau hydraulique. Adossés aux réservoirs, trois cartons reposaient là, scellés par de l'adhésif marron.

J'arrachai le scotch de l'un d'entre eux et en ouvris les pans supérieurs. À l'intérieur, il y avait des jouets, des pièces de métal, des vis, des Lego et une toupie dont le manche était rouillé. Poussée par la curiosité, mon instinct m'encouragea à farfouiller aussi dans les deux autres cartons, c'était sans compter sur le bruit insistant de la sonnette. Plutôt que de descendre, je me penchai par la fenêtre ronde de la lucarne qui tombait perpendiculairement sur le toit de la véranda.

– C'est qui ? demandai-je d'en haut.

Sous la verrière, le teint cireux de Leonor Mikeller apparut. Je me dépêchai de redescendre l'échelle pour rejoindre l'entrée.

– Bonjour.

– Je vous dérange ?

– Non, non, du tout, lui répondis-je.

Sans le chahut du dimanche précédent au Whiner Squonk, je distinguai bien mieux son timbre de voix : même le gloussement d'une oie aurait paru plus complaisant. Sans parler de sa tenue vestimentaire ! Une robe longue lui serrait la taille, la recouvrant comme une poupée de porcelaine. Elle avait le visage lisse et délicat, et une petite bouche extrêmement fine qui aurait rendu n'importe quelle vibration perçante.

– Dites-moi tout.

– Je vous ai croisée une paire de fois, mais je n'ai pas eu l'occasion de me présenter. Je suis votre voisine.

J'aurais voulu lui répondre que malheureusement, je le savais déjà.

– Vous avez peut-être déjà vu, dans les parages, l'un de mes trois petits anges.

Des petits anges ? Des pestes plutôt, Madame Mikeller ! Elle avait mis au monde trois suppôts de Satan. Je fis un signe de la tête pour acquiescer.

– J'ai trouvé l'affiche à la supérette de JJ, et je suis venue pour ça, dit-elle en me montrant un pantalon en lin avec des poches arrachées et deux chemises qui avaient sûrement connu des temps meilleurs. Je peux vous les laisser ?

Étonnée, je fronçai les sourcils, l'oie m'avait prise au dépourvu.

– Vous n'êtes pas couturière ? ajouta Madame Mikeller devant mon visage déconcerté.

– Si, si... Laissez-moi tout ça.

Leonor Mikeller me tendit les vêtements. Elle allait partir, mais se retourna soudainement.

– Ah ! J'allais oublier ! Le trois mai il y a la fête du village comme chaque année, vous êtes au courant ?

– Une fête ? demandai-je, en repliant les vêtements à raccommoder.

– Oui, on célèbre le jour de la fondation de Joylet. La mine est fermée, on danse et on s'amuse sur la place. Et puis, Monsieur Hutchison fera son habituel discours, suivi des histoires de Coleman. Les anecdotes de ses parties de chasse sont toujours très amusantes. À la fin, il y a un grand buffet. Chaque famille prépare quelque chose à manger.

– C'est super. Merci de m'avoir prévenue.

Je la saluai en reculant vers la maison tandis que la poupée en porcelaine me fixait en exhibant un sourire forcé.

11

Nous nous arrêtâmes au bout de la rue, je tenais un plat avec, posé dessus, un bavarois aux fraises que j'avais préparé pendant la matinée. La place était bondée, une foule de personnes étaient agglutinées autour des jongleurs, des échassiers, des cracheurs de feu et des stands colorés. Un vacarme infernal régnait et la musique diffusée à plein volume sur les quatre enceintes de la scène centrale contribuait au tapage.

– Ah, vous voilà ! croassa une voix derrière moi.

Nous nous retournâmes, et je reconnus instantanément la bouche en sphincter de poule. Sa petite tête ronde de poupée oscillait sans répit. Leonor Mikeller était accoutrée comme une serveuse des années cinquante.

– Vous êtes magnifique, Ethel.

– Merci, vous aussi.

En réalité, ses hanches généreuses criaient à l'évasion, sa petite jupe blanche et son tablier festonné la ridiculisaient, on aurait dit une boule de pâte à modeler enfoncée de force dans un tube trop étroit.

Les festivités continuèrent avec des jeux au cours desquels s'affrontèrent les habitants des six quartiers. Il y eut quelques querelles, le chef de file de Coral Red et celui de Turquoise Blue en étaient même venus aux mains. Un échassier avait été déséquilibré par la véhémence d'un garçon tombé dans la foule. Après tout, la nature humaine induisait aussi le gène de la compétition, peu importe la forme qu'elle prenait. Quel que soit le prix final, qu'on lutte pour cent mille dollars ou pour une plume de paon, peu importait. Inutile de préciser que mon mari et moi étions restés à l'écart, nous ne comprenions pas d'où naissait cette envie folle de guerroyer. Peut-être que ma faiblesse de caractère, à laquelle Chris faisait souvent référence, résidait justement dans le fait que je n'arrivais pas à comprendre le sens du mot rivalité.

Dès que Chris m'avait exposé ses intentions, j'avais assimilé sa décision de déménager à un suicide par pendaison. Nous vivions en Alabama, et l'Alabama faisait partie de la *Sun Belt*, une portion qui comprenait les États méridionaux du pays et qui avait connu son boom économique dans les années soixante-dix. Au début des années quatre-vingt, le processus de croissance ne s'était pas arrêté. La logique nous aurait conseillé de ne pas partir. Au moins, nous aurions pu rester dans les alentours ; aller en Floride, voire en Californie, n'aurait pas changé grand-chose. Mon ingrat de mari avait préféré au contraire, plonger dans le fumier plutôt que d'attendre la bonne occasion dans les parages.

Ce n'était pas que le salaire promis était faible, bien au contraire, il risquerait sa vie là-dessous, et donc serait bien payé. D'ailleurs, à en croire les rumeurs du village, Hutchison était un très bon patron, et en vingt-sept ans il n'avait jamais licencié un seul employé. À l'exception de Joseph Walker et d'un gamin qui était devenu fou et s'était mangé le petit doigt de la main.

Comme toujours le problème venait de moi. Je n'aimais pas cette zone froide des États-Unis. Et j'aimais encore moins Joylet. Je m'écartai pour laisser passer un petit cortège de saltimbanques. Juste derrière, suivant de près les jongleurs, venaient Coleman, Joe Jack, Jacob, Bob, aîné de Hutchison et boucher de Joylet, ainsi que Dorothy et Milly, femme et fille respectives de Hutchison, maraîchère et pharmacienne du village. En fin de file, un petit monsieur en costume, maigre et fraîchement rasé, s'appuyait sur un bâton de bruyère surmonté d'un pommeau en argent. Chris me donna un léger coup dans les reins et allongea le menton en direction de la fine silhouette qui clôturait le défilé.

– Fred Hutchison, m'informa-t-il.

Le vieux Hutchison fut le dernier à monter sur la scène et le premier à parler. Il adressa quelques phrases mielleuses à ses employés et à sa famille qui s'était placée derrière lui tel un chœur de Gospel. Enfin, il fit l'éloge de *ses* citoyens. *Les siens* parce que Fred Hutchison, au-delà d'être le propriétaire de la mine de charbon, était aussi le maire de Joylet.

Des applaudissements sonores clôturèrent le discours de ce magnat américain. Un petit spectacle de cirque précéda ce qui allait être le clou de cette journée de festivités : la nouvelle anecdote sur les parties de chasse de Coleman Cox. Comme toujours, l'animal qui le rendait le plus fier au monde était le squonk, une espèce légendaire de phacochère que personne n'avait jamais eu l'honneur de croiser, mais que Coleman apercevait depuis environ vingt ans. Dans les légendes folkloriques des États-Unis, le squonk était décrit comme une bête mélancolique, triste au point de ne jamais cesser de pleurer. Bien que Coleman affirmât l'avoir vue et visée plus d'une fois avec son fusil de chasse à double canon, tous les ans il avançait une nouvelle excuse pour justifier le fait qu'il revînt toujours les mains vides.

Je l'écoutai jusqu'à ce que je sois distraite par JJ qui prenait quelque chose dans la main de son frère. Le patron de la supérette se dirigea ensuite vers sa boutique.

Je ne le perdis pas des yeux, la chevelure blanche du vieil homme se distinguait parmi les dizaines et les dizaines de têtes. Quand Joe Jack disparut, englouti par la structure en bois de son magasin, je me focalisai de nouveau sur la scène et sur la silhouette fine du propriétaire de la brasserie.

– Mes amis, vous aurez du mal à le croire, mais en octobre dernier mes projectiles se sont brisés net. Sa peau a fait voler en éclat mon acier. Ce ne sont vraiment pas des histoires, que je vous raconte là. C'est la pure vérité, avait assuré Coleman, tandis que les citoyens riaient à n'en plus pouvoir, ce qui d'ailleurs, me parut exagéré.

– Pas mal hein ? lança Chris, contredisant mes pensées. Je marmonnai entre mes dents et me faufilai dans l'océan de visages qui glorifiait Coleman Cox. J'arrivai à droite de la scène, non loin de la rue qui donnait sur Ocher et White Smoke. Comme dans un étrange jeu de cache-cache, je me retrouvai à quelques pas de Joe Jack. L'homme sortait de la boucherie de Bob Hutchison. Je clignai des yeux pour être sûre que c'était bien lui. C'était bien le frère de Coleman, sans l'ombre d'un doute. Il sifflotait. Ce doit être encore une de mes hallucinations, me dis-je avec autodérision. Ou alors il se déplaçait à la vitesse de la lumière. Moins de cinq minutes avant, il était entré dans sa supérette située dans la zone opposée à la place, et maintenant il sortait d'ici ? Ou alors il était revenu sur ses pas sans que je ne m'en aperçoive ?

Il passa devant moi, laissant derrière lui cet arôme unique, douceâtre. Au lieu de se plonger à nouveau dans la foule parmi les rires et les bavardages, il s'engagea dans la ruelle.

Je le suivis, mais pas de trop près, je devais savoir ce que cet homme était en train de manigancer.

Joe Jack continua à avancer, le dos courbé, jusqu'au bout de la rue, puis il prit le troisième anneau de Spire street qui conduisait au pont de ciment. Ce fut quand il posa ses pieds sur l'herbe des Gullies qu'un détail me revint en mémoire : dix-huit heures avaient sonné depuis un quart d'heure et on était lundi. Fête ou pas, il n'avait pas dérogé à ses habitudes. J'accélérai le pas et le rejoignis.

– Monsieur Cox. Il se retourna.

– Ah, c'est vous Madame Goldwyn ? J'avais bien l'impression que quelqu'un me collait aux basques.

– Non, non, simple hasard. J'avais besoin de prendre un peu l'air, mentis-je.

JJ comprit rapidement que ce que je venais de dire était un mensonge pur et simple. Il hésita sur ce qu'il devait faire avant de me proposer de l'accompagner. Depuis cet après-midi où je m'étais rendue au cimetière avec Susy, je n'étais plus retournée aux Gullies. Le bourdonnement qui s'était échappé du téléphone jouet m'avait déstabilisée, mais l'arrivée impromptue du frère de Coleman m'avait fait oublier ce qui venait tout juste de se passer. Pas pour longtemps. Les jours qui suivirent, j'avais eu l'occasion de papoter avec Violet, la mère de Susy, et j'avais appris à quel point la fillette souffrait de la mort de Maverick. Bien plus que ce que j'avais imaginé.

J'allais régulièrement chez les Rivera, un beau rapport entre nos deux familles s'était instauré. Mi-avril, Violet avait recommencé à travailler au Whiner Squonk et il arrivait qu'elle me laisse Susan plutôt que de l'emmener chez Coleman. Avec moi la petite paraissait sereine, elle discutait et plaisantait, insouciante. Régulièrement, elle renouvelait l'invitation à aller avec elle au cimetière parce que Maverick continuait à lui demander de mes nouvelles.

JJ marchait à mon côté, et simultanément, me donnait des informations sur les Gullies, les falaises de Joylet.

– Les bancs colorés de ce parc ont-ils une explication ? lui demandai-je.

Joe Jack enfila ses mains dans les poches de son jean.

– Si vous avez eu l'occasion de faire le tour complet des Gullies, vous avez pu constater que les bancs, par leur forme et leur couleur, sont tous différents les uns des autres.

– Non, la seule fois que je suis venue ici, c'était avec la fille des Rivera. Vous vous souvenez ?

– Je m'en souviens, oui.

Nous étions maintenant arrivés près du portail qui se distinguait par des visages hurlants en fer forgé.

– Il y a douze bancs. Tout comme il y a douze signes du zodiaque. Les dossiers ont été sculptés avec talent par un menuisier réputé de Philadelphie. Je ne sais pas si vous le savez, mais chaque signe du zodiaque a une couleur propre.

– Ah bon ? répondis-je surprise. Au fond, rien de si extravagant en comparaison au reste.

Joe Jack entrouvrit ses lèvres perdues dans une forêt de poils blancs.

– Excepté que durant sa période de l'année le banc ne peut être occupé par personne.

– Pardon ?

– Celui-là, là-bas, vous voyez ? dit-il en m'indiquant le banc peint en vert qu'on apercevait sous l'arcade d'un toboggan.

J'acquiesçai.

– Eh bien voilà, il doit rester libre jusqu'au changement de signe.

– Aujourd'hui, on est le trois mai, bafouillai-je perplexe. J'en déduis que le vert est la couleur… du Taureau ?

Au même moment, le gérant de la supérette ouvrit le portail et, courtois, me laissa entrer la première.

– C'est exactement ça, dit-il en refermant la porte.

Sur la plate-forme qui accueillait les pierres tombales des plus petits, Joe Jack commença son rituel personnel de prière. Il embrassait la sépulture de chaque enfant puis répandait tout autour une poignée de sucre. Une tradition très étrange, aussi étrange que pouvait l'être Joylet.

Toutefois, il s'arrêta plus longtemps sur la dernière. Je m'approchai et lus : Lynwood Pemberton.

Joe Jack me dévisagea du coin de l'œil.

– Lynwood mérite d'être respecté, encore plus que les autres enfants, murmura-t-il.

– Pourquoi ? demandai-je sans réfléchir.

– Il n'y a que son nom pour se rappeler de lui. C'est une tombe vide, dit l'homme en soupirant. Et ce n'est certainement pas de ma faute si ses parents n'ont pas pu lui offrir une sépulture digne de ce nom.

– La forêt, commentai-je.

JJ secoua la tête.

– Vous aussi vous en êtes sûre, on dirait, dit-il en levant les yeux au ciel.

Un éclair vertical déchira le manteau bleu métallisé formé par les nuages en approche. Le tonnerre qui le suivit annonçait l'imminence de l'orage et Joe Jack accéléra le mouvement.

– Nous devrions vite nous en aller, me pressa-t-il. Le temps va bientôt se gâter.

– Moi, je reste ici, lui dis-je en m'accroupissant derrière la tombe de Maverick Rivera.

– Vous allez tomber malade, Madame Goldwyn.

– Ce n'est pas grave. Allez-y, vous, ne vous en faites pas.

– Vous êtes vraiment têtus vous, les gens du Sud, hein ? Ça marche, faites comme vous voulez, déclara-t-il en descendant l'escalier à droite, parsemé de mousse.

Je restai attentive et dès que je fus certaine d'être seule, je soulevai le couvercle de la boîte de plexiglas et serrai le combiné rouge du téléphone jouet. La bouille du clown m'incitait à composer le numéro qui s'agitait dans ma tête. Sept cent soixante-dix-sept.

Sept, sept, sept. « C'est le numéro du Paradis, Ethel ? Tu savais pas ? » m'avait précisé un soir la petite Susy.

J'enfonçai le petit doigt dans la butée et tournai. Le cadran roula. Au troisième sept, je portai le combiné à l'oreille. Une goutte de pluie m'embrassa le front et dégoulina sur ma tempe se mêlant à la sueur.

Une autre goutte. Des dizaines de gouttes. Le combiné émit un bourdonnement confus, un murmure « Ethel… Ethel… Ethel… elle te cherche. »

Succession d'éclairs. Coups de tonnerre. Le vent se leva.

– Qui ? Qui me cherche ? demandai-je le souffle court.

– Adèle… elle est là, avec moi. Elle veut te parler.

Silence.

L'eau de pluie, la sueur et les prémices d'une larme se mêlèrent sur la peau tendue de mon visage.

– Allô ? Allô ?

– Ethel… le timbre de voix avait changé, ce n'était plus celui d'un petit garçon. C'était une fille. Ethel, pourquoi ?

– Adèle, c'est toi ?

– C'est trop tard à présent, tu comprends ?

J'éclatai en sanglots, le combiné écrasé contre ma joue.

– Pour quoi ?

– Ils mourront tous…

– Qui ? De qui parles-tu, Adèle ?

Soudain, un bruit sourd se fit entendre, puis un son semblable à une aspiration, et tout disparut comme aspiré dans le tuyau d'écoulement d'un évier.

NEIGE
(Cahier Pourpre)

Une fois par vie, il neige dans nos rêves.

Orhan Pamuk

De nouveau une rivière verte me vole l'harmonie des herbes et des peupliers, où la lumière de la neige morte est oubliée.

Salvatore Quasimodo

12

Aujourd'hui, 29 novembre 2014 (Atmore, Alabama)

L'image de la découverte du premier cadavre, décrite sur les pages arrachées par mon petit-fils, m'a accompagnée jusqu'à la dernière page du cahier violet. Après son geste, Stevie n'a plus bougé et a écouté chacun de mes mots.

Un instant, quelque chose me distrait : un cafard aux longues antennes remonte le long du pied de lit. Dans l'imaginaire collectif, les cafards sont perçus comme des insectes immondes, répréhensibles et dégoûtants. Pour ma part, ils me sont totalement indifférents. Je le laisse rejoindre tout doucement la tête du lit, et avec mon index je lui donne une pichenette qui l'envoie valdinguer contre le mur. Le cafard survit au choc et rebondit sur le sol. Heureusement pour lui, il retombe sur ses petites pattes, se remet en marche et se faufile sous l'unique meuble présent dans la chambre. Il ferait mieux d'éviter le reste de mon histoire. C'est une histoire si effroyable, qu'elle le serait même pour une blatte de la pire espèce.

De ce premier cahier, je n'ai rien omis, et j'en ferai de même pour les quatre restants. Steven tient vraiment à se nourrir de ces infamies ? Très bien : je les lui mettrai dans la bouche, une par une.

Quand j'ai mentionné le Téléphone Bavard de chez Fisher Price, ma fille a quitté la chambre. C'était prévisible.

– Il était sympa Joe Jack ? me demande Stevie.

– Ça va, lui répondis-je puis je remue le doigt d'un air accusateur et coquin. C'est sûr que toi tu l'aurais aimé, gourmand comme tu es !

– Miam, des sucettes… dit-il en montant sa voix d'un ton, il devient fou rien qu'en pensant aux sucreries. Mais le prochain, c'est lequel, mamie ?

Je le lui indique.

– Celui-là, avec l'étiquette où il est écrit « Neige » dessus.

Voyons comment tu t'en sors avec les mots…

Il rampe jusqu'au tas de cahiers, les trie, à la recherche du bon. Il hésite. Il glisse ses petits doigts sur la couverture de chaque cahier. Je l'entends se parler à lui-même. Il met un peu de temps, mais finit par le trouver.

– Celui-là ? bredouille-t-il incertain.

Le cahier pourpre et les cinq lettres rouges écrites sur un autocollant blanc : Neige.

– Petit génie, je lui souris avant d'en feuilleter quelques pages. Sur la première, je n'ai rien écrit du tout. Il y a seulement un petit dessin, une carte grossière de Joylet. Une sorte de langue de belle-mère. Ce petit sifflet typique de carnaval, formé d'un tube en papier avec un fil métallique à l'intérieur, qui quand on souffle dedans, s'allonge d'un coup en faisant du bruit. C'est ça, Joylet, avec son pont de ciment à l'entrée et le village qui s'enroule sur lui-même, ressemble vaguement à ce gadget.

J'y ai placé les quartiers dans le sens des aiguilles d'une montre. Les trois compris dans la zone sud-est : Pulp Lime, le tout premier, derrière lequel s'étend une grande partie des Gullies ; Ocher et White Smoke, avec la forêt de Lynwood dans leur dos. Dans la zone opposée, nord-ouest, se trouvent les trois quartiers emboîtés entre la petite place de Joylet et le grand bras du Susquehanna : Antique Pink, Turquoise Blue et Coral Red.

– Mais… me dit Steven. Mais…

– Mais quoi ? lui demandé-je. Tu veux savoir autre chose, Stevie ?

Il fait oui de la tête.

– Mais… tu ne m'as pas dit pourquoi on ne pouvait pas utiliser le banc. On t'aurait arrêtée ?

– Non, non. Ça, je ne l'ai jamais su, tu sais. Je m'asseyais toujours sur le banc fuchsia, celui du sagittaire. Et il ne m'est jamais rien arrivé.

– Pas d'argent ?

– Tu veux dire, pas d'amende ? Non, à Joylet, ça n'existait pas les amendes.

– Quoi ?

Steven me regarde émerveillé.

– Il n'y avait personne pour en donner.

– Alors un homme pouvait tirer sur les gens…

Je soupire. Il pouvait tirer, bien sûr, mais aussi disjoncter et broyer des crânes.

– C'est mieux qu'on continue l'histoire. Qu'est-ce que tu en dis, mon grand ?

– Ça marche.

Je feuillette à la va-vite le cahier entier. Dans celui-ci et les trois suivants, je n'ai pas seulement annoté ce que j'ai vécu et ressenti en personne. J'y ai aussi retranscrit les terribles témoignages de ceux qui se sont confiés à moi, de ceux qui n'ont pas réussi, et de ceux qui, par chance, font encore partie de ce monde.

13

14 mai 1982 (Joylet, Pennsylvanie)

C'est à la mi-mai que je tombai pour la première fois sur Joseph Walker.

Depuis trois jours, pas un seul nuage n'obscurcissait le ciel. Le soleil rayonnait sur les toits et, comme à son habitude, Susan Rivera s'était rendue sur le pont de ciment. Le fait que ses parents lui permettent de flâner sur le viaduc me rendait nerveuse. Je m'étais donc proposée pour l'accompagner et elle me permettait de rester proche d'elle lorsqu'elle se penchait sur le garde-fou pour regarder l'horizon se perdre dans les eaux du Susquehanna. Après une bonne demi-heure d'attente, quand le soleil commençait sa descente derrière les frondaisons de Lynwood, Susy versait une petite larme de déception parce que son frère ne s'était pas présenté à leur rendez-vous une fois de plus, et elle m'entraînait aux Gullies. Je n'aimais pas la voir ainsi, je me sentais honteuse en quelque sorte, complice d'une machination. À proximité du portail en fer du cimetière, je m'arrêtais et la laissais libre. Je restais en dehors, par choix. Je m'étais imposé de ne plus mettre un pied là-bas, où reposait la tombe de Maverick.

C'est trop tard à *présent, tu comprends* ?

Sept cent soixante-dix-sept : le numéro du Paradis.

Ils mourront tous.

Ces mots énigmatiques ne pouvaient pas avoir été crachés par le combiné en plastique, ils étaient probablement sortis d'un tiroir caché de mon cerveau. Une mise en garde de mon sixième sens déjà sollicité et encouragé par la tempête angoissante qui faisait rage autour de moi ce jour-là. Mais alors, dans quelle réalité étais-je en train de vivre ?

Je préférai arrêter de penser et me concentrai à nouveau sur le présent. Comme à mon habitude, je m'étais installée sur le banc fuchsia du Sagittaire, la flèche et l'arc tendu sculptés sur le banc formaient un prolongement du dossier. Une position privilégiée qui me permettait d'avoir une vue parfaite sur l'intérieur du cimetière. Quand Susy eut fini son coup de fil fantôme, elle me rejoignit. Nous nous dirigeâmes ensemble vers White Smoke. Sa mère était chez Coleman, et Adam Rivera rentrerait sous peu, de retour de Raw Coal avec mon mari et tout le groupe des mineurs. J'étais à l'aise dans la maison des Rivera et je m'y sentais comme chez moi. Pas difficile, elle était parfaitement identique à la mienne. J'allumai le gaz et mis une petite casserole sur le feu.

Susy m'avait demandé de lui réchauffer du lait.

Ce fut exactement à ce moment-là que je le vis. Walker le bigleux. Cyclope.

Susan avait allumé la télé et était sur le canapé à se distraire devant une rediffusion du *Muppet Show*. Tandis que son rire était de plus en plus fort, j'aperçus l'homme déboucher de la rue. Un énergumène de plus d'un mètre quatre-vingts à la peau couleur ébène. Oui, Joseph Walker était noir. Maintenant, je comprenais mieux pourquoi JJ avait fait illusion à son manque de confiance envers les *nègres*.

Il allait passer par ici, sur le petit chemin entre ma maison et la fenêtre de la cuisine des Rivera. Il portait une salopette en jean et un chapeau de paille sur la tête qui lui permettait de maintenir en position un bandage en tissu grisâtre qui cachait son œil lésé.

Le pansement était placé de telle sorte qu'il ressemblait à un halo sombre placé de travers.

Quand il fut à deux pas de moi, les défauts de sa peau m'apparurent. Son visage était semblable à du cuir mal tanné, ses nombreuses rides et les deux cicatrices qui se croisaient sur son menton le rendaient encore plus inquiétant.

Il passa devant moi. Instinctivement, j'allai à la fenêtre et l'ouvris. Une brise légère et chaude transportait avec elle les particules produites par les peupliers.

– Monsieur Walker !

Il ne se retourna pas. Les chatons qui volaient autour de lui ressemblaient à des flocons de neige desséchés.

– Monsieur Walker ! réessayai-je en élevant la voix.

À cette deuxième tentative, l'homme s'arrêta. Seulement à ce moment-là je remarquai ce qu'il tenait dans les mains. Dans celle de droite, il serrait un sac bien bombé. Ses provisions, me dis-je, repensant aux paroles de Coleman. Dans celle de gauche, il tenait un rouleau de sacs en plastique et un paquet de serre-câbles en nylon.

– Qu'est-ce que vous voulez ? répondit-il sans se retourner.

– Je suis la nouvelle locataire... de votre ancienne maison.

– Et donc ? grommela-t-il morose.

– Dans notre grenier j'ai trouvé trois cartons avec des jouets dedans.

Joseph Walker posa lentement ses achats par terre. Il se retourna. Et bien que mal voyant, j'eus la nette impression que la puissance emprisonnée dans son regard était celle de dizaines, de centaines d'yeux.

– Vous êtes peut-être en train de me demander si ces jouets de merde sont à moi ?

Un flocon solitaire me chatouilla le visage et s'envola.

– Euh... je ne sais pas... vous êtes la première personne à qui j'ai pensé.

– Eh bien vous avez mal pensé alors ! Et même, vous savez quoi ? Allez vous faire foutre, vous et vos putains de jouets.

L'homme de couleur plia les genoux pour reprendre ses colliers de serrage, ses sacs en plastique et ses sacs de courses. Il se prépara à reprendre sa route. À un peu moins de cent mètres s'érigeait la première barrière d'arbres de la forêt.

– Attendez ! Attendez ! Qu'est-ce que je suis censée en faire, moi ?

Walker se contenta de lever le bras droit, celui qui tenait le sac de courses et me montra son doigt du milieu.

14

22 octobre 1981 (Joylet, Pennsylvanie)

La fin du printemps et l'été étaient passés sans encombre. J'eus bien peu de choses à écrire.

Tout allait pour le mieux au travail de Chris à la mine. Mon mari s'était créé un cercle d'amis, avec lequel il avait l'habitude de se réunir le soir pour une pinte de bière chez Coleman. Le week-end, ils organisaient des parties de Omaha, une variante du Poker que j'avais eu du mal à comprendre au début. Chris m'avait expliqué que ce jeu avait des règles similaires au *Texas Hold'em*, mais que le déroulement et les combinaisons possibles étaient différents. À force de m'asseoir à côté de lui j'avais appris, dans les grandes lignes, le but du jeu. Chris était un joueur qui aimait bluffer, et difficile à démasquer. Un bon joueur, à mon humble avis. Son expression qui restait de marbre et sa façon de tenir sa cigarette ne laissaient transparaître aucune hésitation. Ce qui ressortait pourtant clairement des *récits* de ses adversaires, m'avait-il confié.

Au village, les habitants avaient appris que j'étais couturière de profession. Grâce au bouche-à-oreille, je me dédiais à mon métier avec constance, et cela m'avait permis de récolter un joli petit pactole. Mettre de côté quelques dollars ne me déplaisait vraiment pas. De l'argent qui nous était bien utile et venait compléter le bon salaire de Christopher.

En ce qui concernait mes relations, j'avais moi aussi agrandi la liste de mes contacts. Carol Mullins se faisait passer pour une amie. Nous parlions de la pluie et du beau temps, mais je pense qu'elle était un peu jalouse de moi. Puis il y avait les Hill, les Rosberg, très religieux, les Drinkwater. Pour une vie de voisinage paisible, j'avais aussi été contrainte d'approfondir mes relations avec les Mikeller qui, malgré tous mes efforts, ne me plaisaient pas. Ils étaient antipathiques, insupportables. Tous les cinq. Leonor était une Madame-je-sais-tout et malheur à qui la contredisait. Le mari était soumis à sa femme et de ce fait, ses comportements m'agaçaient aussi. Leurs garçons, trois nuisibles pourris gâtés. Souvent, pour ne pas entendre la grosse voix de Dave Mikeller qui vibrait à travers les poils de sa moustache, j'augmentais le son de la télé volontairement, ou bien je me barricadais dans ma chambre pour lire un bon livre. Le plus souvent des œuvres de Lovecraft. *Je suis d'ailleurs,* lu quatre fois, *Les Chats d'Ulthar,* au moins deux, *L'Horreur de Red Hook*, *La clef d'argent* et *Le monstre sur le seuil*, mon préféré sans l'ombre d'un doute.

Contrairement aux Mikeller, les Cox étaient apparemment des saints. Des saints excentriques certes, mais gentils. J'avais découvert que Jacob, le neveu obèse de Coleman, était fils unique. Sa mère, Samantha Cox, était hôtesse de l'air pour la *Eastern Air Lines.* Du père, un certain Gustav « Ics », on avait perdu toutes traces dès qu'il avait eu connaissance du désastre causé par son « pulvérisateur de semences » : il s'était, malgré lui, acquitté de son devoir de mâle, faisant un strike dans le vagin de la malchanceuse hôtesse.

Je ne pouvais pas nier que l'excessive disponibilité des Cox m'était un peu indigeste. Je trouvais ça louche. Je sais, c'était moi la méfiante, celle qui cherchait la pourriture même dans l'âme la plus pure.

***

L'automne avait ensuite pointé le bout de nez. Septembre était passé à toute allure, et maintenant octobre arrivait à sa fin. On était le 22 au soir, il était dix-neuf heures quinze, et les mineurs tardaient à rentrer. Ce n'était pas vraiment étonnant, surtout le vendredi. Fred Hutchison les obligeait à finir leurs missions car après tout était à l'arrêt pendant le week-end. Ce vendredi ne fit pas exception. La navette passa sur le troisième anneau de Spire street à dix-neuf heures trente-cinq, du moins c'est ce que signalait l'horloge accrochée au mur. Et après cinq minutes, Chris, Adam Rivera, Dave Mikeller et un petit groupe de six autres mineurs surgirent de la ruelle qui séparait notre quartier et celui d'Ocher. Ils se saluèrent avec des petites tapes rapides sur les épaules : l'approche du dîner et du repos bien mérité les rendait impatients de rentrer.

Je l'attendais appuyée contre le chambranle de la porte de cuisine. À mes pieds, les trois cartons que j'avais descendus le matin même du grenier ; ceux qui contenaient les jouets abîmés de Walker.

Chris passa le seuil de la porte et enleva son ciré. Il l'accrocha sur le portemanteau et me regarda avec stupeur.

– Qu'est-ce qu'il y a ?

– Je veux les rendre à Walker.

Il baissa les yeux sur les cartons.

– Encore ? Il t'a dit que ce bric-à-brac n'était pas le sien, il me semble.

– Mais bien sûr que si. Pour moi c'est à lui.

J'étais presque certaine que ça lui appartenait. La première fois, quand je l'avais intercepté par la fenêtre des Rivera, il m'avait répondu de manière bourrue, mais il n'avait pas nié. La seule fois de l'été où je l'avais recroisé, de nouveau avec des sacs en plastique et des attaches en nylon, il m'avait ignorée et avait allongé le pas pour me semer. J'avais capitulé, il eût été inutile d'insister auprès de ce noir borné. Chaque soir, avant de me coucher, je me mettais à la fenêtre de ma chambre et j'observais sa cabane en bois. La lumière était allumée. Toujours. Et si dans la nuit, il m'arrivait de me lever pour aller aux toilettes, je jetais un coup d'œil vers la forêt de Lynwood, et immanquablement l'intérieur de la bicoque de Cyclope était illuminé. Mais que faisait Joseph Walker la nuit ?

– Qui t'a dit ça, Ethel ? me demanda mon mari tandis qu'il se démenait avec ses chaussures de sécurité pour les enlever.

– Une supposition de Joe Jack.

– Et qu'est-ce qu'il peut en savoir, lui ?

– Il y a dix ans, la sœur de Cyclope est tombée enceinte, à quarante-huit ans… et Walker en était ravi. Comme il était vieux garçon, l'arrivée du bébé de sa sœur aurait donné un nouveau sens à sa vie. Il ne se contenait plus. Il n'y croyait plus, tu sais quarante-huit ans c'est vraiment tard pour avoir un enfant. Dès qu'il avait appris cette bonne nouvelle, il se rendait à Pittsburg chaque samedi pour acheter un nouveau jouet à son futur neveu.

Ah, prononça Chris, las, et il se dirigea vers la salle de bains. Mais si on s'en débarrassait directement ? Ça ne serait pas mieux ? me cria-t-il de l'autre partie de la maison.

Je le rejoignis, la porte était légèrement entrebâillée et je pouvais entendre le crépitement de la douche.

Ah les hommes ! Ils ne pensent vraiment qu'à leurs propres problèmes !

J'étais étendue dans le canapé quand je m'aperçus que l'eau ne coulait plus dans la salle de bains. Mes yeux fixaient un point précis du plafond, une petite zone dont la couleur était différente. Une tache de moisissure qui, sans pouvoir l'expliquer, m'emmenait revivre certains moments de mon passé. Quand Adèle était encore là.

Ma sœur me serrait la main le long du sinueux sentier d'un bois et me souriait de ses dents tordues. Comme le voulait la nature, ses canines étaient tombées, malheureusement les nouvelles avaient repoussé de travers, superposées sur les prémolaires. Un défaut qui importait peu à Adèle. L'aspect esthétique à cet âge-là valait moins que zéro. Derrière nous, notre père nous suivait, un grand bonhomme à la musculature bien dessinée et à la démarche énergique qui perdrait en vigueur au fil des années. Le même sort serait réservé à sa chevelure ondulée couleur acajou. Le temps est comme ça : il passe, malgré nous et il exige des compromis.

Nous étions à la recherche de quelque chose qui, à cet instant, m'échappait. Peut-être des myrtilles. Ou des champignons. Ou des écureuils. Je ne m'en souvenais plus. Mais j'avais précisément en tête ce qu'il s'était passé après. Tout à coup, Adèle s'était arrêtée, le chemin disparaissait derrière un amas rocheux couvert de mousse. De la mousse qui avait la même teinte verdâtre que la tache qui salissait mon plafond. Ma sœur s'était approchée de la roche. Elle s'était penchée et m'avait encouragée à la rejoindre. Il y avait un piège, un raton laveur se tordait de douleur entre ses dents de fer et saignait d'une patte. Je m'étais agenouillée à côté d'Adèle. J'avais allongé la main vers la petite bestiole pour essayer de la rassurer. Elle souffrait. Mais exactement au même moment, l'animal s'était précipité vers mes doigts. Tombée à la renverse j'avais crié, Adèle en avait fait de même. Notre père nous avait rejointes et nous avait aidées à nous relever. « Il ne souffrira plus » avait-il tenu à nous informer peu après. « Maintenant il dormira pour toujours ».

Il dormira pour toujours, cette affirmation résonnait dans ma tête comme une sentence et me ramena dans le présent. Mais ce n'était peut-être pas la vraie raison. Une petite voix, comme celle d'un jeune garçon m'appelait, qui venait de la zone sombre de la maison. Je levai la tête. Derrière le dossier du canapé, l'obscurité, n'était brisée que par un faisceau de lumière. J'enfilai mes chaussons et, précautionneusement, allai jusqu'au couloir. Cette petite voix ne s'arrêtait pas. J'appuyai sur le bouton et le rai de lumière qui venait de la salle de bains fut absorbé par l'illumination du couloir. La première chose à laquelle je pensai fut la porte laquée de blanc à ma droite, celle du sous-sol. Je restai silencieuse mais ce bavardage, semblable à une confession, ne venait pas d'en bas.

Je regardai de nouveau le battant entrouvert de la salle de bains en face de moi. Dedans se trouvait mon mari. Était-il possible que ce fût une de ses nouvelles créations ? L'imitation d'un collègue de la mine, peut-être, un qui aurait une voix juvénile. Probable.

Je m'approchai de la porte pour comprendre ce qu'il disait. Je saisis les premiers mots, et cela suffit à me faire tressaillir.

« *Ils dormiront pour toujours. Ils mourront tous*... »

Une décharge électrique me traversa les tempes. Comme un éclair. Je me retins à la poignée de la porte pour ne pas tomber. Mon pouls s'accéléra, comme si je recevais des coups de poing dans la poitrine, mais de l'intérieur. Je me ressaisis et ouvris la porte. Chris était debout, légèrement incliné, il se rasait devant le miroir. Il avait le visage entièrement barbouillé de mousse à raser.

– Qu... qu'est-ce qu... que tu as dit ? réussis-je à articuler.

Il sursauta sur place, effrayé. Il tendit le cou, en m'adressant un regard clairement inquiet. Ses pupilles étaient verticales, comme celles d'un reptile.

– Ethel, nom de Dieu ! cria-t-il en envoyant balader sa lame de rasoir dans l'évier.

Je sentis ses doigts se serrer autour de ma taille. À partir de là, ma vue se brouilla jusqu'à s'effacer. Comme me rapporta mon mari par la suite, après être revenue à moi, il m'avait fallu plusieurs minutes pour que tout redevienne normal. Pour que moi-même je me rendisse compte de m'être évanouie dans ses bras.

15

23 octobre 1982 (Joylet, Pennsylvanie)

Poussière.

Depuis mon évanouissement, je n'étais plus sortie de la maison. Je voyais de la poussière partout. Ce n'était pas de la saleté matérielle, mais une patine gênante qui s'était déposée sur ma personne. Elle offusquait ma vision intérieure, masquait la véracité des faits. Qu'était-il en train de m'arriver ?

Les voix existaient-elles ? Susy, et la vieille dame de la supérette. Une hypothétique créature qui se cachait dans ma cave. Et hier mon mari : désagréable. Il était impossible que toutes ces personnes puissent prononcer des phrases similaires, voire identiques. Elles venaient de mon appareil auditif qui les traduisait en pulsions nerveuses dans mon cerveau. Étaient-ce des mensonges sonores que je créais de toutes pièces selon les situations ?

Réfléchis, Ethel. Réfléchis.

Trois ans auparavant, Chris ne m'aurait jamais obligée à aller consulter un spécialiste, s'il n'avait pas été si préoccupé pour mon intégrité mentale. Selon lui, je souffrais de troubles anxiogènes capables de déclencher une activité cérébrale intense, au point de créer des hallucinations sonores. Il n'était pas le seul à m'avoir fait part de ses doutes. Ma mère aussi, avec laquelle j'avais toujours eu un rapport conflictuel, me l'avait reproché un matin, drapée dans son arrogance. Elle m'avait approchée avec tact, chose que je ne la voyais plus faire depuis longtemps, et elle m'avait dévoilé ses inquiétudes. Inquiétudes que partageait également mon père, entre autres.

Je les avais satisfaits.

Christopher m'avait accompagnée chez un neuropsychiatre non loin de Tuscaloosa. Des semaines et des semaines de séances qui s'étaient révélées totalement infructueuses. J'étais saine d'esprit ! Eh oui, messieurs, fraîche comme un gardon. Et cette larme de soupçon que mes parents et Chris avaient insufflée en moi avait complètement disparu, même si, eux, restaient sceptiques.

Malgré ma parfaite santé mentale, à Joylet beaucoup de situations m'avaient tout de suite semblé artificielles. Ma lucidité intellectuelle avait peut-être été affectée, elle aussi, par ce changement brusque, j'étais sans aucun doute un peu tendue. Depuis que j'avais posé les pieds dans ce village, le vide autour de moi s'était rempli de chuchotements et de bruits sinistres.

Les grincements du pont, par exemple, me tourmentaient à chaque fois que je passais dessus avec la petite Rivera.

« Quoi ? m'avait répondu une fois la fillette quand j'avais essayé de lui en parler. Je n'entends aucun bruit, Ethel. »

Ce fut ce jour-là que j'eus la nette sensation d'être une étrangère. Une extra-terrestre qui s'était échappée de son vaisseau spatial. La seule à être consciente d'avoir des grains de poussière sur elle. À Joylet il y avait de la poussière. Une sorte de poussière invisible et sournoise. Des particules extrêmement fines qui avaient la capacité d'altérer les couleurs de ma réalité, les rendant opaques.

Et Chris, alors ? Je l'avais entendu parler avec cette voix qui ne lui appartenait pas. Pourquoi avait-il nié ? D'ailleurs, qu'est-ce que cela lui aurait coûté de l'admettre ? Pourquoi me mentir, s'il était le premier à me secourir lors de mes défaillances momentanées ?

Depuis au moins une demi-heure, je tournais en rond pieds nus dans la maison, avec un horrible mal de crâne. Me retourner le cerveau pour ces anomalies ne m'aidait pas à rassembler les pièces dans le bon ordre. Il devait bien y avoir une explication logique, bon sang de bonsoir !

La pièce du puzzle qui ne cadrait pas bien avec mes suppositions était liée à mon mari, aux mots qu'il avait prononcés tandis qu'il était dans la salle de bains en train de se raser. J'avais déjà exclu l'idée qu'il essayait d'imiter une nouvelle voix pour deux raisons. La première était que Chris l'aurait avoué : il aimait se vanter de ses capacités. Pourtant, il continuait à me répéter qu'il n'avait pas ouvert la bouche. La deuxième, plus inquiétante, concernait les mots que j'avais réussi à comprendre : pour s'essayer à sa nouvelle performance mon mari aurait sûrement commencé par des phrases résolument moins sanglantes.

Ils mourront tous…

Ils dormiront pour toujours.

Le même discours prononcé par les lèvres de Susy, par le murmure de la vieille dame au rosaire et par la voix remontée depuis ma cave.

En contournant le canapé, je me pris le pied dans un des cartons de jouets et trébuchai. Je fus assez rapide pour parer ma chute avec mes mains, et je me relevai sans une égratignure. Les cartons du grenier. Ça me cassait littéralement les pieds de les voir ici, contre le mur. Dans l'après-midi, j'irai chez Walker avec Chris, pour clarifier la situation. Une bonne fois pour toutes.

***

En cette période de l'année, Lynwood était spectaculaire. L'automne rendait ses nuances magiques, des couleurs chaudes qui se mélangeaient dans un tourbillon de beauté naturelle. Par terre, il y avait des feuilles déjà sèches, d'autres humides, d'autres encore qui se balançaient sur les branches, dans l'attente de tomber avec un léger coup de vent.

Chris et moi étions à la moitié de la ruelle autrefois empruntée par les bûcherons, quand Joylet n'était encore qu'un simple projet loufoque dans l'imagination de Fred Hutchison.

Le pont de ciment quant à lui existait déjà au siècle précédent. Mais dans cette zone rurale, il n'y avait qu'une dizaine de chaumières habitées par les bûcherons.

Hutchison avait racheté la zone entière, payant généreusement les propriétaires terriens. Les importantes sommes d'argent offertes avaient facilité l'expulsion des bûcherons. Les bulldozers avaient ratissé, remis à niveau et détruit. La seule construction qui n'avait pas été abattue était justement celle que l'on voyait depuis la fenêtre de notre chambre. Le voilà, le palais de Cyclope, à quelques pas de chez nous, niché dans une couronne de bouleaux.

Chris me précédait de quelques mètres, poussant la brouette grinçante des Mikeller avec les deux cartons remplis de jouets. Je tenais le troisième, le plus léger dans mes bras, et j'avançais lentement, attentive à chacun de mes pas. Une fois passée une légère descente, Chris lâcha la brouette. En face de nous, sa baraque était dans un état moins piteux que ce que je m'étais imaginé. Un auvent, une entrée et une fenêtre. Une construction en bois qui ne montrait aucun signe d'effondrement ; elle était linéaire et sans fissure superficielle. Deux tablettes horizontales faisaient office de marches et facilitaient l'accès à la chaumière.

Chris s'approcha de la porte pour toquer. Il fit une tentative et attendit que Walker vînt nous ouvrir. Mais à l'intérieur, pas une mouche ne volait.

Je posai le carton sur la marche la plus haute et encourageai Chris.

– Essaye encore, il n'a peut-être pas entendu.

Chris leva le bras pour réitérer, mais quand il entendit deux tirs résonner au cœur de la forêt, il se figea.

– Des chasseurs, me rassura-t-il, d'un sourire à peine visible. L'aboiement d'un chien se rapprochait.

– Qu'ils tirent alors, qu'est-ce que ça peut te faire ? Réessaie de frapper, dis-je.

Il acquiesça et retenta. Aucune réponse.

Aboiements frénétiques. Ils étaient de plus en plus proches.

– Vous pouvez essayer autant que vous voudrez. Il ne vous répondra pas.

C'était Coleman Cox, surgissant de derrière un gros chêne. Il portait un gilet, un pantalon et un chapeau en treillis. Il transpirait et tenait en laisse un chiot renifleur au poil roux et court.

– Pourquoi ? demandai-je.

– Au pied, Buck ! ordonna-t-il à son chien, qui tirait la corde accrochée à son collier. Comment pourquoi ? Cette écorce de charbon n'ouvre à personne. Il s'occupe de ses affaires et ne veut pas qu'on lui casse les bonbons.

– Je comprends, s'immisça Chris. C'est vous qui tiriez, Monsieur Cox ?

Dans le dos de Cox apparaissait l'extrémité de son fusil à double canon, qu'il tenait bien ferme sur ses épaules grâce à une bandoulière en cuir.

– Ça me semble évident. Nous sommes peu à chasser, à Joylet. Et ces jours-ci, ceux qui précèdent la nuit d'Halloween, sont les plus beaux.

– Le squonk, me rappelai-je à voix haute.

– Exactement, Ethel. Vous avez bonne mémoire. Je lui souris, peu convaincue.

– Et alors, vous l'avez eu ?

Coleman secoua la tête.

– Non, mais ce n'est que l'affaire de quelques heures. J'ai vu la traînée de merde qu'il a laissée derrière lui.

– Vous reconnaissez le gibier à sa merde ?

Mon mari nous rejoignit en ricanant.

– Je ne vois pas ce qu'il y a de si hilarant, Monsieur Goldwyn. La merde est ce qui nous assimile le plus aux animaux ; et j'ai appris un tas de choses là-dessus. Cela m'aide énormément pour le traçage des squonks.

– Et elle a quoi de différent celle du squonk ?

Cox posa une main sur l'épaule de Chris.

– Elle est grisâtre… et a une odeur de jasmin.

– Voyons, Monsieur Cox, dis-je, vous ne voulez tout de même pas qu'on croie à ces bobards.

L'homme me lança un regard noir.

– Quoi qu'il en soit, râla-t-il, je vous conseille de repartir avec toutes ces babioles.

– Mais pourquoi ? C'est lui qui les a achetées.

– Qui vous a dit ça ?

– Joe Jack.

– Ah ! Mon frère ?

Il prononça ce mot avec une pointe d'ironie en se tapotant la tempe avec son index.

– JJ vieillit vous savez. Il gère encore très bien la supérette, mais ne prenez pas pour parole d'évangile tout ce qui sort de sa bouche. Ses racontars sur Cyclope sont souvent peu fiables. Je dirais même que selon moi, il ne supporte vraiment pas ce nègre.

– Et concernant le fils des Pemberton ? Lynwood… Coleman me fixa de ses yeux laiteux.

– Je ne sais pas ce qu'il a pu raconter exactement, mais si vous me demandez si Lynwood a éborgné Walker et qu'il est mort ensuite là-dedans, dit-il en montrant du doigt la multitude de troncs qui se dressait à ma droite. Eh bien, dans ce cas-là il a été un peu trop honnête.

16

1er novembre 1982 (Joylet, Pennsylvanie)

Hier, c'était le 31 octobre.

All Hallows' Eve, la nuit de tous les esprits sacrés. *Halloween.*

Je détestais Halloween. J'étais peut-être une personne qui allait toujours à contre-courant, mais j'éprouvais une profonde répulsion envers cette fête à quatre sous.

Un bonbon ou un sort ? Sérieusement ? Je détestais déjà la nuit d'Halloween quand j'avais l'âge de l'adorer. Adèle était comme moi, nous étions différentes des autres enfants. Nous restions à la maison et nous faisions la fête à notre manière, habillées en princesse. Après sa mort, mon aversion pour Halloween s'était amplifiée. Je ne comprenais pas le pourquoi des monstres et des masques terrifiants, alors que c'était une célébration « de tous les esprits sacrés ». Mais ce soir-là, bien que l'odieuse nuit d'Halloween fût passée, j'avais le moral au plus bas, anéanti. J'étais bouleversée par la nouvelle que m'avait apprise Chris en fin d'après-midi.

Adam Rivera était mort.

Mon mari m'expliqua que Raw Coal était une mine de charbon qui demandait du matériel adéquat et une certaine maîtrise pour opérer dans le monde souterrain. Elle était constituée de deux mines plus petites reliées par des puits verticaux et des galeries. Sur les côtés, des tunnels permettaient de rejoindre les veines de charbon les plus riches. Pour la sécurité de ceux qui y travaillaient, les mines devaient toujours être bien aérées, car pendant les manœuvres d'extraction, un gaz se produisait, le grisou, incolore, très toxique et hautement explosif.

Ce jour tragique, une fois la pause déjeuner terminée, Chris était retourné dans la cage qui l'emmenait en profondeur, jusqu'au tunnel de l'aile droite de la mine. Durant cette période, il travaillait toujours en binôme avec notre voisin, Adam Rivera. Machinalement, il avait refermé la porte derrière lui. Puis il avait actionné le levier manuel et l'ascenseur avait commencé sa descente dans les entrailles de la terre.

En descendant, la température baissait et l'odeur emprisonnée dans les intestins de Raw Coal devenait de plus en plus désagréable. Les premières fois, il se bouchait le nez, pour ne pas avoir à respirer cette odeur nauséabonde, sans parler de la sensation d'oppression qu'il éprouvait en s'enfonçant dans un boyau qui semblait interminable. Un puis sombre qui n'en finissait jamais. Plus bas, toujours plus bas, mettant à l'épreuve poumons et muscles.

Être mineur n'était pas un jeu d'enfant. C'était un métier à hauts risques. Et Christopher en avait eu la confirmation cet après-midi-là, quand il avait compris que la fin du monde, de son monde, était passée à un cheveu de lui.

La cage était arrivée à destination, cinq cent quarante-deux mètres sous terre, et s'était mise à trembler. Chris avait rouvert la porte grillagée et s'était dirigé vers la galerie centrale. À droite et à gauche de lui, il y avait d'autres galeries plus petites, et dans l'une d'elles, Adam Rivera l'attendait.

– Ils te payent les heures sup' ? lui avait demandé Chris, jetant un coup d'œil sur sa montre dotée d'une mini boussole.

– Quoi ?

– Il me semble que tu as commencé à piocher plus tôt que prévu, non ?

Adam fit une brève pause, s'appuyant sur le manche de la pioche.

– C'est toi qui es en retard, Chris. Regarde, avait-il précisé en lui montrant le cadran digital de sa Casio Casiotron 29CS-11.

Comme chaque jour, ils s'étaient mis tous les deux à frapper à coups secs contre le mur de la mine. À ce niveau-là, l'un des plus bas de Raw Coal, il n'y avait qu'eux.

Ce qui avait sauvé Chris d'une mort certaine fut son besoin pressant d'aller à la selle. Il avait dû retourner à la cage et remonter jusqu'au premier niveau, dans une zone définie « neutre », à dix mètres de la surface de la terre et où se trouvaient un grand entrepôt et deux toilettes.

Des dizaines d'années auparavant les mineurs avaient recours à des animaux, des canaris notamment, car ils étaient sensibles au gaz. Si les canaris montraient le moindre signe d'étouffement, c'était le moment de fuir de la mine. À Raw Coal on utilisait des détecteurs automatiques capables de déclencher l'alarme en cas de forte concentration. Mais ce système infaillible, ce jour-là, ne s'était pas activé.

Quand la pointe ferrée de la pioche d'Adam avait percé la poche naturelle gorgée de grisou, peut-être à cause d'une panne dans l'installation, aucun détecteur ne s'était actionné. Il n'y avait pas eu d'explosion, Adam n'avait pas été mutilé, ni carbonisé. Ce sont ses voies respiratoires qui avaient lâché, par intoxication. Le père de Susan n'avait pas eu le temps de mettre son masque à gaz suspendu à l'entrée de la galerie.

Comme le vérifierait par la suite le médecin légiste, l'inhalation excessive du grisou s'était très rapidement révélée fatale pour ses poumons.

Chris m'avait appelée depuis le téléphone du motel situé presque en face de Raw Coal. Mon mari était en vie par miracle, sauvé par cette merde dont on s'était tant moqué quelques jours auparavant en discutant avec Coleman. Son timbre de voix enflammé m'avait directement mis en alerte. Il était essoufflé, comme s'il avait couru sans interruption pendant des heures. Il hoquetait, pleurait et n'arrivait pas à finir une phrase sans y glisser « terrible », « oh mon Dieu ! », « tu comprends ? ».

Et je le comprenais plus que très bien. Il avait eu chaud. Il avait perdu sans crier gare un ami, un collègue. Il était traumatisé. Sauvé par le fromage fondu qu'il avait mangé à midi. Son intolérance au lactose avait bien mieux joué son rôle de détecteur automatique. Elle avait été son canari inconscient.

Je me rendis sans attendre chez les Rivera. Violet saluait machinalement n'importe qui entrait chez elle pour lui faire ses condoléances. C'étaient les règles de bienséance et de politesse, je le savais. Mais elle le faisait comme une automate. De dix-neuf heures jusqu'à ce que la navette ramène les mineurs à Joylet, le numéro deux de White Smoke fut plein de gens, un va-et-vient continu pour rendre hommage à la toute jeune veuve du village. Un fils et un mari perdus en à peine quelques mois.

17

4 novembre 1982 (Joylet, Pennsylvanie)

Trois jours étaient passés depuis l'accident où le père de Susan avait perdu la vie. L'enquête policière ainsi que l'autopsie avaient retardé la célébration des funérailles. Oui, les funérailles. La seule cérémonie religieuse qui pouvait être conduite à Joylet.

En effet, à Joylet il n'y avait aucune église. À Joylet il n'y avait pas l'ombre d'un pasteur, d'un prêtre, ou d'une quelconque figure qui soit compétente en matière de religion. À Joylet, on ne se mariait pas, les couples qui y vivaient étaient déjà liés par les liens sacrés du mariage. Tous. Il pouvait y avoir des exceptions, bien sûr. Mais, dans ce cas, les deux tourtereaux étaient contraints de se rendre ailleurs, avec toute la cavalerie, parents et amis, pour pouvoir le faire. Il en allait de même pour les baptêmes et autres cérémonies.

Pour les enterrements, en revanche, c'était différent. Joylet avait son propre cimetière qu'il fallait bien justifier de quelque manière. On contactait un prêtre, on montait un immense kiosque devant les portes du village, sur une clairière qui s'ouvrait à proximité du pont de ciment. Enfin, on aménageait du mieux possible un autel et des sièges pour les personnes présentes.

Tout cela était plutôt embarrassant. On ne pouvait pas traiter les morts de cette façon ! Je repensais à ce petit ange, Maverick Rivera, et aux autres locataires de la troisième plate-forme qui gisaient six pieds sous terre et qui n'avaient pas eu droit à une célébration digne de ce nom.

Le pasteur qui disait la sainte messe était un blanc-bec du diocèse de Scranton qui avait vingt-cinq ans tout au plus. Une explosion de boutons lui marquait le visage, et il semblait animé d'une grande envie de ne pas s'éterniser ici. On voyait bien qu'il avait été envoyé ici à coups de pied au cul. Son bégaiement était la preuve irréfutable de sa faible connaissance du métier.

Non pas que j'eusse la volonté d'être méchante, le mal attire le mal, mais j'avais l'impression que ce gars-là aurait voulu tout faire sauf être l'intermédiaire de Dieu sur Terre.

À la fin de la célébration liturgique, l'usage voulait que le cortège funèbre rejoigne les six hommes qui portaient le cercueil. Un cercueil en piteux état, fait en bois plutôt bon marché, avec une croix en laiton anonyme posée sur le dessus. De plus, il faisait froid. Un froid sec.

Le jeune prêtre, Père Gerhard, se plaça en tête de la procession et commença les prières qui guideraient le défunt vers sa nouvelle et humide demeure. Même si ses bégaiements l'avaient ralenti, le gamin fut assez rapide. Tant mieux, car dans le ciel de gros nuages gris s'étaient amassés et ils ne promettaient rien de bon.

Devant moi se trouvait Joe Jack. Je le reconnus à son odeur, cette fragrance douceâtre annihilerait même la puanteur d'un élevage de vaches.

Je me frayai un passage et me rapprochai de lui.

– Hé !

Il se retourna surpris.

– Ah ! Madame Goldwyn.

Je le pris par le bras et le forçai à se déplacer vers la rambarde gauche du pont.

– Que faites-vous ? me demanda JJ de plus en plus étonné.

Je lui fis signe de patienter, je voulais que toute la foule nous devance.

– Alors ?

– Alors quoi ?

– Vous n'entendez rien ?

– Qu'est-ce que je devrais entendre, Ethel ? Pardonnez-moi, mais pourrions-nous nous éloigner du garde-fou ? Je n'ai pas envie de finir en bas.

Je le retins par le bras.

– Non, non. Restez ici, parce que vous devez entendre ce que le pont a à nous dire. Écoutez ces grincements qui viennent des piliers. Ça fait des mois…

Les lèvres de Joe Jack s'entrouvrirent, ses yeux bleus ne semblaient pas inquiets.

– C'est un phénomène physique. Ce pont a été construit en 1894 pour faciliter l'accès des bûcherons à la forêt. Je pense que c'est normal qu'il couine légèrement.

– Non, ce n'est pas normal, l'interrompis-je. Mon père est charpentier. Il lui arrivait souvent de venir me chercher à l'école. Il m'emmenait sur ses différents chantiers où il travaillait. Bien évidemment, pas dans sur chantier même, mais il me laissait dans un conteneur. Je restais là pendant près d'une heure, en attendant que ma mère passe me prendre. Mais ce n'est pas ça l'important, ce qui compte c'est ce qu'il me racontait le long du trajet en voiture. Au sujet des grincements des structures, justement. Du fait que, même ces constructions étaient, en quelque sorte, capables de communiquer. Le béton, le mortier et tout autre matériau sont des matières inanimées, je suis d'accord. Mais la physique et la science les fondent et les assemblent grâce à des calculs précis et à des formules mathématiques vérifiées. Vous voyez ce que je veux dire ?

L'homme me regarda perplexe, la tête penchée comme il l'avait déjà fait le jour où nous nous étions rencontrés.

– Ethel, me supplia-t-il, je comprends tout à fait votre discours. Mais ne vous tracassez pas le cerveau avec des futilités pareilles. Le pont est solide, je peux vous le garantir.

– Joe Jack, vous êtes habitués à vendre des babioles ! Moi, j'ai étudié le génie civil pendant deux ans en Caroline du Nord…

– Et pourquoi donc avez-vous arrêté ?

– Pardonnez-moi, mais ça, ça ne vous regarde pas.

– OK, OK, faites comme si je n'avais rien dit alors, me dit-il en souriant.

Pendant ce temps-là, un petit flocon de neige se posa sur ma main fripée. Joe Jack le regarda du coin de l'œil.

– Il serait peut-être mieux d'y aller, qu'en dites-vous ?

J'acquiesçai peu convaincue, et le vieux patron de la supérette se remit à marcher.

La neige. Le Père Gerhard était sûrement en train de rire dans sa barbe, qu'il n'avait pas. Cet événement singulier accélérerait le déroulement de la cérémonie et il pourrait rentrer au chaud plus tôt que prévu, au-delà de ses plus folles attentes.

– Attendez-moi. Un contrôle de la structure est nécessaire, criai-je derrière l'homme qui avançait à grandes enjambées.

– OK, d'accord, me répondit-il, gardant la tête penchée. Pour réduire la distance, je dus piquer un petit sprint.

– Vous me promettez d'en parler avec votre cousin ?

– Je vous le promets… souffla Joe Jack.

La neige s'intensifia. Des boules de coton glacées choisissaient quand et comment tomber à terre. Sur le bas-côté de la route. Sur le ciment du pont. Partout. Elles se balançaient solitaires, ou liées les unes aux autres. On était début novembre, le manteau blanc qui se formerait n'allait pas durer.

Quelques centimètres de neige qui fondraient avant minuit.

18

Aujourd'hui, 29 novembre 2014 (Atmore, Alabama)

Je dois interrompre ma lecture parce que le prochain chapitre annoncera le début d'une catastrophe. Comme si la nature et l'homme s'étaient mis d'accord pour engendrer le pire des cauchemars. Un cauchemar épouvantable. Réel.

L'arrivée de la tempête.

Il allait neiger pendant des journées entières. Des dizaines de centimètres de neige allaient s'accumuler. Et cette blancheur virginale serait salie. Souillée de sang humain.

Steven tire le pan de ma robe.

– Mamie, pourquoi tu t'arrêtes ?

Parce que je sais qu'à partir de maintenant la mort fera partie de ta vie, aurais-je dû répondre. Toi, ta mère, moi. Tôt ou tard, nous mourrons tous. Et c'est justement là que réside le problème : comprendre à quel point la ligne qui sépare la vie terrestre de la vie éternelle est ténue. Apprendre que l'on est vulnérable, exposé. Être impuissant face à une catastrophe, à un destin cruel, à un tremblement de terre imprévu. À un assassin.

19

7 janvier 1983 (Joylet, Pennsylvanie)

Après l'enterrement d'Adam, Joylet semblait avoir sombré dans un état catatonique. J'avais même arrêté d'écrire, de retranscrire mes pensées. Mes journées étaient rythmées par mes va-et-vient chez les Rivera et quelques petits travaux de raccommodage.

Les festivités de Noël étaient, en quelque sorte, tombées à pic. Le fait de rester ensemble et la chaleur conviviale avaient redonné autant que possible un peu de normalité à la noirceur qui avait infesté la vie de Susy et de Violet. Nous nous réunissions souvent chez les Mikeller ou chez les Hill.

Les hommes pour leurs habituelles parties de Omaha et nous les femmes... eh bien pour rigoler un peu entre deux potins. Pas toutes, à vrai dire. Madame Zimmerman n'aimait pas vraiment nos conversations, et elle préférait s'installer à la table de jeu, collée coude à coude à sa douce moitié.

Depuis longtemps déjà Chris me disait qu'il voyait d'un mauvais œil la présence constante de Sophia Zimmerman à leurs côtés. Selon lui, ces deux-là étaient de mèche. Souvent, il la voyait se pencher vers son mari et lui murmurer des choses. Peut-être le prochain mouvement à faire ? Les cartes des voisins ?

Une semaine avant, mon mari était sorti de ses gonds. Peut-être que le whisky en était la cause, je ne saurais le dire, mais le fait est qu'au énième chuchotement entre mari et femme il s'était levé d'un coup et avait pointé Sophia du doigt. Il avait commencé à l'engueuler et à la traiter de tricheuse. Les injures étaient toutes adressées à elle, pas à William Zimmerman. Elle s'était défendue, naturellement. Elle avait dit que tout était faux, que c'étaient des mensonges. Chris s'était vexé, et juste ciel… Il avait élevé la voix, passant aux menaces. Si William et moi n'étions pas intervenus, qui sait ? Peut-être ces deux-là en seraient-ils venus aux mains. On se serait cru dans une cour de récré.

Depuis ce jour, Chris avait coupé tout contact avec les Zimmerman.

À trois heures du matin, je me réveillai en sursaut. Dans mon sommeil, parmi les restes qui flottaient encore dans ma tête, un œil flottait dans l'obscurité. C'était moi qu'il voulait. Il me fixait. Il s'éloignait, puis réapparaissait, et me tournait autour comme une minuscule planète. J'aurais voulu atteindre l'interrupteur de la lampe de chevet, mais face à cet œil investigateur je me sentais sans défense. Une puissance émanait de son immobilité, on aurait dit qu'il était en cire : constamment écarquillé, sans cils. Je sentais un poids peser sur moi, au niveau de ma poitrine. Impossible que cette force qui m'oppressait puisse naître d'un œil.

Et en effet…

Elle appartenait à un homme, et cet homme était Joseph Walker.

Ce fut lui qui apparut, derrière la flamme d'un briquet.

La lueur instantanée qui encercla sa peau brune coïncida avec mon réveil.

Chris dormait sur le côté, tandis que moi, à moitié engourdie, j'essayais de m'aligner avec la réalité. Je sortis du lit avec précautions, je ne voulais pas perturber le sommeil de mon mari. Quatre heures plus tard, la navette l'attendrait à Rainbow square, avec sa porte pliante défectueuse. Mon instinct me mena à la fenêtre. La cabane de Walker brillait, comme une luciole immobile au milieu des bois.

J'ouvris la porte de la chambre en faisant attention que le battant ne heurtât pas le petit pot rempli de sable du fleuve. Le remède de mamie Geena fonctionnait à merveille. Les indices d'une possible réapparition de la Vieille Sorcière avaient totalement disparu.

Je sortis de la chambre, et pour aller aux toilettes je passai devant la porte laquée de blanc. Chris était descendu là en bas, parce que notre système de chauffage était alimenté par une chaudière installée précisément dans la cave. Il disait qu'il n'y avait rien là-dessous, à part peut-être une légère odeur d'égouts. C'était certainement le cas, mais je préférais tout de même rester en sécurité à l'étage du dessus. En passant devant, je sentis pourtant un frisson glacial me parcourir le corps. Je n'y pouvais rien. Je l'avais vraiment entendue, cette petite voix.

Je serrai ma robe de chambre autour de moi et, une fois dans les toilettes, j'appuyai sur l'interrupteur de la lumière. Je n'aimais pas uriner dans le noir. Je baissai mon pantalon de pyjama et ma culotte jusqu'aux chevilles et je m'assis sur la cuvette. Je tendis un bras vers le mur près de moi, celui du radiateur, il était encore tiède. Chris avait programmé l'arrêt à deux heures.

Nous venions de passer un automne atypique. Il avait neigé pour la première fois durant la cérémonie pour Adam Rivera, et on était seulement au début du mois de novembre.

Une pincée de neige prémonitoire, prélude à d'autres chutes de neige plus copieuses – Thanksgiving, veille de Noël, Nouvel An – qui, associées au froid verglaçant, avaient rendu difficile le moindre déplacement, dont celui des mineurs. Dieu merci, la majeure partie de ces accumulations neigeuses avait fondu. Il restait quelques plaques blanchâtres par-ci par-là et des petits tas au bord de la route. Heureusement pour nous, les prévisions annonçaient une amélioration considérable à partir du début de la semaine suivante. Le week-end serait incertain, on n'excluait pas d'éventuelles retombées des perturbations, même sporadiques et de courte durée. Pour éviter tout risque, le gouverneur de la Pennsylvanie avait ordonné la fermeture des écoles jusqu'au dimanche 16 janvier.

Je soupirai, et m'essuyai avec deux feuilles de papier toilette. Toujours en réfléchissant. Cette fois-ci, je pensai à mes voisines, celles qui me tenaient le plus à cœur. Violet et Susy.

Fred Hutchison leur avait accordé une dérogation afin qu'elles restent à White Smoke au moins jusqu'à fin janvier. Il était évident qu'elles avaient besoin d'un nouveau logement, car le mécanisme infernal en vigueur à Joylet serait implacable, même avec elles. À un moment ou un autre, on embaucherait un autre mineur à la place d'Adam, comme cela s'était passé pour Chris et Cyclope. La roue tournerait tenir compte de qui que ce soit, même si ce « qui que ce soit » était une veuve dont la famille s'était réduite de moitié en moins de huit mois.

Quand je me réveillai pour la deuxième fois en l'espace de quatre heures, Chris était déjà debout. Il discutait avec je ne sais qui dans le salon. Je me frottai les yeux et fis craquer mon dos. Par chance, le reste de la nuit avait été avare de rêves. J'enfilai mes chaussons et me levai en traînant des pieds, bâillant à répétition. Le bavardage de Chris avec l'autre personne ne s'était pas arrêté un seul instant.

Dans le salon leur babillage diminua jusqu'à s'éteindre.

– Chris ? appelai-je la bouche pâteuse.

Mon mari me tournait le dos et avait la main serrée sur la poignée de la porte d'entrée. Était-il en train de sortir ou la refermait-il ?

– C'était qui ? demandai-je machinalement.

Il referma la porte. Il avait l'air de quelqu'un pris en flagrant délit. Mais quel délit ? Puis je repensai à la scène dans la salle de bains, lorsqu'il se rasait et que je l'écoutais silencieusement dans le couloir.

Une voix d'enfant.

En y réfléchissant bien, le timbre de voix que j'avais entendu juste avant était clairement différent de celui de Chris.

Une voix d'enfant.

Mon cerveau était encore embué, encombré par des résidus de somnolence. Mais au fil des secondes tout se désembuait. Je l'avais pris la main dans le sac et il était resté planté sur le seuil de la porte comme une andouille. Il me répondit à retardement, quelque chose d'incompréhensible.

– Quoi ? Je n'ai pas compris, Chris, dis-je, en allant vers lui.

– Dave…

– Ah, Dave…

Que Dieu me garde si je n'étais pas capable de discerner les deux intonations. Dave Mikeller avait un accent marqué du nord-est et il parlait comme s'il était toujours énervé contre le monde.

– Et que voulait-il ?

Chris me regarda en coin, de ses petits yeux creusés. Au moins, il avait repris un peu de couleur.

– Aujourd'hui, il n'ira pas à la mine, Mat a beaucoup de fièvre et il délire. Il doit l'emmener à l'hôpital de Wilkes-Barre, pour faire des examens.

Mat était l'un des trois diables des Mikeller. Le plus fort et le plus intelligent, du moins c'est ce qu'il se disait.

Je me promis d'approfondir la question, même s'il pouvait m'en coûter. Aller chez Leonor était la dernière des choses que je rêvais de faire.

20

– Ils ne reviendront pas avant ce soir, me répondit Leonor, en me tendant un plat rempli de petits sablés.

Comme je détestais son accent bâtard, un mélange de ses racines canadiennes – elle était née et avait grandi à Calgary jusqu'à vingt ans – et de son actuelle appartenance au *Keystone State*.

Elle parlait de Dave et de son fils Mat. Le petit colosse des Mikeller était vraiment mal en point. Entre ses vomissements et sa fièvre de cheval, il était compréhensible que ses parents soient inquiets. Leonor n'avait pas le permis : la baleine sans évent qui me regardait de ses yeux languissants ne savait pas conduire.

– Ça me fait plaisir que tu sois passée me voir, Ethel, continua-t-elle. Au moins on peut discuter un peu. Avec ce temps pourri je ne serai pas sortie, même sous la torture.

J'acquiesçai, sans grande conviction.

– Très bon, lui dis-je en avalant la moitié d'un biscuit.

Il fallait bien l'admettre : en ce qui concernait la pâtisserie, elle se débrouillait plutôt bien. Les bouées moelleuses qui lui entouraient les hanches en étaient la preuve.

– C'est facile à faire ? demandai-je en me mordant la langue aussitôt.

Quelle idiote ! Je devais apprendre à me taire face à des personnes imbues d'elles-mêmes et un peu trop bavardes. Comme je m'y attendais, Leonor commença à épiloguer sur les œufs, le beurre et la farine, même une balle en pleine tête ne l'aurait pas arrêtée. Et moi j'étais là, j'opinais, dans l'espoir que chacune de ses paroles fût la dernière.

Pendant qu'elle énumérait les doses et les différentes étapes à suivre, je repensai à ce qu'il s'était passé le matin même. J'avais encore déraillé. Je persistai à accuser Chris de fautes qu'il n'avait pas commises. Était-ce moi qui les imaginais, ces voix ? Allais-je vraiment si mal que ça ? Cette situation commençait sérieusement à me contrarier. C'était moi, la folle parmi les gens sensés, ça ne pouvait certainement pas être le contraire. Je ne pouvais pas croire que je vivais dans une société composée uniquement de psychopathes où j'étais la seule à avoir les mains propres. Si tel était vraiment le cas, le monde, dirigé par un seul groupe de déséquilibrés, tournerait mal. Pire qu'une troisième guerre mondiale, on s'entretuerait pour une simple tasse de thé.

Des bribes d'images me passèrent devant les yeux : la vieille qui récitait sa litanie sous le balancement des attrape-rêves suspendus sous la véranda de la supérette. Elle était toujours présente devant le magasin de JJ, même position, mêmes chaussures, même odeur. Mais ses invocations étaient toujours différentes. C'étaient le plus souvent des prières indéchiffrables, certainement à cause de ses difficultés à s'exprimer, pensais-je. Un après-midi de fin septembre j'avais aperçu une partie de son visage, une parcelle de rides qui la rendait semblable à l'écorce d'un chêne.

– Mais la vieille de la supérette, c'est qui ?

Ma question tomba dans le salon des Mikeller avec le même effet qu'aurait fait un esquimau emmitouflé sur une plage de nudistes. Leonor tressaillit légèrement sur son siège, un mélange de stupeur et de gêne. À vrai dire, sa réaction n'était pas surprenante étant donné qu'elle était en train de me préciser combien de temps on devait laisser les biscuits au four.

– Pardonne-moi, ma chère Ethel, elle était toute rouge, mais pourquoi me demandes-tu ça maintenant ?

– Simple curiosité…

Son visage de porcelaine craquela de ses premières rides, subtiles, mais pas insignifiantes pour autant.

– Simple curiosité ? Toi, tu ne m'écoutais pas, hein ? Tu étais absorbée, mais pas par ce que je te disais.

– Excuse-moi, Leonor. J'ai tout noté là-dedans, commentai-je, en tapotant un doigt sur ma tempe. Mais j'aimerais savoir qui est cette vieille femme. Où est-ce qu'elle dort ?

Leonor Mikeller se leva et retira de la table le plat avec les biscuits. Elle avait mal pris mon manque d'attention. Puis elle revint s'asseoir.

– C'est une pauvre dame dont tous les membres de la famille sont morts. Elle a quatre-vingt-dix-neuf ans. Ça te suffit ?

– Elle habite avec Joe Jack ?

– Oui, on va dire ça comme ça. Mais pourquoi ça t'intéresse tellement ?

La sonnerie inattendue du téléphone ne me laissa pas le temps de rétorquer. Le meuble sur lequel était posé l'appareil n'était pas très loin de moi, et cela me permit de reconstituer dans les grandes lignes la conversation entre Leonor et son mari. Mat devait rester à l'hôpital pour d'autres examens. Son retour à Joylet avant au moins deux jours était exclu. Leonor devrait s'occuper des deux autres pestes, pendant que Dave passerait la nuit dans le service des maladies infectieuses de Wilkes-Barre.

Quand elle raccrocha, la porcelaine qui recouvrait son joli visage rond, au-delà des craquelures superficielles dilatées, s'était ternie, enlaidie par la nouvelle peu réconfortante que lui avait donnée son mari. Je suppliai en mon for intérieur que Leonor ne se mette pas à pleurnicher juste à ce moment-là. Je me devrais de la réconforter, et je n'en avais pas la moindre envie. Pour prévenir tout risque, je devais partir sur-le-champ. Je sautais sur mes pieds, ses yeux étaient embués de larmes. Je lui dis au revoir avec l'excuse que Joe Jack fermait sa boutique à midi et que si je ne me dépêchais pas, je mangerais du pain sec et des œufs au déjeuner.

Je dus faire semblant de m'engager dans la ruelle qui conduisait à Rainbow square, tout à fait consciente que Leonor collerait ses minuscules yeux sur mes fesses, jusqu'à ce que je disparaisse entre les murs des maisons les plus extérieures du deuxième anneau.

Je me rendis vraiment à Rainbow square, mais seulement pour gagner du temps et retourner à White Smoke sans avoir à me soucier d'être démasquée par la petite poupée susceptible.

Il faisait un froid de canard.

Je fermai le dernier bouton de mon manteau et remis correctement mon écharpe autour du cou. Poussé par un vent, un front nuageux de l'est se rapprochait dangereusement, ne promettant rien de bon. À ce propos, je me rappelai qu'après le départ de Chris pour la mine, je m'étais perchée sur le rebord de la fenêtre qui donnait sur Spire street, pour avoir jeté un œil sur maison des Mikeller. Pour tuer le temps, j'avais allumé la radio et l'avais réglée sur une fréquence locale, diffusée sur tout le comté de Luzerne et parfois, ponctuellement, sur certaines zones de la Pennsylvanie. Un débat politique loin d'être impartial était en cours. S'ils avaient eu Reagan dans leur ligne de mire, ces infâmes démocrates l'auraient étranglé à mains nues. Il est évident que notre Président ne se serait jamais abaissé à leur niveau, jamais il ne participerait à un débat avec ces charlatans cracheurs de fumiers.

Cependant ce n'était pas à cela que je faisais allusion, mais au bulletin météo qui suivait cette sous-espèce de diatribe. La voix rauque d'un météorologiste avait tenu à préciser que des chutes de neige n'étaient pas à exclure pour les prochaines quarante-huit heures. Et, à moins d'un miracle, au vu de ce que j'apercevais à l'horizon, le ciel donnerait raison très prochainement à ces prévisions. Un essaim de nuages abondants tirant vers l'ivoire était en train de survoler la partie ouest du Susquehanna. Il allait de nouveau neiger.

Contrairement à ce que j'avais prévu, je ne repris pas le chemin de la maison. L'air vif avait pris possession de Rainbow square et de fortes rafales faisaient osciller les plumes des attrape-rêves suspendus à l'entrée de la supérette. C'étaient justement ces mouvements asynchrones, mais agréables qui m'avaient fait changer d'avis, me faisant repenser à ce que m'avait promis Joe Jack le jour des funérailles d'Adam Rivera et qu'il m'avait bien reconfirmé vingt jours plus tard. Il m'avait juré en avoir touché deux mots à son cousin, Fred Hutchison, et l'avoir poussé à contacter une agence dédiée l'entretien d'infrastructures de ce genre. Mais à Joylet nous n'avions vu ni ingénieurs, ni techniciens spécialisés dans ce domaine. Je découvris mon poignet caché par le gant de laine, il était onze heures quarante, et la vieille campait à sa place habituelle, même si la température jonglait entre zéro et moins sept degrés depuis des semaines. En passant à côté d'elle, j'eus l'impression que sa posture avait empiré. Sa colonne vertébrale semblait encore plus courbée et ses cheveux étaient un mélange de saleté et de je ne sais quoi d'autre. Et elle ne priait pas, le rosaire pendait de la poche de son manteau bordeaux.

Je n'entendis aucun avertissement. Aucun murmure désagréable.

En entrant, je distinguai Joe Jack derrière le comptoir, ses lunettes tombaient sur le bout de son nez, et il lisait attentivement une feuille de papier. Il ne s'était pas rendu compte de ma présence, car quand je fis sonner sa clochette en laiton il sursauta, et fit tomber la feuille sur la table.

– Mais qu'est-ce que… dit-il en enlevant ses lunettes. Ethel, vous croyez vraiment que c'est comme ça qu'on se présente ?

Cette petite frayeur l'avait fait rougir.

Je me mis à rire, pendant que j'enlevais mon écharpe. L'écart de température entre l'extérieur et l'intérieur était saisissant.

– Désolée, je ne voulais pas vous faire peur, m'excusai-je de mon plus grand sourire. Je ne savais pas comment faire pour attirer votre attention, la clochette m'a semblé la solution la plus adaptée.

– Dites-moi, de quoi avez-vous besoin ? De tissu ? De conserves ?

Je secouai la tête.

– Le pont… Vous avez des nouvelles à ce sujet ?

Son visage s'assombrit. J'aperçus sa main droite se glisser dans une poche à l'intérieur de son gilet.

– La voilà, me dit-il, brandissant à deux centimètres de mon visage une copie de la demande faite par Fred Hutchison.

Il me la tendit. Je la lus assez rapidement avant de la lui rendre.

– Et ont-ils répondu ?

– Bien sûr qu'ils ont répondu… mais vous voyez bien le temps qu'il fait dehors ? Vous devriez savoir que pour certains contrôles la sécurité est primordiale. Puis-je vous donner un conseil ?

– Dites-moi…

– Rentrez chez vous… d'ici trente minutes il y aura au moins dix centimètres de neige, me dit-il, en m'invitant à regarder la place de Joylet.

Je me retournai : il neigeait comme je n'avais jamais vu auparavant. Des milliers de flocons géants, portés par le vent.

– Rentrez… et ne vous gâchez pas la vie pour des questions qui ne devraient pas être de vos compétences.

21

Dehors, la vieille dame était clouée sur sa chaise roulante. Les cristaux de neige se déposaient sur ses mèches de cheveux ébouriffées, sur son manteau et sur chacune des parties découvertes de son corps. Elle ne pouvait pas rester là, dans le froid, sous cette neige tombante qui annonçait clairement le début d'une tempête. Mais je n'avais pas du tout envie de retourner dans la supérette, surtout après la dernière affirmation de Joe Jack. Je l'aiderais moi-même, la presque centenaire. Et si elle ne voulait pas m'écouter, alors je demanderais un coup de main à ce têtu de Cox.

Avant tout, j'enroulai mon écharpe autour de mon cou puis me calfeutrai dans mon manteau. La neige tombait dru, comme projetée du ciel par une cohue d'anges mitrailleurs. Le froid atténuant les odeurs, la puanteur de la vieille dame était moins forte que d'habitude. Je caressai sa bosse d'un geste imperceptible.

– Madame… Il faut que vous rentriez…

Je saisis quelque chose qui ressemblait plus à un souffle qu'à un mot. Ma main descendit de son épaule à son avant-bras gauche.

– Madame, vous allez tomber malade, là dehors.

Au moment où j'effleurai la peau rugueuse du dos de sa main, d'un mouvement brusque et soudain, elle m'enserra le poignet de sa paume. C'était une étreinte énergique. Lentement, elle leva la tête, d'épaisses mèches de cheveux flottaient sur son front couvert de rides profondes. Des yeux aussi noirs que des feuilles imbibées de pétrole me dévisageaient, indéchiffrables.

– C'est… trop tard, ma fille, marmonna-t-elle, tentant de contenir sa salive dans sa bouche édentée.

Ses doigts squelettiques qui me bloquaient le poignet, se resserrèrent encore.

– Il est trop tard pour quoi ? Je ne comprends pas… Je veux juste que vous vous mettiez à l'abri, au chaud. Joe Jack vous accueillera.

– Ils mourront tous !

Puis elle toussa, des filaments de bave coulèrent sur les plis de son manteau.

Non, non, non ! Encore cette même phrase. Je devais m'en aller. Cette vieille n'était pas en train de me parler, c'était moi qui continuais à entendre des voix imaginaires. Moi et mon imagination bouillonnante. J'essayai de retirer mon bras pour me libérer de son étreinte, mais elle m'en empêcha. Avait-elle l'intention de me dire autre chose ? Encore un détail à rajouter ?

J'aurais voulu me mettre à pleurer, j'étais en train de devenir folle. Cette situation était complètement absurde. Je secouai de nouveau mon bras. Inutilement. Ses griffes étaient soudées à mes os.

Calme-toi, Ethel. Dans peu de temps, cette mauvaise blague finira. Respire et détends-toi.

De fortes rafales poussaient les flocons sous le portique et sur mon visage.

– Ils mourront tous, répéta-t-elle d'un ton lugubre, comme sorti d'outre-tombe. Les enfants tels des chrysalides… et les mères baignant dans leur sang.

Étourdissement. Je flanchai sur place, j'allais m'évanouir comme le jour où j'étais tombée devant la porte de la salle de bains. Je repris courage, il fallait réagir. D'un mouvement brusque, je réussis à surprendre la vieille et à me dégager de son joug.

L'enchevêtrement de perles des attrape-rêves vibrait tandis que le ciel s'obstinait à vomir des marshmallows sans sucre.

Je descendis d'un bond le petit escalier et déguerpis vers White Smoke pour échapper à cette réalité mensongère.

Même si le lieu des mensonges n'était peut-être pas la supérette. Ce n'était peut-être même pas Joylet non plus.

Ce n'était aucun endroit au monde. La vraie illusion était dans ma tête. J'étais mon propre problème.

De retour, je me mis à tourner autour du canapé sans répit. Mon état mental s'aggravait, obsédé par des phrases qui me bombardaient de partout.

Les enfants tels des chrysalides…

Une vieille décrépite, une enfant, une cave. Et même un téléphone jouet s'était permis de me manipuler. Il fallait retourner la situation, parce que ça ne pouvait venir que de moi, je m'étais donné toute seule, la permission de façonner le silence. Il n'y avait rien. Aucune putain de voix. Le Téléphone Bavard en contact avec le Paradis était un jouet stupide que Violet avait inventé pour sa fille. Les coups et la voix derrière la porte laquée de blanc : inexistants. Chris qui se rasait la barbe et moi qui me construisais un enfer tout autour. Paradoxal.

Et puis ce matin ? Je n'avais pas voulu le croire ! Têtue comme une mule, j'avais dû mettre mes doigts dans la prise de courant pour me prendre une décharge, parce que passer volontairement deux heures en compagnie de Leonor Mikeller équivalait à un acte d'autodestruction extrême.

Et de toute façon, encore une fois, mon mari m'avait dit la vérité.

… et les mères baignant dans leur sang.

La conscience que tout n'allait pas parfaitement chez moi et que ma santé psychique était en train de vaciller, me rassura sur le bon fonctionnement de mon intelligence. Une personne qui aurait totalement perdu la raison n'eût pas été en mesure de se diagnostiquer un tel trouble. Non, certainement pas.

Et la Vieille Sorcière ? Était-elle aussi une invention de mon cerveau ? Cette sorcière existait-elle vraiment, ou n'était-elle qu'une fiction ? Je me rappelais encore parfaitement le jour où elle se présenta à moi, dans la nuit, cet horrible monstre. C'était le 7 mai 1963. Contrairement à ma sœur, j'avais résisté et je m'étais enfuie de ma chambre. J'avais réveillé mes parents, qui à ce moment-là – il était deux heures du matin – avaient pris mon courage pour du délire. Et s'ils avaient eu raison ?

Je fis une courte pause, tourner en rond m'avait endolori les mollets. J'allai à la cuisine pour boire une gorgée d'eau. J'avais la gorge sèche. Je jetai un coup d'œil par la fenêtre, les volets des Mikeller étaient fermés.

La neige avait déjà pris sur le goudron, sur les pelouses de nos jardins. Partout. Dans les zones les plus à l'ombre, elle avait même commencé à s'accumuler. J'arrêtai de ruminer sur mes troubles cérébraux désormais évidents et rejoignis la chambre à coucher. Je ressentais le besoin de prendre une douche chaude. Bouillante. Mais en revenant sur mes pas pour me diriger vers la salle de bains, le silence qui plombait le couloir fut perturbé. Un concert de voix faibles, au loin, une foule en effervescence. La provenance : la porte laquée en blanc. Je tournai les talons, décidée à mettre fin à ces tourments qui sévissaient dans ma tête. C'était une problématique qu'il fallait éliminer une bonne fois pour toutes.

La porte était d'un blanc irisé, une plaque d'un blanc pur, cassé uniquement par le laiton de la serrure et de la poignée. Je pris mon courage à deux mains et l'ouvris en tirant. Je tâtai le mur à ma gauche, jusqu'à ce que ma main touche la minuscule bosse que formait l'interrupteur. J'appuyai. Trois ampoules, disposées ligne descendante, grésillèrent, avant de révéler l'escalier qui descendait raide jusqu'au mur de béton. Je descendis avec précaution, respirant l'odeur de l'humidité qui se mélangeait à celle plus prononcée des égouts.

Les enfants… tels des chrysalides et les mères…

… baignant dans leur sang.

Le murmure continuait à me rebondir dessus comme une balle de ping-pong devenue folle et à me siffler dans les oreilles. Je fis plusieurs pauses pour regarder autour de moi. Des tubes en métal faisaient office de rambarde. Le crépi abîmé laissait apparaître des briques rougeâtres.

La cave était toute petite, plus petite encore que le grenier. Où pouvaient donc bien se cacher tous ces gens qui avaient attiré mon attention et accompagné ma descente ? Il n'y avait pas une seule mauvaise langue, là-dessous. Ni de démons. Il n'y avait que moi, une table en bois et une chaudière. Suspendues au mur se trouvaient une tronçonneuse et une hache. Sur la table, des outils et des objets variés : un marteau, une lime en métal, un petit tiroir avec des vis et des boulons et un outil semblable à un pistolet. À côté, une boîte spécifiait ce qu'était cet ustensile : ce n'était pas un pistolet, mais un pistolet à clous. À mes pieds, au beau milieu du plancher, il y avait une plaque d'égout ronde sur laquelle on pouvait lire des chiffres et des lettres : *Joylet 1959*. Cette inscription, peut-être l'année de création du village ou bien le jour de l'activation du réseau d'assainissement, se trouvait à l'intérieur d'un triangle formé par de minuscules bandes qui striaient le fer du couvercle. Un triangle dont les pointes étaient marquées par de grands cache-vis en métal. Une bouche d'égout comparable à une grosse pièce de monnaie encastrée dans le sol qui, j'imaginais, scellait l'accès aux canalisations souterraines. Ce détail m'intrigua à tel point que, pendant un instant, le brouhaha qui m'avait incitée à descendre dans la partie la plus basse de ma maison semblait s'être tu par politesse.

Finalement, je remontai dans le silence le plus total et m'enfermai dans le box de la douche.

Les voix étaient parties. Ou peut-être était-ce ma volonté qui les avait neutralisées.

22

La neige n'arrêtait pas de tomber. Cela faisait cinq heures que le ciel resserrait son étreinte autour du scalp de Joylet. Une râpe en argent envoyait sur terre une quantité disproportionnée de grains de fromage. Il était dix-sept heures passées et, avec la tombée de la nuit, la température avait perdu encore trois degrés. Le chasse-neige était passé aux alentours de quinze heures et, comme je l'avais appris durant ces derniers mois, il avait manœuvré à Rainbow square pour ensuite repasser par le premier le deuxième et le troisième anneau. Et le pont de ciment.

Vu l'intensité des précipitations et la hauteur des monticules, il repartait et recommençait son tour.

Les jours précédents, quand le temps était capricieux, la navette des mineurs avait eu un peu retard, comme on pouvait s'y attendre. Je sentais que ce soir-là, les choses seraient différentes. Pas tant à cause de la chute de neige, mais pour l'épaisse couche de glace qui s'était formée sur Spire street. Ça, c'était dangereux. C'eût été perfide et trompeur pour n'importe quel pneu. Une accélération maladroite, ou un coup de frein impromptu, et on pouvait… Non ! Mieux valait ne pas penser au pire. Chris rentrerait à la même heure, ou au maximum vingt minutes plus tard, nous dînerions de saumon et de pommes de terre sautées – notre plat préféré – comme chaque vendredi. Et puis nous nous blottirions sur le canapé, sous les couvertures, en regardant un épisode de *The Greatest American Hero* avec le fort sympathique William

Katt dans la peau de Ralph Hinkley. Pas tout à fait rassasiés, nous pourrions accompagner cette agréable soirée d'un délicieux chocolat chaud et d'une bonne dose de *zumzum*.

Au lieu de ça…

… le téléphone sonna.

– Chris ?

– Ethel… dit-il d'une voix résignée.

– Qu'est-ce qui se passe ?

– Rien de grave… mais la nationale… c'est un bordel monstre.

Je gardai le silence. Lui aussi.

– Tu es là ? me demanda-t-il.

– Oui… Oui. Et donc ?

– Je t'appelle du motel. Hutchison a réservé des chambres ici…

– Et qui va payer ?

– Je ne sais pas, mais ça n'a pas d'importance. C'est déjà bien, crois-moi.

– J'espère qu'ils vous rembourseront d'une manière ou d'une autre.

– On verra, mais je n'y crois pas trop.

– Ma foi ! Et quand est-ce que vous comptez rentrer ?

– Demain matin. Ils nous ont garanti le désencombrement de la route avant midi.

Je soupirai. Les prévisions se mettaient à jour toutes les heures.

De pire en pire.

– Le bulletin météo de seize heures n'a pas évoqué de moment de répit. Les choses devraient continuer comme ça jusqu'à lundi, ça va difficilement se dégager.

– Que veux-tu que je te dise, Ethel ? me répondit-il en élevant la voix. Ce n'est pas de ma faute si le Seigneur a décidé de nous noyer sous une tonne de neige. Ne t'inquiète pas, la chaudière est réglée sur la minuterie, elle s'éteindra à deux heures du matin.

– Je sais, répondis-je succinctement.

– Je t'appelle dès que j'ai des nouvelles, d'accord ?

– OK, OK. J'espère que tout ça va se résoudre au plus vite.

– Croisons les doigts. Maintenant je dois te laisser, les autres font la queue là. Si je ne raccroche pas, ils vont m'y contraindre de force... Je t'embrasse.

J'entendis quelques insultes adressées à mon mari, s'envoler à l'autre bout du fil.

– Je t'embrasse aussi, lui dis-je un soupçon de tristesse dans la voix, et je raccrochai.

J'allais passer la nuit entière toute seule, le côté du lit qu'occupait d'habitude mon mari resterait vide de son corps si bien bâti. Il n'était pas grand, mais ses muscles étaient bien fermes, et trimer à la Raw Coal les avait encore plus dessinés. En comparaison de moi il était plutôt beau à voir. À Tuscaloosa on nous surnommait « le couple mal assorti ». Non pas d'un point de vue physiologique, nous faisions plus ou moins la même taille, mais d'un point de vue purement esthétique. Moi, pleine de défauts et lui, avec un seul grain de beauté sur ses oreilles décollées. Une imperfection qu'il cachait grâce à ses cheveux décoiffés qui retombaient sur les épaules.

Je lus un peu, juste ce qu'il fallait pour me traîner à table à une heure décente. Je sortis du four le saumon et les pommes de terre. Manger sans personne avec qui partager ce plat délicieux rendait insipide même la nourriture la plus savoureuse.

À vingt heures quinze, j'étais déjà sous la couette, j'avais laissé la vaisselle sale dans l'évier. Je la laverais le lendemain matin. Les pages du *Monstre sur le seuil*, de Lovecraft étaient éclairées par la lumière de l'abat-jour. Une histoire appartenant au *Mythe de Cthulhu* et écrite magnifiquement par l'auteur. Comme toutes ses œuvres, d'ailleurs. L'étrangeté de ce récit, au-delà de la trame, était la présence de Asenath Waite. Une femme, l'un de ses rares personnages féminins. Pile quand j'étais sur le point de plonger dans le récit, au moment où Daniel Upton découvrait la vérité sur la disparition de Asenath Waite, un souffle fit vibrer les vitres de la fenêtre. J'enlevai ma couverture et d'un bond, je me retrouvai les mains sur le rebord de la fenêtre. Je haletai. Qu'est-ce que c'était ? J'ouvris la fenêtre et me penchai dehors. Il neigeait abondamment, et derrière la maison des tas de neige d'au moins trente centimètres s'étaient formés. La lumière de la cabane de Joseph Walker perçait parmi les flocons qui tombaient en diagonale dans l'espace entre moi et la forêt de Lynwood. Alors que j'allais refermer le volet, j'entendis des éclats de voix étouffés par la distance et la situation météorologique. Animés, mais indéchiffrables.

Je me rendis au salon, enfilai rapidement un manteau et me précipitai dehors. La moitié du quartier s'était éparpillée dans Spire street. Les volets des Mikeller étaient encore fermés, Leonor et ses deux enfants, Sasha et Will, étaient cloîtrés à l'intérieur depuis le matin. À droite, j'aperçus Violet, le mauvais temps l'avait dispensée de son travail à la brasserie. Elle était debout sur le seuil de la porte, et Susy était accrochée à elle. Le vacarme était maintenant plus intense. Pour une fois, aucune hallucination, il devait s'être passé quelque chose de grave.

Les habitants du deuxième et du troisième anneau discutaient, des échanges assez animés d'où émergeaient çà et là des mots bien distincts.

Chasse-neige. Susquehanna. Oh mon Dieu !

Mais ceux qui ressortaient majoritairement étaient *effondré* et *pont*. Il ne fut pas très difficile de deviner le lien, de comprendre quelle était la tragédie qui venait de frapper à moins de cinq cents mètres de White Smoke. Je retournai chez moi pour mettre quelque chose de plus chaud, la route avait été dégagée il y a peu et il était possible d'y circuler à pied. Deux paires de collants, un maillot de corps, un pull, une salopette de ski et des bottes. De nouveau le manteau, garni d'une écharpe, d'un bonnet et de gants en laine. J'empoignai la pelle par le manche et commençai à me frayer un chemin, juste de quoi me permettre d'atteindre le trottoir. Je traversai le jardin et escaladai le tas de neige tassée qui longeait la route principale de Joylet. Déterminée, les flocons volant autour de moi, et une lampe torche dans la poche, je me dirigeai rapidement vers le pont de ciment. Me reconnaissant, Violet me cria quelque chose de sa porte, mais je continuai tout droit. D'autres tentèrent d'arrêter ma marche, qui leur paraissait injustifiée.

Personne ne m'arrêterait.

Je faillis glisser et tomber sur le bitume glacé plus d'une fois, mais je n'abandonnai pas. Je voulais arriver au pont, voir de mes propres yeux.

Et je vis…

À hauteur des Gullies, les lampadaires s'arrêtaient. J'allumai la torche et continuai jusqu'à l'embouchure sud du pont. Sur place, il y avait les frères Cox. Un peu plus loin, Bob, le boucher, et Rosa Hill, qui avait dû voir la scène en direct de sa maison, s'affairaient à éclairer le précipice qui glissait dans les eaux froides du fleuve.

Joe Jack secouait la tête, tandis que Coleman avait les mains dans les cheveux.

– Vous êtes content maintenant ? criai-je au vieux gérant de la supérette.

Des gouttes de condensation tombaient de leurs lèvres et de leurs narines. L'homme se retourna, il avait une mine sinistre et penaude. La femme qui l'avait tant supplié était là, devant le désastre à peine arrivé. Elle exigeait une explication.

– Madame Goldwyn… maugréa-t-il en me pointant la torche dans le visage.

J'étais furieuse.

– Madame mon cul !

Le pont, au niveau du pilier le plus au nord, n'existait plus. Il s'était émietté, et les débris avaient sombré dans le Susquehanna.

– Ce n'est pas la peine de crier comme ça, Ethel, intervint Coleman, se plaçant en médiateur entre son frère et moi. Quelqu'un qui y a laissé la vie. Ce pauvre Jimmy n'a pas eu de chance.

– Pas eu de chance ? répétai-je furibonde. Ça fait des mois que j'insiste, Coleman. Demandez à Joe Jack, putain ! Il fallait que quelqu'un crève pour que cela attire votre attention ? Voilà ! Maintenant vous l'avez, votre magnifique cadavre !

Joe Jack ne disait plus un mot et avait même reculé de quelques pas. Coleman gesticula paresseusement pour calmer mes états d'âme en ébullition.

– Calmez-vous, s'il vous plaît. Ici, il n'y a ni faute, ni fautif.

C'est un pur hasard, une tragique coïncidence.

Je ne sais pas ce qui me retint de lui balancer mon poing dans la figure. Quand ils s'y mettaient, les Cox savaient être vraiment antipathiques.

– OK… j'essaye de vous expliquer les choses de façon plus aimable.

Je resserrai ma capuche. Les nombreux cristaux de glace me frappaient le visage comme des piqûres d'aiguilles fines et pointues.

– Je suis fille de charpentier, j'ai étudié pendant deux ans l'ingénierie civile et…

– … et je suis déjà au courant de tout ça, Ethel. Ça ne sert à rien que vous me répétiez tout ce que m'a déjà raconté JJ. Nous avons fait une demande de contrôle, comme vous nous l'aviez suggéré. Mais les conditions météo défavorables ne nous avaient pas encore permis de le faire.

Je ne répliquai pas, au contraire, je dépassai Cox et m'approchai du pont.

De l'autre côté, sur la terre ferme, stationnait un autre chasse-neige, et son conducteur bougeait sans répit. Rien d'étonnant au fait qu'il soit en état de choc, un de ses collègues était à bord du véhicule quand le pont s'était écroulé, l'entraînant dans une chute de dix mètres. Le chasse-neige s'était brisé sur la berge du fleuve. Il était maintenant retourné et, malgré la neige épaisse, on voyait de la fumée s'échapper de la carrosserie. Il eût été vain de croire à autre chose qu'une mort certaine : la cabine qui protégeait Jimmy Reed était complètement repliée sur elle-même et le corps du conducteur ne pouvait être ailleurs que là, déchiqueté par la tôle.

OBSCURITÉ
(Cahier Cobalt)

Il y a assez de lumière pour ceux qui ne désirent que de voir et assez d'obscurité pour ceux qui ont une disposition contraire.

Blaise Pascal

C'est l'inconnu qui nous fait peur quand nous contemplons la mort ou l'obscurité, rien d'autre.

J.K. Rowling

L'obscurité est le royaume de l'erreur.

Luc de Clapiers de Vauvenargues

23

Aujourd'hui, 29 novembre 2014 (Atmore, Alabama)

Aujourd'hui, Joylet n'est plus.

En lisant la dernière ligne du cahier pourpre, j'ai éprouvé une légère sensation de soulagement. Comme si l'effondrement du pilier de l'infrastructure de ciment avait eu lieu dans une autre dimension, à des années-lumière de moi, avalé par des sables mouvants intergalactiques.

Steven est une statue de sel, il est toujours assis par terre, les jambes croisées. Comment a-t-il bien pu s'imaginer la scène du chasse-neige qui se précipite dans le vide ? La position de Jimmy dans la cabine et ses cris désespérés avant que n'advienne l'inévitable ?

Nous avons su, dix jours seulement après les faits que j'ai racontés, qu'il n'était pas mort sur le coup. Il est parti en souffrant, des bouts de métal l'ont déchiqueté comme du bétail chez le boucher. Pendant ce temps-là, le ciel ricanait, lui offrant une sépulture sinistre sous un drap de laine blanc, imbibé de son propre sang.

Je passe une main dans mes cheveux et, ce faisant, mon regard se pose sur la minuscule fissure qui zigzague le long du petit meuble de la chambre. C'est un détail que j'oublie souvent, mais qui se présente à moi chaque fois que mon œil tombe dessus. Et cela me tourmente. Un tourment bénin qui pourtant active une série de raisonnements bien plus intérieurs. Bien plus profonds. Cette fissure me procure une sensation étrangement attirante.

Je propose à mon petit-fils de faire une pause, je me sens légèrement fatiguée. Le reste de cette histoire va mettre mes nerfs à rude épreuve. Les cauchemars vont émerger à nouveau au fur et à mesure de la lecture des trois derniers cahiers. Je pousse un long soupir.

– Stevie, va voir ta mère. Mange un petit truc, comme ça, on reprend après. OK ?

Il se lève, sans répondre, et abandonne la chambre. C'est un petit garçon obéissant, un peu trop pour son âge, d'ailleurs.

Je lève les yeux au plafond. Depuis quelques jours, le néon fait des siennes, dégarni de sa classique protection transparente. Je m'en contrefiche, on aura bien le temps de le remettre en état. On aura bien le temps pour tout.

Je me remets à observer la fissure. Elle est subtile, et à la moitié de sa course elle se perd et disparaît comme par enchantement. Le mur redevient lisse. Je me déplace vers la gauche pour l'étudier de plus près. Ce n'est pas la première fois que je le fais, je joue souvent avec mon imagination, en partant des défauts. Minuscules failles dans la perfection.

Un mur tout blanc, repeint depuis peu, devrait représenter la pureté absolue. La perfection, justement. Mais cette fêlure dans le placo démontre que rien n'est parfait. Ni idéal.

Nous sommes ainsi, des machines défectueuses. Commandées par des variables insensées. Nous sommes un mélange de cœur et de sentiments. De passions et de pulsions.

Même notre cerveau ne fait pas exception. Naïfs sont ceux qui croient en l'existence de la rationalité et de l'irrationalité. La parcimonie de la matière grise face aux débordements des émotions. La raison n'est autre qu'abstraction ; l'idéal appartient à d'autres univers. Nous sommes des êtres vivants, donc imparfaits.

Les cellules de notre organisme sont loin d'être parfaites, les appareils qui composent notre corps ne sont que des expédients biologiques caducs. Faute de quoi, nous serions immortels. Il y aurait une telle surpopulation de highlanders sur la Terre que cela provoquerait la destruction de la planète entière. Un big bang inversé.

Le cerveau, comme je le disais juste avant, en fait partie. Le cerveau se trompe, tout comme le cœur. Chaque sujet a sa conception personnelle de l'idéalisme intérieur, et elle reste confinée dans son Moi. C'est une perfection relative, comparable à de la marchandise bon marché.

Je touche du bout des doigts la petite fissure murale ; ses coins maladroits, les zones où elle s'élargit d'à peine un millimètre et cherche à dévier le chemin, pour recommencer à grimper. En ce qui concerne ma vision de la réalité, cette fissure, aussi peu harmonieuse et incomplète soit-elle, frôle la perfection. C'est ça, en quelque sorte, ma conception de l'idéalisme : il doit être imparfait. Je souris, comme quelqu'un qui boit et ne s'arrête pas malgré les reflux gastro-intestinaux. Je me recroqueville contre le mur, les genoux contre la poitrine et les vertèbres qui longent mon idée asymptotique de la perfection.

– Mamie… m'appelle la voix de mon petit-fils. Eh, oh, mamie Ethel.

Grâce à la main de Steven qui me secoue l'épaule, je reprends mes esprits. Je me suis tellement éloignée de ce que nous faisions, que le petit garçon doit me prendre pour une vieille femme qui fatigue facilement. Il me tire par le bras, mais je mets un peu de temps pour redescendre sur terre. Je reprends la position que j'avais, assise en face de lui, sur le petit lit.

Stevie me tend le troisième cahier, celui à la couverture cobalt.

L'autocollant est plus long, neuf lettres : Obscurité.

J'ai le cafard, une poignée de cailloux bloque ma gorge. J'ai conscience de ce que je suis sur le point de lire. Le pire reste à venir.

– Tu es sûr d'en avoir envie ?

Ce qu'il a déjà entendu n'est que la pointe d'un iceberg.

– Bien sûr que oui. Je suis grand moi, même le clown danseur de Ça ne me fait pas peur, tu sais.

– Et qui t'a laissé voir ce film ? Maman ?

– Non, non. C'est Caroline. Quand il est apparu avec ses dents de requin, ils se sont tous caché les yeux avec leurs mains. Pas moi !

Il eût été difficile de lui expliquer que le film ne rendait pas justice au livre. Le long-métrage de Tommy Lee Wallace réduit juste à l'horreur une histoire incroyable et transmissible, dissimulant ainsi le réel sens que Stephen King voulait donner à son récit.

– Bravo, tu es le plus courageux de tous les petits-fils, dis-je en lui pinçant le nez.

Il repousse ma main.

– On y retourne ? lui demandé-je.

– Trois, deux, un, compte-t-il avec ses doigts. C'est parti !

La troisième partie de mes notes commence ainsi : *L'obscurité serait désormais notre quotidien.*

L'obscurité. Le noir comme synonyme de désorientation. Absence de lumière.

Néant.

Et mort.

24

7 janvier 1983 (Joylet, Pennsylvanie)

L'obscurité serait désormais notre routine.

Les imprévus et la férocité d'un assassin nous rendraient aveugles, tant au niveau des yeux que de la raison. Plus rien ne serait comme avant.

Depuis cinq minutes, j'avais quitté les lieux où s'était déroulée la tragédie. Joe Jack m'avait à peine saluée de dessous son parapluie, la tête penchée vers le goudron recouvert de glace. Coleman m'avait créé un passage avec sa motoneige bien trop couverte d'autocollants.

– Ne vous en faites pas, Madame Goldwyn, avait-il essayé de me réconforter. Tout redeviendra comme avant.

À qui allait-il faire avaler ça, lui ? Un père de famille y avait laissé sa peau, mort d'une façon misérable alors qu'on aurait pu l'éviter. Et le pont, unique connexion entre Joylet et le reste du monde, s'était émietté, comme un biscuit trempé resté bien trop longtemps dans une tasse de lait. Une série de *clapotis* dans les eaux à moitié gelées du Susquehanna, puis le bruit sourd d'un engin lourd : le chasse-neige numéro sept du comté de Luzerne s'était fracassé au contact de la rive enneigée du fleuve. Là, en dessous, se trouvaient des morceaux dispersés de toutes parts. Des bouts de tôles, des vis, un ramassis de métal. La benne s'était détachée et gisait renversée entre la terre et le cours du fleuve.

À mon retour, la plupart des habitants de Joylet étaient rentrés chez eux. Violet faisait partie des plus hardis. C'était une femme rondelette, mais aux formes harmonieuses. Elle était bien proportionnée. Son corps n'aurait toléré ni les angles ni l'absence de graisse. Elle avait été façonnée exprès avec une dizaine de kilos en plus, pour être parfaite. Elle ne dépassait pas un mètre soixante. Plus grande, elle eût été maladroite. Être élancé n'est pas toujours synonyme de beauté, pas pour tous.

Elle avait les bras croisés et sautillait sur place. Je la rejoignis sous le portique.

– Tu n'as pas chômé, Violet, lui dis-je en me référant au chemin qui menait du trottoir à son petit escalier.

– Alors ? C'est vrai ? me demanda-t-elle embarrassée, son écharpe en laine enroulée autour du cou.

– Il n'y a plus de pont… et le chasse-neige est détruit. Malheureusement, Reed ne s'en est pas sorti.

– Oh mon Dieu ! Jimmy ! s'exclama-t-elle, la main devant la bouche.

Je montai les marches et lui caressai la joue.

– Tu es congelée, Violet. Rentrons.

Susan était à genoux sur le tapis et jouait avec une poupée de chiffon qu'elle avait posée à cheval sur le wagon d'une locomotive en tôle.

– Tchou tchou, la reine Susy arrive à bord de son train, disait-elle, en essayant de reproduire le bruit habituel du train sur les rails.

Je passai à côté d'elle et lui ébouriffai les cheveux. Pauvre petite. Violet fit chauffer de l'eau dans une petite casserole pour le thé et mit la table. Pendant que nous attendions, elle voulut tout savoir dans les moindres détails. En lui racontant les faits, j'ajoutais mes propres réflexions car elle n'était pas au courant de mon obstination et de comment s'étaient déroulées les choses.

D'un côté, elle me donnait raison, mais de l'autre, elle ne voyait pas comment on aurait pu trouver une autre solution.

Le mauvais temps avait réellement bloqué les contrôles de la structure.

– Ils n'ont pas tous les torts, Ethel. Il neige, ça s'arrête quelques jours, et ça recommence.

– Sur ce point-là je ne trouvais rien à redire, mais un contrôle par des experts, aurait pu être fait. Joe Jack m'a fait lire la lettre, elle m'a semblé formelle et très superficielle. Hutchison aurait dû être plus pessimiste, souligner que la situation était particulièrement grave. Mais non, il s'est plié à leurs exigences. Nous voilà donc isolés du reste du pays, enfouis sous la neige.

– Et avec un homme en moins. Pauvre Jimmy ! répéta mon amie avec insistance.

Il fallait voir ce qu'exprimaient ses yeux. Ce n'était plus à Jimmy Reed qu'elle pensait. Ses deux morceaux d'ambres reflétaient une amère mélancolie. Une mélancolie refoulée dans son œsophage, dans l'espoir d'être rongée par les sucs gastriques.

Adam. Rick. C'étaient ces prénoms-là que lui suggérait son cœur. Mais Violet, face aux situations terribles, savait être une personne forte, elle implosait dans sa souffrance et cachait ses douleurs qui auraient affaibli n'importe qui. Je suppose qu'elle le faisait surtout pour Susan, elle ne voulait pas se montrer faible et fragile devant sa fille. Elle réprimait tout, mais elle absorbait aussi.

Violet versa de l'eau dans ma tasse. J'y plongeai le sachet de thé. J'attendis trois minutes que le liquide bouillant se colore et prenne le goût du mélange de feuilles contenu dans le filtre. Je voulais débarrasser son esprit des restes de chagrin, je devais la distraire.

Il y eut un court silence, troublé seulement par la voix de Susan provenant du salon.

– Violet, tu habites à Joylet depuis longtemps…

Son regard devint attentif.

– Que penses-tu des frères Cox ?

La serveuse du Squonk remua son sachet de thé dans l'eau, avant de le sortir et de le reposer sur la sous-tasse.

– Coleman est particulier. Il faut savoir s'y prendre avec lui. Quand il se lève du pied gauche, il est intraitable. Par contre il a toujours ses manières bien à lui, sa désinvolture… qui le rendrait presque méchant. Il en devient aigri.

– Dans quel sens ?

La mère de Susy tapota son menton avec ses doigts, puis elle prit le pot de sucre et vida une petite cuillère dans son thé.

– Au sens que cette tendance à tout faire au ralenti le rend agaçant.

Je goûtai la première gorgée.

– Et Joe Jack ? lui demandai-je, en reposant la tasse sur la table. C'est quoi tous ces gestes tendres envers les enfants ?

– Tu parles des sucreries, c'est ça ?

– Oui aussi ! Mais je ne sais pas si tu es au courant de ses petites promenades au cimetière, le lundi après-midi.

La moitié du visage de Violet était cachée par la porcelaine de sa tasse fumante. Mais ses yeux hagards furent plus que suffisants pour me faire comprendre qu'elle n'en avait pas connaissance. Elle croisa les bras.

– Et qu'est-ce qu'il y fait ?

– Il se rend sur les tombes des enfants. Les autres défunts, j'ai l'impression qu'il ne s'en soucie pas le moins du monde…

– Des enfants ? répéta Violet. À la troisième plate-forme.

– C'est ça, et il répand du sucre sur la terre qui entoure les tombes. Comme si c'était un rite. Une bénédiction.

Violet se raidit et serra les mains autour de sa tasse.

– Et il a fait ça devant toi ?

J'acquiesçais en fermant les paupières et en serrant les lèvres.

– Mais, ça n'a rien de normal…

– C’est bien pour ça que je voulais ton avis sur les Cox. Ils n’ont pas un comportement, comment dire, normal. Joe Jack aime les enfants, mais il n’en a pas. Et de ce que j’ai entendu dire, il me semble un chouïa raciste.

– À cause de cette sale histoire entre Walker et Lynwood, c’est ça ?

J’opinais.

– Tu sais, il a un certain âge, Ethel. Ses propres convictions.

Ne fais pas attention à ça.

– Et puis, la vieille aussi...

– Tu parles de Nelda ?

Je bus une gorgée de thé.

– Je ne sais pas son nom. Elle a un rosaire avec des grains de cristal.

– Oui, oui, c’est elle.

– Et à toi, elle a déjà dit quelque chose d’étrange ?

– Absolument pas ! Nelda ne peut pas parler. Elle a une malformation congénitale aux cordes vocales.

– Et qu’est-ce que ça veut dire ?

– Ethel, cette femme est muette depuis sa naissance.

25

8 janvier 1983 (Joylet, Pennsylvanie)

La sonnerie insistante du téléphone s'introduisit dans mon sommeil léger. Je quittai le canapé et décrochai le combiné comme si j'étais enfermée dans une bulle pleine de gaz anesthésiant. Je me sentais partiellement déconnectée, ma tête stagnait entre le sommeil et l'éveil. Je mis un peu de temps avant de comprendre que c'était mon mari à l'autre bout du fil, qui me posait exactement la même question pour la troisième fois. Il était agité.

– Putain, Ethel… il s'est effondré ou pas, le pont ?

– Oui…

Christopher fit une pause, peut-être pour digérer la confirmation que je venais tout juste de lui donner.

– Bon sang ! Et tu me dis ça comme ça, comme si c'était une évidence ?

– Chris, s'il te plaît, dis-je en traînant sur chaque mot. Tu veux… tu ne voudrais pas que je te rappelle la tête d'abruti que tu as fait quand j'ai parlé du pont qui grinçait ? Maintenant qu'il est tombé, qu'est-ce que tu as le courage de me reprocher ? De ne pas m'être suffisamment alarmée ? Qu'est-ce que ça veut dire, maintenant ?

– Je ne voulais pas d…

– Quelle heure est-il ? l'interrompis-je.

– Minuit quinze.

Punaise. Je m'étais endormie en regardant une émission musicale, avec cette bombasse de Sharon Redd qui se trémoussait sur scène en chantant *Beat the Street.* Un morceau *dance* qui, au lieu de me réveiller, s'était avéré un puissant somnifère.

– Et toi, qu'est-ce que tu fais encore debout ?

– On est tous stressés, Ethel. Hutchison nous a communiqué la nouvelle il y a peu.

Je n'entendais que la voix de Chris. Était-il possible qu'il soit seul ?

J'écrasai le combiné contre le lobe de mon oreille pour essayer de saisir le moindre bruissement.

– Mais tu m'appelles d'où ?

– Du motel, je te l'ai dit avant de manger. Tu as des problèmes de mémoire ?

– Non, mais... répondis-je en appuyant encore plus fort le téléphone avec mes deux mains. Il n'y a personne avec toi ?

– La cabine téléphonique est installée dans une petite salle d'attente. Stan et Malloy sont dehors en train de fumer, les autres sont dans les bungalows qu'on nous a assignés. Le mien est le plus éloigné d'ici.

Je ne sais pour quelle raison, peut-être la crainte de rester sans lui toute la nuit, ou alors mes peurs chroniques, mais les mots de Violet me revinrent en mémoire. Mes jambes commencèrent à se ramollir comme de la gélatine. Ma lucidité dérapa.

– Eh, Ethel... Tu es là ?

La vieille femme était muette depuis sa naissance à cause d'une malformation congénitale aux cordes vocales. Alors, c'est Chris qui avait raison, et ce pressentiment que j'avais eu le matin même ne sortait pas de nulle part. La vieillarde ne m'avait pas murmuré un seul mot. Ces phrases, comme toutes les autres, étaient des phrases qui fleurissaient et pourrissaient dans ma tête.

– Au nom du ciel, Ethel, m'implora Chris.

– Oui, oui. Je suis là...

Les enfants tels des chrysalides...

Pourquoi mon intellect construisait-il des phrases aussi angoissantes ? D'où pouvaient-elles bien naître ? Qu'est-ce que cela signifiait ?

– Tu es fatiguée, va te coucher. Je t'appelle demain matin, d'accord ?

... et les mères baignant dans leur sang.

Qu'est-ce qui pourrissait mes raisonnements ?

Des zones d'ombre. Dans mon cerveau, il y avait des zones obscures, corrompues, auxquelles il ne m'était pas permis d'accéder. Et quand elles s'ouvraient, des gouttes contaminées ruisselaient de ces déchirures microscopiques. Des paroles horribles qui gangrenaient mes pensées.

Je me repris, dis au revoir à Chris et retournai dans ma chambre.

La nuit fut loin d'être bonne. Elle fut même dévastatrice.

Des coups sourds avaient brisé mon premier cycle de sommeil. L'écran du radio-réveil digital indiquait deux heures cinquante-huit. Des chiffres rouges divisés par deux points verticaux qui clignotaient. Je refermai les yeux, certaine que ce boucan faisait partie d'une photographie en mouvement dans mon imagination. Quand les coups se répétèrent, je fronçai les sourcils. J'étais recroquevillée sur le côté gauche et je vis directement qu'il y avait quelque chose dehors. Une ombre se déchaînait dehors et flanquait des coups de poing sur la fenêtre. Elle était en train de hurler. Sidérée, je reculai vers la tête du lit. Puis je tendis le bras et allumai la lumière.

Un visage était collé contre la fenêtre. Il était la personnification même de la terreur. Il me fallut un peu de temps pour associer cette figure ravagée par la peur aux traits de Susy. Elle criait, faisait vibrer la vitre et regardait autour d'elle, apeurée, comme si elle était poursuivie par quelqu'un. Un animal de la forêt, une armée de spectres. Je mis un pied à terre et ouvris la fenêtre. La gamine était trempée. Je la pris par les aisselles et l'aidai à grimper sur le rebord. Je refermai la fenêtre et baissai les volets.

Susy avait le souffle court. Et elle était à la limite de la congélation.

– À l'aide… chuchota-t-elle du bout des lèvres.

Elle voulait pleurer, mais elle n'avait plus la force. Elle en avait pourtant bien besoin.

– À l'aide… répéta-t-elle.

– Je suis là, ma chérie, dis-je en la serrant fort contre moi.

Elle haletait et tremblait comme une feuille. Alors que je la serrai contre moi, je me rappelai un fait que j'avais partiellement oublié. Pendant la nuit, j'étais descendue à la cave pour éteindre la chaudière, puis j'étais remontée. Mais pourquoi avais-je fait ça manuellement si Chris avait réglé le minuteur ?

À ce moment-là seulement, je constatai que la petite portait son pyjama en lainage avec les visages souriants de Dingo et Pluto. Elle n'avait pas de chaussures. Ces détails confirmèrent mes hypothèses : Susy s'était enfuie.

– Qu'est-ce qu'il s'est passé ? Où est ta mère ?

La fillette déglutit et resta le regard fixé sur un point indéfini de la chambre.

– Maman…

Ses lèvres étaient violacées, ses doigts froids comme des glaçons.

– Je… je ne sais pas… j'ai vu cette personne…

– Qui ? Qui as-tu vu, Susy ?

J'essayai de la secouer. On aurait dit qu'elle était en transe, désorientée.

– Il était au bout du lit. Avec des bouts de tissus sur lui…

– C'était un homme ?

Susan secoua la tête.

– Je ne sais pas…

Je l'emmenai à la salle de bains et lui fis prendre une douche tiède. Je n'avais rien à sa taille pour lui mettre, à part un pyjama en flanelle qui avait appartenu à Adèle. Je l'avais apporté de Tuscaloosa, avec deux de ses barrettes sur lesquelles voletaient des papillons et un anneau en argent. Je lui enfilai de grosses chaussettes en laine, bien trop grandes, mais peu importait. Je la fis s'allonger sur le canapé et l'enroulai dans deux plaids. Ses joues avaient repris un peu de couleur, son sang circulait de nouveau normalement. Je m'approchai du petit meuble sur lequel reposait le téléphone.

– Je vais prévenir ta mère que tu es ici.

Soudain, la petite se tourna vers moi et commença à parler. Je retournai auprès d'elle pour comprendre ce qu'elle avait à me dire. Les fragments éparpillés dans sa mémoire se rassemblaient petit à petit.

Susan me raconta qu'elle avait vu la porte s'ouvrir. Le grincement des gonds l'avait mise sur le qui-vive. Elle avait remonté son drap et sa couverture jusqu'au nez. Une ombre donnait de nouveaux contours à l'obscurité de la chambre et se tenait entre le seuil de la porte et le bout du lit. Quelque chose brillait dans sa main droite. Il tenait un outil.

Susan tremblait, elle sentait les coups frénétiques de son petit cœur qui retentissaient dans sa cage thoracique. Des respirations de plus en plus courtes et irrégulières. Elle avait alors hurlé, mélangeant les mots « à l'aide » et « maman », et il en était sorti un amalgame confus, dont toutefois l'intonation ne portait pas à confusion. Elle était en danger. Étrangement, la silhouette n'avait pas bougé ; statique, elle était restée à une faible distance. Elle ne semblait pas être pressée, comme si le temps était à son service. C'est à ce moment que la fillette, encouragée par la chance et l'instinct, avait réagi. La fenêtre était au-dessus d'elle, perpendiculaire au lit. Et le chambranle défectueux lui avait fait gagner ce peu d'espace qui lui avait permis de s'échapper. Elle n'avait pas eu besoin de tourner la poignée, elle s'était ainsi faufilée dans la lézarde qui s'ouvrait entre le bord de la fenêtre et le volet en berne. La neige arrivait à la moitié du mur extérieur, et Susy s'était enfoncée dedans jusqu'à la ceinture. Son sixième sens l'avait poussée à se diriger vers l'unique lumière qui scintillait dans le labyrinthe de Lynwood. Elle s'était retournée, de sa chambre on n'entendait pas voler une mouche. Les volets étaient dans la même position. La peur que cette créature en haillons puisse lui courir après, l'avait contrainte à accélérer le pas. Un pas claudicant qui la faisait avancer péniblement. Elle était obligée de lever les jambes plus que nécessaire, voire de faire des petits sauts qui la faisaient retomber dans le manteau de neige. Après quelques secondes à peine, ses chaussettes et son pyjama étaient trempés d'eau glacée. Ses cheveux parsemés de blanc et ruisselants. La neige s'accrochait à elle et fondait au contact de sa peau.

Dehors il faisait très froid, mais elle devait y arriver. Il lui fallait rejoindre la cabane de Cyclope et implorer son aide. Walker viendrait à son secours : Violet était à la maison avec un inconnu armé. Homme ou femme, cela ne changeait rien. Il était mal intentionné, l'objet qu'il tenait dans ses mains et qui éclairait les ténèbres, avait confirmé l'idée que Susy s'en était faite.

Quand elle avait agrippé avec ses doigts la marche de bois la plus basse de la baraque de Joseph Walker, elle avait eu l'impression qu'il s'était passé une éternité depuis le début de sa fugue. Elle était déjà à bout de forces.

Sa mère ne s'en sortirait pas, elle mourrait assassinée par la main d'un monstre. Qu'est-ce qu'il avait bien pu apporter pour la tuer ? Cet objet qui clignotait dans le noir, était-ce la lame aiguisée d'une hache ?

Susan était arrivée jusqu'à la porte en se débattant dans la neige. Elle avait toqué avec ses doigts refermés en poing. Aucune réponse. Épuisée par cette traversée, elle s'était traînée jusqu'à la fenêtre. L'intérieur était éclairé comme en plein jour grâce à trois ampoules fixées au plafond. Une petite table carrée, une chaise, des cartons empilés et un petit coussin. Elle avait penché la tête et, contre le mur, elle avait aperçu lit de camp défait. Il n'y avait personne.

Susan avait glissé à terre, les fesses plongées dans la neige et le dos contre le tas bois devant la cabane. Elle manquait d'oxygène, elle ne savait plus quoi faire. Elle serait morte de froid, là, comme ça, si elle n'avait pas vu à ce moment-là, altérée par ses larmes une petite lumière vaciller. Elle avait alors pensé qu'Ethel était peut-être encore réveillée. Mais Susan n'avait pas réussi à se lever à temps, la faible lueur avait déjà disparu, aspirée par l'obscurité. La fillette, cependant, n'avait pas lâché l'affaire : elle allait refaire la même route en sens inverse, se calquant sur les empreintes qu'elle avait laissées à l'aller. Puis, arrivée à un certain endroit, elle dévierait sur la gauche…

– Mais pourquoi n'es-tu pas venue directement chez moi ?

– Je pensais que… que… Monsieur Walker… Il est vieux, mais il est grand. Puis il y avait la lumière allumée… et… et… maman. La mère de Susy n'avait pas accouru à l'appel pressant de sa fille. Elle était en train de dormir, ou alors… Non, ce n'était pas possible ! Non !

La terreur était revenue. J'allai dans la chambre et ramassai le petit pot de verre avec le sable du fleuve. Je le replaçai près du canapé où était allongée Susan.

– Je vais voir ta mère, toi tu restes là et tu ne bouges pas. Repose-toi tranquillement, ce petit pot te protégera de toutes les méchantes personnes. Tu as bien compris, Susy ?

La fillette se nicha sous ses deux couches de plaid et acquiesça en battant des paupières.

– Pourquoi il va me protéger ?

– C'est pas le moment, ma puce, lui répondis-je, avant de courir chez les Rivera.

26

Du sang.

Un silence glaçant et du sang.

Violet gisait dans une position à la limite du comique. S'il n'y avait pas eu les taches bordeaux qui recouvraient la housse du canapé beige ni la puanteur de ses excréments mélangés à l'urine, cette scène m'aurait presque provoqué un éclat de rire.

Renversée sur le côté, les bras ballants. Le visage marqué par une grimace. Un sourire rouillé par le sang qui lui tachait les dents. J'avais la chair de poule. Je tremblais, les tripes sens dessus dessous.

Violet était un pantin désarticulé dont les organes avaient perdu toute valeur. Le liquide lymphatique nécessaire à la vie, sa gaîté, son entêtement, tout s'en était allé avec son dernier soupir. Le plus long et le moins désiré.

Qui l'avait mise dans cet état ?

L'avait-on surprise par derrière ? Certainement. On lui avait aussi obstrué la bouche avec un chiffon. Le bout de tissu était encore sur le canapé.

Un clou perforait le cou de Violet, à quelques centimètres de la carotide, et ressortait de la nuque avec la pointe ensanglantée. Un deuxième clou lui avait fracassé le crâne, créant une brèche dans la tempe droite. On lui avait brisé la raison. Ses sens avaient été annihilés, désactivés pour toujours par deux tirs sortis d'un pistolet à clous. L'arme nettoyée était fièrement exposée sur l'accoudoir du canapé. C'était un instrument similaire à une perceuse, la coque rouge et la poignée noire. La paire de missiles en fer de dix-sept centimètres était sortie de la tête creuse de cet outil.

Pendant que ce massacre était perpétré dans le salon, la petite Susy dormait probablement. L'assassin s'était d'abord occupé de la mère, et puis il était allé retrouver la fille.

Le vent avait recommencé à souffler. La porte était restée à demi ouverte et entre les tourbillons de cristal, la neige avait recommencé à tomber. Je me penchai. Les yeux de Violet étaient écarquillés, voilés. Ses pupilles semblaient des mouches inertes, emprisonnées dans des capsules de résine fossilisée. Une larme coula rapidement et tomba sur la paume ouverte de mon amie. Elle avait souffert, et ce bâillon avait étouffé ses cris. Cette pourriture les lui avait fait ravaler comme de la nourriture avariée.

Un coup de vent polaire fit battre la porte contre le mur, mais je ne vacillai pas. Je ne bougeai pas d'un centimètre, agenouillée devant le corps martyrisé de Violet. Le sang avait coulé jusqu'au sol et avait créé une flaque sombre où, sans le savoir, j'avais taché mes genoux. Je m'en fichais. Je lui caressai le visage, le menton et descendis jusqu'à son cou. Du bout des doigts, j'effleurai un léger renfoncement, la fossette où la tête ensanglantée du clou se reconnaissait difficilement. J'avais envie de serrer mon amie contre moi une dernière fois. Alors, je me penchai sur elle et je l'enlaçai, passant mon bras entre sa colonne vertébrale et le dossier du canapé. Je sentis son odeur, elle sentait la lavande. Son gel douche. Ce soir aussi elle avait dû chantonner une berceuse à Susan, celle qu'elle aimait tant, pour ensuite détendre ses muscles sous le jet à pression de la douche.

La peau de Violet dégageait encore de la chaleur. Je me serrai contre elle, mon oreille appuyée sur sa poitrine. Son cœur, en toute logique, avait cessé de battre.

Mes yeux brûlaient et fixaient l'accoudoir, support de l'arme du crime. Un pistolet similaire à celui que j'avais remarqué dans ma cave.

Walker avait laissé chez nous un tas de choses : des cartons au grenier, quelques meubles et d'autres outils comme un marteau, une lime, une petite boîte avec des vis et des boulons, une hache et une tronçonneuse pendues à des crochets.

Et *ce* pistolet à clous.

Pourquoi étais-je en train de penser à ces choses-là alors que je faisais face au visage de marbre de Violet ? Mes yeux s'embuèrent, je devais pleurer. Je devais laisser exploser ma colère, j'en ressentais le besoin.

Qui l'avait tuée ? C'était la seule question sensée à se poser. Après le récit de Susan, j'avais recommencé à penser à la Vieille Sorcière. Elle était de retour. Mais les ressemblances entre ce qu'avait vécu Susy et mon expérience m'avaient induite en erreur. Ces deux clous de dix-sept centimètres avaient eu raison de mon imagination.

Violet avait été assassinée par l'un d'entre nous, un habitant de Joylet. Nous étions comptés. Fichés. L'effondrement du pont nous avait confinés : le seul bout de terre qui nous reliait encore aux États-Unis, c'était Lynwood, une forêt sans fin de cent mille hectares. Bien évidemment le champ était restreint. Si on excluait les enfants et moi, le bourreau de Violet se cachait parmi les cent adultes ou presque, restés dans ce petit village de merde ; Joe Jack, Bob, Jacob, Coleman, Dorothy. Rosa Hill, ou Amanda Rosberg. Même cette envieuse de Mullins faisait partie des présumés coupables.

Je clignai des yeux pour les éviter, mais les larmes jaillirent en abondance. Personne ne me rendrait ma précieuse amie si serviable et si gentille.

Tout comme existent les anges purs, existent aussi les anges déchus. Mais ils sont en chair et en os et ils tuent des innocents avec le consentement d'un pistolet à clous.

Tout à coup, j'eus l'impression d'entendre le ronflement enroué d'un moteur. Mon cœur s'emballa. Le bruit se tut. Des pas étouffés dans la neige épaisse, puis plus distincts, se rapprochaient.

– Oh mon Dieu ! Violet !

C'était Coleman Cox. Le regard effaré, figé sur le cadavre de sa fidèle employée.

– Ethel, qu'avez-vous fait ? Ce sont des taches de sang là ?

Les clous qui la transperçaient ressemblaient des aiguilles plantées au plus profond du rembourrage d'une poupée vaudou. La lumière diffusée par le lustre avivait les nuances de cette œuvre macabre. Coleman s'était arrêté sur le seuil, et il était resté là, comme s'il lui était impossible d'avancer à cause d'un champ magnétique répulsif.

– Je… je n'ai… répondis-je si faiblement que j'eus du mal à me comprendre moi-même.

À cet instant, Coleman après avoir surmonté le choc, contourna le canapé et s'approcha de l'arme du crime présumée.

– C'est à qui, ça ? me demanda-t-il. Vous n'allez pas vous en sortir comme ça, Madame Goldwyn.

Était-il vraiment en train de m'accuser ?

– Mais je n'ai… il y a un malentendu là…

Je le suivis de la tête. L'expression bouleversée du propriétaire du Whiner Squonk me mettait mal à l'aise. Je commençai à transpirer, malgré la porte ouverte qui laissait passer l'air glacial. J'étais en contact avec le sol et pourtant j'avais l'impression d'être suspendue dans le vide, en équilibre sur un fil de soie, instable. Un gouffre s'ouvrit sous moi, et j'eus l'impression qu'une armée de fourmis se déplaçait dans ma boîte crânienne. Je sentais chacune d'elles gigoter. Fébriles, elles se déplaçaient d'un côté et de l'autre, sans répit. Puis le fil de soie se brisa et me précipita dans un abîme sans fin, aspirée à toute vitesse par l'inconsistance du néant.

Je rouvris les yeux avec difficultés. Susy était devant moi, assise sur un tabouret, elle m'examinait effrayée. Je devais m'être évanouie dans le salon des Rivera. Mais, à présent, j'étais ailleurs. La pendule. La télévision. La radio sur la petite étagère, et sur la tablette du dessous, un téléphone. Il n'y avait plus d'éclaboussures de sang sur le canapé. Il ne pouvait y en avoir, car que ce canapé avait appartenu à Walker et c'était maintenant le mien. Tous les objets et les meubles de cette maison étaient à moi. L'absence du cadavre de Violet le confirmait, il manquait les signes du massacre, les clous, ses yeux caramel.

– Susy…

La fillette avait les lèvres serrées, elle était sérieuse. Et Coleman ?

Où était-il passé ? Il était avec moi et puis… son regard noir et courroucé posé sur moi. Je ne me souvenais plus de rien. Était-ce lui qui m'avait ramené au numéro trois de White Smoke ?

– Tu ne peux pas t'échapper…

Susan m'avait parlé d'une drôle de voix.

– Je ne veux pas m'échapper, ma puce. Pourquoi, je devrais ?

– Maman est partie, elle.

Une phrase directe, dévastatrice, mais aussi privée d'émotions. Une petite fille qui en moins d'un an s'était habituée à la mort, à son cynisme qui arrache et ne recoud pas, qui efface, mais ne réécrit pas.

Je me contentai de confirmer. Qu'aurais-je pu ajouter de plus ?

– Vous ne pouvez pas vous échapper, Ethel.

Même phrase, mais provenance et timbre de voix différents. Je me retournai brusquement. Coleman Cox était assis sur une chaise verdâtre qu'il avait prise dans ma cuisine. Sa pipe était éteinte, elle pendouillait sur le côté de sa bouche. Ses jambes étaient croisées et il tenait son fusil en joue. Mais il n'était pas orienté vers le mur, la bouche de son canon scié visait à peu près mon front.

Je fis mine de me lever, mais Coleman agita son fusil de bas en haut. Il ne comptait pas me laisser me dégourdir les jambes, encore moins déambuler dans la maison.

– Je vous ai dit que vous ne pouviez pas vous échapper,

Madame Goldwyn. Heureusement que la gamine m'a appelé…

– Éloignez cette arme de moi, s'il vous plaît. Et expliquez-moi le motif de tout ça.

– Pourquoi l'avez-vous tuée ?

J'avais donc bien compris, il pensait que c'était moi qui lui avais planté ces clous, dans la tête et la gorge.

– Comment pouvez-vous penser une chose pareille ? Demandez à Susy. Elle est venue chez moi, cette nuit, parce qu'il y avait quelqu'un dans leur maison, dans sa chambre, qui voulait la tuer. C'est pas vrai, Susy ?

La fillette ne dit mot.

– Elle s'est enfuie en passant entre le bord de la fenêtre et les volets, elle a frappé à la fenêtre de ma chambre. Moi, j'étais en train de dormir. Dis-le-lui, Susy.

La petite garda le silence. Je lui caressai l'avant-bras pour l'encourager.

– Vas-y, Susy. Explique à Monsieur Cox ce qui s'est passé.

Silence.

Coleman alluma sa pipe. Il aspira et recracha un nuage de fumée.

– Vous avez le sang de Violet sur vos vêtements, Ethel. Vous vous en rendez compte ?

– Je l'ai retrouvée morte, dans son salon. Je me suis blottie contre elle instinctivement, c'est normal que j'aie encore du sang sur moi. Je l'ai étreinte, touchée. C'était ma meilleure amie ici.

Vous êtes en train de m'accuser d'homicide. C'est totalement absurde !

Même s'il l'avait voulu, les yeux laiteux de Coleman étaient incapables de rassurer qui que ce soit.

– Et le pistolet à clous ? Je l'ai reconnu, vous savez ?

– Il n'est pas à moi, pas à Christopher non plus. Il pourrait être à Joseph...

– Justement. C'est le pistolet à clous de Joseph Walker. Sous la gâchette il y a deux lettres, « J » et « W », Joseph Walker, ça me semble assez clair, continua Coleman. Maintenant, dites-moi : qu'est-ce que je suis censé faire ? Vous menotter dans la cave en attendant que l'hélicoptère de la police arrive, ou bien ?

– Stop ! Arrêtez ! m'écriai-je.

Je sentais la colère monter en moi. Quelqu'un avait sauvagement assassiné Violet, et cet homme était convaincu que c'était moi la coupable.

– Je suis bouleversée, Monsieur Cox, détruite. Nous venons de perdre une femme fantastique, vous comme moi. Une compagne généreuse et une employée infatigable. Baissez ce fusil. Je vous promets que je ne m'enfuirai pas, je n'en ai aucune raison. Vous vous méprenez.

Coleman parut d'abord camper sur sa première idée. Planté sur la chaise, le fusil braqué sur moi.

– Je vous en prie, le suppliai-je. Faites-moi confiance.

Le canon balançait dans le silence de la pièce. Puis l'homme soupira et suivit mon conseil. Susy descendit de son tabouret, se jeta sur moi et se mit à pleurer. Je passai mes doigts dans ses cheveux, pour la consoler.

L'homme remporta la chaise dans la cuisine.

– Madame Goldwyn, sachez que je vais être obligé de témoigner de tout ce que j'ai vu chez les Rivera, me prévint-il quand il fut de retour dans le salon. Vous figurez, à juste titre, sur la liste des suspects.

– Soyez tranquille, je ne reculerai.

– Je vais devoir prévenir les habitants. Sans les hommes de la mine, nous sommes deux cent trente-deux personnes, à Joylet et il y a un assassin parmi nous. N'excluons pas les enfants.

– Vous non plus, Monsieur Cox.

27

Coleman n'avait pas confiance en moi. Et moi je n'avais pas confiance en Coleman.

Sa motoneige était garée dans Spire street. Je l'apercevais par la fenêtre du salon : une épave à la selle décousue avec une carrosserie qui devait avoir connu mieux. Ne parlons pas des autocollants défraîchis de squonks qui parsemaient sa carrosserie.

À présent Cox avait le téléphone en main et il composa le numéro de son cousin. Vu l'heure, il allait le faire tomber du lit.

Un peu plus loin, Susan s'était lovée sur le canapé. Après s'être déchargée de ses énergies négatives par à des larmes poignantes, et dévastée par la nuit monstrueuse qu'elle avait dû vivre, elle s'était assoupie. Elle était pugnace. Elle avait réussi à trouver le courage et l'intelligence nécessaires pour fuir une fin certaine.

Coleman s'impatientait, il tapait du pied et grommelait dans sa barbe que son cousin se dépêche de décrocher.

Mais cela n'arriva pas...

À la sixième sonnerie, le signal du téléphone se perdit tout à coup. Il ne resta que le bruit créé par l'air qui s'infiltrait dans les petits trous du récepteur. L'appareil était inutilisable. La densité de la neige s'était amplifiée et le mauvais temps devait avoir fait sauter tout le réseau téléphonique de Joylet.

Mais les plans cyniques et impitoyables du mauvais sort n'étaient pas encore achevés. En moins de douze heures, les piliers du pont s'étaient émiettés, une femme avait été massacrée, les téléphones étaient hors service et…

– Oh putain, pas ça ! s'exclama Coleman, au moment même où le salon plongea dans le noir total.

Même l'électricité venait de nous abandonner.

– Et maintenant ? demandai-je dans l'obscurité, sans prendre réellement conscience de la portée qu'aurait cette série de mésaventures.

Coleman, qui était plus âgé que moi et donc plus sage, comprit immédiatement dans quel genre de danger nous nous étions embourbés. Dehors, une véritable tempête était en cours. La barre du thermomètre indiquait moins quatre, la neige n'était pas près de fondre. Bien au contraire. Les tas grossiraient encore. Sortir de chez soi allait devenir presque impossible, et après le meurtre de Violet rester entre quatre murs n'avait rien de rassurant.

Des perturbations insistantes et un meurtrier cinglé en liberté.

Nous n'avions aucune issue de secours.

Et si le monstre qui s'était acharné sur le corps de Violet était là, avec Susan et moi ? Coleman Cox n'était peut-être pas irréprochable.

Je devais rester en alerte. Cet homme était armé, c'était un chasseur confirmé. Il pouvait avoir la gâchette facile.

À tâtons je rejoignis le meuble en cerisier de l'entrée ; dans le tiroir il y avait une lampe torche. Avec mon pouce, j'appuyai sur le bouton et éclairai la zone occupée par Coleman. Il était debout, adossé au mur. Il avait recommencé à fumer.

– Vous voulez me rendre aveugle avec votre machin là ?

Je le pointai sur Susan. La fillette dormait la bouche ouverte.

– On fait quoi ?

– Vous avez des bougies ? me demanda Coleman.

– Je peux chercher…

– Laissez tomber. Mieux vaut que vous ne perdiez pas plus de temps à fouiller dans les tiroirs. Nous nous en procurerons.

– Vous en avez, vous ?

– Non ! répondit Coleman en remettant son fusil à l'épaule. Il faut que nous allions chez JJ. On les prendra chez lui.

– Ça marche… c'est vous qui y allez ? Vous avez la motoneige. Je déplaçai le faisceau de lumière sur ses jambes, seulement pour surveiller leur position. Il valait mieux jouer le jeu et garder un climat apaisé entre nous.

– Ethel, il faut que vous veniez avec moi. Nous devons informer Joe Jack de la tragédie. Il doit savoir comment se sont déroulés les faits. Et c'est vous qui les lui raconterez.

Violet ! J'avais l'impression d'être la victime d'une mauvaise blague.

– Ça ne serait pas mieux de déplacer le cadavre ?

Dans le noir, j'entendis Coleman râler. Il était en train de me maudire.

– Et contaminer une scène de crime ? Mais vous êtes totalement à la ramasse. Nous devons tout laisser en l'état. Ceux qui feront les prélèvements s'en chargeront.

– Pas même la recouvrir d'un drap ?

– Rien… On ne touche absolument à rien, bordel. Vous en avez déjà beaucoup trop fait, répliqua Cox articulant chaque mot de sa lenteur fastidieuse.

J'allais donc partir avec lui, à cheval sur son tas de ferraille à moteur monté sur des skis. Et Susan devrait venir avec nous, de gré ou de force. Elle dormait comme un ange. Mais la laisser là, avec un fou qui rôdait entre Lynwood et Joylet, eût été totalement inconscient. Tout d'abord, j'allai me changer. Je mis mes vêtements souillés du sang de Violet, dans la machine à laver et je me lavai les mains et le visage. Puis je retournai dans le salon, m'assis sur le bord du canapé et embrassai le front de Susan. J'approchai mes lèvres de son oreille et lui murmurai ma comptine préférée.

The itsy-bitsy spider

Climbed up the waterspout
Down came the rain
And washed the spider out
Out came the sun
And dried up all the rain
And the itsy-bitsy spider
Climbed up the spout again[1].

La motoneige vibrait plus qu'un marteau-piqueur. Susan se trouvait entre ma poitrine et le dos de Coleman qui pilotait l'engin du bout de la selle. Dès qu'elle avait ouvert les yeux, la fillette s'était mise à pleurer. Elle avait repoussé les plaids à coups de pied et m'avait suppliée d'allumer la lumière. Elle avait une peur panique du noir. Pendant que j'essayais de rassurer Susan, Coleman était retourné chez les Rivera pour prendre des bottes de neiges et des vêtements plus adaptés pour la petite.

Malheureusement, Joylet suffoquait dans les ténèbres. Dehors, les lampadaires avaient cédé face à l'obscurité de la nuit.

Cox se rapprocha le plus possible de la supérette, il prit Susan dans ses bras et la porta sur son dos jusque sous la véranda. On ne distinguait plus les mailles épaisses des attrape-rêves, transformés en disques blancs et homogènes. Je descendis de la motoneige et le suivis.

Coleman sortit de la poche de son coupe-vent un jeu de clefs et choisit la bonne. Il la tourna dans la serrure.

1. L'araignée Gipsy
Monte à la gouttière
Tiens voilà la pluie,
Gipsy tombe par terre
Mais le soleil
A chassé la pluie
Alors l'araignée Gipsy
Monte à la gouttière

Nous fûmes accueillis par le son de clochette habituel du bazar de Joe Jack.

Coleman nous laissa là et disparut dans l'arrière-boutique.

« JJ » l'entendis-je crier. Son frère habitait au premier étage du bâtiment. « JJ » réessaya-t-il encore plus fort.

– Bon sang, mais tu veux quoi ? répondit l'homme aux tournevis.

Bien que surpris, il me parut assez calme, comme si avoir de la visite à trois heures et demie du matin était habituel.

– Il n'y a plus d'électricité, l'informa son frère, d'en bas.

– Tu me prends pour un imbécile ? Et ôte-moi cette torche de la figure, tu vois pas que j'ai la mienne ?

– J'ai peur, Ethel, me confia Susan en me prenant par la main. Et je dois faire pipi.

Je n'attendis pas plus longtemps et me présentai au côté de Coleman.

– La petite a besoin d'aller aux toilettes. Joe Jack plissa les yeux.

– Madame Goldwyn, qu'est-ce que vous faites dans ma maison ? Qui vous a laissé entrer ?

Je commençai à monter les escaliers.

– Votre frère élucidera ce mystère. Où puis-je trouver les toilettes ? lui demandai-je impatiente dès que j'arrivai en haut des marches.

Le vieux commerçant balbutia quelque chose. Il était hébété, on l'avait réveillé en sursaut et il avait trouvé trois personnes au rez-de-chaussée qui se déplaçaient avec des lumières artificielles. Cette situation eût embrouillé le cerveau de n'importe qui.

Pendant ce temps-là, Susan serrait les jambes et me tirait par la main. Elle n'en pouvait plus.

– Vous voulez qu'elle arrose votre beau parquet, JJ ?

– Au fond, à droite.

Quand nous revînmes, les frères Cox avaient changé de pièce. J'avais remarqué une lueur provenant d'une salle à ma gauche, ce devait être le studio de Joe Jack. Deux chandeliers à quatre branches, disposés de part et d'autre d'un meuble d'angle vitré, éclairaient la pièce. Près d'une fenêtre à triple guillotine, se trouvait un grand bureau en noyer.

J'éteignis la torche. Avant qu'ils ne s'aperçoivent de ma présence j'entendis la déclaration traînante de Coleman : « Elle est suspecte… »

De qui parlait-il ? Susan toussa.

– Oh, Ethel, dit JJ le visage éclairé par le halo des bougies. Installez-vous.

– Je préfère rester debout. Susan fit tout le contraire.

– Maman aussi, elle est morte, dit-elle ensuite avec une simplicité désarmante, comme si son cerveau, aguerri par les deuils précédents lui avait fait passer d'un seul bond les quatre phases de douleur qui arrivaient avant l'acceptation. Les cinq étapes évoquées par le modèle Kübler-Ross. Le déni, la colère, le marchandage, la dépression… et l'acceptation.

Était-il possible qu'elle ait déjà pris conscience de l'absence de Violet ?

Je les connaissais bien ces étapes, je les avais vécues personnellement. Un mois après la mort d'Adèle, je m'étais enfermée dans le bureau de mon père. Sur la table basse, il y avait un ouvrage rougeâtre, le sixième volume d'une encyclopédie. Un marque-page en tissu doré était glissé entre deux pages qui traitaient d'un sujet grave. Le modèle Kübler-Ross, une théorie fascinante dans laquelle je me souviens m'être pleinement reconnue.

Mais cela ne se passait pas comme ça pour tout le monde. Au contraire, certains vivaient ces étapes de manière désordonnée. D'autres n'en expérimentaient pas même une. D'autres encore, comme Susy, se retrouvaient directement à la dernière étape ; l'acceptation. Mais cela ne voulait pas dire que la fillette se portait bien. C'était plutôt la certitude que, bien que sa mère soit morte, un jour, elle irait bien. C'était cette phase, que je n'avais jamais réussi à comprendre. Celle où les émotions commençaient petit à petit à se stabiliser pour revenir alors graduellement à la réalité. Une fois qu'on avait pris conscience de la situation, on se rendait compte que cette personne qui nous était si chère n'était plus là, qu'on ne pourrait plus rire ou se disputer avec.

Pour toujours et à jamais.

Moi, je n'avais pas encore accepté. Je n'y étais pas parvenue. Sinon, je ne me serais pas entêtée à garder le pyjama d'Adèle dans mon armoire, ou ses barrettes et sa petite bague dans ma boîte à bijoux. C'était un cordon ombilical que je n'avais pas réussi à couper. Un lien que j'aurais dû conserver rien que dans mon cœur, mais qui pourtant m'obstruait le cerveau.

– Je suis désolée, ma grande. Tu veux une Chupa Chups ? lui demanda Joe Jack.

La fillette accepta avec entrain et tendit la main vers l'homme. Le plus ancien des Cox fouilla dans ses innombrables poches. Il en sortit deux sucettes.

– Tu préfères laquelle ? Orange ou citron ?

– Citron, lui répondit Susan en souriant.

– Mais à quoi ça vous sert tous ces tournevis ? intervins-je, dérangée par cette fausse gentillesse.

Les Cox se tournèrent vers moi, exactement en même temps. Deux paires d'yeux dissemblables. Ceux du propriétaire de la brasserie, attrayants et hermétiques. Ceux du frère aîné, d'un bleu vif. Dans leur diversité, quelque chose les rassemblait. Ah oui ; maintenant que je les observais mieux, l'un à côté de l'autre, ils dégageaient tous deux une bonne dose d'hypocrisie.

28

Les frères Cox se méfiaient de moi. Et moi, je me méfiais d'eux.

Pas la peine de tourner autour du pot : nous étions une bande de méfiants. Selon moi Violet avait été tuée par un adulte de sexe masculin. Contrairement à ce que j'avais pensé juste avant de m'évanouir, maintenant je n'arrivais plus à m'imaginer une femme, encore moins un jeune garçon, appuyer sur le déclencheur.

Bang !

Bang !

Deux fois.

Deux gros clous avaient éventré sa chair, ses os crâniens. Des crimes bien trop atroces. À Joylet, parmi les personnes présentes, les hommes se comptaient sur les doigts d'une main. Les Cox, Bob, Jacob… et Cyclope.

– Ce gilet, me répondit Joe Jack, a appartenu à mon père. Il était plombier, et électricien, aussi.

– Il faisait un peu de tout quoi, lui dis-je avec un sourire en coin.

L'homme fronça les sourcils. Il avait dû avoir beaucoup d'estime pour son vieux père.

– Il s'adaptait très facilement. Il avait débuté comme réparateur d'objets à ressorts. Horloges et montres. Jouets. Machines à écrire. Puis, on avait commencé à l'appeler pour réparer les téléphones. Il avait une petite clientèle, le bouche-à-oreille avait fait le reste.

– Donc, ces tournevis étaient tous à votre père.

– Pas tous, précisa Joe Jack.

– Et vous les gardez sur vous en souvenir ?

Le chef de maison me fit un signe en agitant sa main.

– Plus ou moins.

Pendant ce temps, Susy avait demandé à Coleman de lui ouvrir la sucette et avait commencé à la manger avidement.

– Vous me cachez quelque chose, Joe Jack, continuai-je. Si vous traînez derrière vous ce poids superflu, il y a sûrement une raison qui va au-delà de la nostalgie pour votre père.

L'homme se rapprocha, les pieds de la chaise raclèrent le parquet.

– Il y a bien une raison, me dit-il à voix basse, mais je ne crois pas que cela vous intéresse. Sinon, si vous voulez, j'ai toujours sur moi plein d'autres outils intéressants. Ils sont là, dit-il en tapotant les pans de son gilet. Vous ne les voyez pas, mais mes poches intérieures en sont remplies.

Dong. Le gong de la pendule.

Dong. Cela provenait de l'étage du dessous. Du magasin.

Dong. Dong. Il était quatre heures. Nous étions là depuis une demi-heure et nous n'avions pas encore abordé le sujet crucial, le réel motif de notre excursion nocturne.

Je ne répliquai pas à la déclaration de Joe Jack au sujet de son gilet.

– Et donc, vous êtes déjà au courant du meurtre.

– C'est à moi que vous parlez ? me demanda Monsieur « caisse à outils », en indiquant son torse.

– À qui d'autre ?

– Coleman a amorcé le sujet. Et la gamine me l'a confirmé tout à l'heure. C'est terrible.

Essaie au moins de paraître désolé. Tu es encore plus faux cul que Judas, Joe Jack.

– Et vous en pensez quoi ?

– C'est terrible…

– Ça, vous me l'avez déjà dit. Continuez… Qui ça pourrait bien être selon vous ? Vous et votre frère habitez à Joylet depuis longtemps, vous devriez connaître les hommes d'ici mieux que moi.

– Sur ce point-là, je ne vous donne pas tort, Madame Goldwyn, intervint Coleman.

Il se leva de sa chaise et se posta derrière moi. Puis, il parcourut tout le bureau, effleurant des doigts la surface des meubles à sa droite, comme s'il avait voulu vérifier la quantité de poussière qui s'y était déposée.

– Au vu de votre comportement, j'imagine que vous excluez, a priori, l'implication des femmes. Et des enfants.

Une grimace amère m'échappa.

– Ne me faites pas dire des choses que je n'ai pas dit, répliquai-je faussement agacée.

En réalité, il avait mis le doigt sur l'essentiel. J'avais limité le cercle des accusés aux cinq hommes restés à Joylet.

– Mais vous le pensez…

Je ne sus quoi répondre. Pendant plusieurs secondes le silence dansa dans la pièce. Il ne fut pas interrompu par l'un d'entre nous au premier étage, mais par quelqu'un qui s'affairait sous nos pieds. J'entendis distinctement des petits coups fermes provenir d'en bas, quelqu'un était en train de frapper au plafond. Notre sol.

Coleman s'était arrêté dans le coin à quatre-vingt-dix degrés du meuble d'angle. Ses cheveux huileux et bien rangés luisaient, éclairés par la flamme des bougies.

– C'est la vieille… Nelda ?

Joe Jack acquiesça, tout en se dirigeant vers les escaliers.

– Elle allait être réveillée par tout ce vacarme. La connaissant, elle ne se rendormira pas. Descendons, si on ne veut pas se faire fracasser la tête ou autre, par sa canne en bambou.

Nous nous rendîmes tous au rez-de-chaussée avec des torches et des chandeliers que JJ avait décidé d'emporter. La vieille dame logeait donc dans l'arrière-boutique, dans une pièce retirée à l'intérieur du grand entrepôt. La décoration intérieure n'était pas très recherchée, mais pas non plus à jeter. Au fond, une paire de rideaux plissés de couleur bleu cobalt couvrait la fenêtre afin de garantir une bonne dose d'obscurité. Dans un premier temps, Nelda n'avait pas remarqué notre entrée, à tel point qu'elle continuait à taper au plafond avec le bout de sa canne de bambou.

– Nelda ! l'interpella Joe Jack. Arrête s'il te plaît ! Tu vas m'abîmer tout le plâtre comme ça, lui cria-t-il dans l'oreille en lui enlevant la canne des mains.

Il la posa entre une vieille commode et la litière du chat. L'animal était pelotonné sur un coussin moelleux à motifs floraux et remuait sa queue noire sinueuse dont l'extrémité semblait faite de coton. Susan se recula, me serrant la cuisse. Je lui caressai la joue ; la vieille était vraiment impressionnante. C'était la première fois que je la voyais plus de trente secondes dans toute sa laideur. Sa peau était flasque, des poils gris pointaient, çà et là, comme des touffes d'herbes humides. Entre son cou et son menton on distinguait des plis semblables à ceux d'un dindon. Et elle était couverte de blessures, de coupures cicatrisées et de furoncles. Ses yeux, en revanche, étaient vifs. Éblouissants. Ses iris si sombres se fondaient dans le noir de ses pupilles, elle avait un regard qui brillait d'une éternelle lumière.

– Aide-moi, Coleman, demanda Joe Jack à son frère en posant les chandeliers par terre. Allons par là.

Coleman tira le fauteuil roulant jusqu'au bord du lit. Les deux frères arrachèrent de force Nelda et l'installèrent sur son siège.

Nous retournâmes ainsi dans la partie du bâtiment que je connaissais le mieux. Le comptoir de la supérette, ses étagères et son bric-à-brac disséminé de tous les côtés. La partie alimentaire était dans une autre aile du magasin et pour s'y rendre il fallait être escorté par Joe Jack, parce qu'il avait l'habitude de fermer à l'accès à l'épicerie.

Le plus âgé des Cox mit les deux chandeliers sur le comptoir et s'installa sur son tabouret en noyer, à côté de la caisse. Coleman sortit trois chaises, encastrées les unes dans les autres, du local attenant. Susan en refusa une, préférant mes genoux au paillage de sorgho. J'étais au milieu, entre Nelda et Coleman Cox, Joe Jack était face à nous.

Susy était agrippée à moi, apeurée par la vieille femme qui évidemment la mettait mal à l'aise. Je ne pouvais nier que sa présence me dérangeait moi aussi. Même si Violet me l'avait clairement expliqué, quelques heures avant de perdre la vie…

Elle a une malformation congénitale aux cordes vocales. Ethel, cette femme est muette depuis sa naissance.

J'étais sur le qui-vive de crainte que Nelda ne me parle à nouveau.

Dans la lueur de la supérette, Joe Jack me posa la première question.

– Ethel, pourriez-vous me raconter ce que vous avez vu et entendu cette nuit ?

Le début fut difficile. Je dus faire des pauses à plusieurs reprises, j'avais la bouche sèche. Un sentiment d'impuissance et de frustration, comme si du papier de verre me griffait la gorge à chaque fois que je déglutissais.

Je commençai par l'effondrement du pont, le thé chez Violet. L'appel de Chris, mes craintes. Mon mari loin d'ici, la neige qui n'arrêtait pas de tomber… la chaudière. Bon, la chaudière était un détail que je n'arrivais pas à resituer. Je me souvenais seulement avoir reposé le livre que j'étais en train de lire sur la table de chevet. Il était une heure passée de dix minutes. Puis j'étais descendue à la cave, peut-être parce que je n'avais pas froid au point justifier l'allumage des radiateurs. Pourtant il neigeait, et la température extérieure était inférieure à zéro de quelques degrés. Mais la boîte du pistolet à clous était-elle encore là ? Oui, elle y était ! Et elle était fermée : difficile donc, de savoir si l'arme qui allait tuer Violet se trouvait encore dans son étui. En y repensant, la première fois que j'avais vu cet instrument, il était déjà hors de son emballage. Sans que je le sache, quelqu'un s'était donc faufilé chez moi et avait volé le pistolet à clous qui avait appartenu à Joseph Walker.

Il y avait eu violation de ma vie privée. De mon intimité.

En fouillant ce passé très proche, je sentis un nœud d'appréhension dans mon ventre, comme un serpent qui s'enroule sur le corps faible de sa proie puis l'enserre, la comprime… et l'écrase, jusqu'à lui broyer les os.

– Est-ce que vous êtes sûrs que le pistolet à clous est le même ? m'arrêta Joe Jack.

Coleman acquiesça.

– J'ai vérifié en personne. La boîte était vide.

– Les clous n'y étaient pas non plus, je présume.

L'autre soupira.

– C'était une boîte de trente. Il y en avait vingt-huit dedans, si je ne me trompe pas. Je trouve étrange que l'assassin de Violet n'en ait pas pris d'autres.

– Et pourquoi ? lui demandai-je. Il ne devait pas faire un massacre. Il n'avait qu'un seul et unique objectif.

– Ah, ça, rien n'est moins sûr. Et Susan ?

La fillette était nerveuse, et fatiguée. J'avais du mal à la tenir assise sur mes jambes.

– À tête reposée, je pense pouvoir affirmer que Susy aurait eu la vie sauve même si elle ne s'était pas échappée par la fenêtre. Réfléchissez bien : une personne capable de dérober des objets dans une maison habitée et de tuer de sang-froid une femme, laisserait une gamine de sept s'enfuir sous ses yeux ? Au vu de ce que m'a raconté Susy, l'assassin avait tout le temps de la rattraper et… je n'ose même pas y penser.

Coleman croisa ses jambes et se gratta l'avant-bras. Ses yeux transparents étaient pensifs.

– Hum ! Il faut prendre ce que disent les enfants avec des pincettes, Madame Goldwyn. Ils diluent et raccourcissent le temps à leur gré. Il est probable que Susan ne l'ait qu'entraperçu dans le couloir et non dans sa chambre.

– Donc, vous pensez que si la petite ne s'était pas réveillée…

Coleman me fit comprendre que oui, elle aurait été tuée elle aussi.

Joe Jack descendit de son tabouret en bois.

– Qu'est-ce qu'on fait ? nous demanda-t-il.

– Nous devons prévenir les habitants de Joylet, maison par maison. J'ai la motoneige. En espérant que le chaos ne s'installe pas d'ici là, demain matin dès l'aube, je partirai du troisième anneau de Pulp Lime.

– De chez les Rosberg… murmurai-je.

Les fanatiques religieux qui vivaient non loin du portail des Gullies.

– Je peux t'accompagner, nous irons deux fois plus vite, proposa JJ.

Coleman, d'un geste clair de la main, fit comprendre qu'il n'était pas d'accord.

– C'est Ethel qui viendra avec moi. N'est-ce pas, Madame Goldwyn ?

La proposition de Cox me prit au dépourvu. Je me limitai à accepter en levant le pouce.

Joe Jack était renfrogné.

– Mais pourquoi ?

– Qui s'occupera de la vieille ? dit-il en l'indiquant. Et puis il y aura besoin de bougies. Tout le monde devra en avoir. La lumière tient les bêtes à l'écart, mon frère.

– Tu as raison, mais...

– Tu en as dans en réserve ?

– En abondance, Coleman, lui répondit-il enthousiaste. J'en ai bien plus que l'Église Lakewood de Houston.

– Je n'en doutais pas.

– Je vais chercher les cartons dans l'arrière-boutique.

Coleman se leva et son frère le suivit.

– Je te donne un coup de main.

– La valse du sang a commencé...

Encore cette petite voix. Mais qui... ? La vieille Nelda. Le silence dû à sa pathologie congénitale m'avait fait oublier que la vieille dame était à côté de moi, toute tordue dans son fauteuil roulant. Le temps d'un instant, mon esprit s'égara. Susy, pendant ce temps, avait commencé à chantonner une comptine. *Ma* comptine.

L'araignée Gipsy
Monte à la gouttière

Ses petites jambes maigres se balançaient dans le vide pendant qu'elle se frottait l'annulaire de la main gauche. Elle semblait en paix avec elle-même. La fatigue s'était évanouie.

Tiens, voilà la pluie
Gipsy tombe par terre

Je la regardai stupéfaite. Comment pouvait-elle avoir mémorisé les strophes ? Elle devait les avoir apprises à l'école. Ou alors sa mère lui avait déjà chanté cette chanson. C'est ça, il ne pouvait en être autrement. C'était une comptine connue aux États-Unis, et je lui avais seulement dépoussiéré la mémoire.

Mais le soleil
A chassé la pluie
Et l'araignée Gipsy
Monte à *la gouttière.*

Elle arriva à la fin et recommença.

Je me retournai brusquement, avec cette rengaine en fond. La vieille me scrutait comme un vautour perché sur une branche sèche. Elle dégageait une affreuse odeur d'excréments. Ses petits yeux étaient une marée noire.

– Tu m'as dit quelque chose, Nelda ?

Que m'était-il passé par la tête ? Elle ne pouvait pas me répondre ! Sa mère l'avait mise au monde avec une putain de malformation aux cordes vocales.

Pendant ce temps, le disque mental de Susan s'était emballé, elle ressassait la chanson de l'araignée en boucle. Un cauchemar pour mes nerfs déjà à bout.

– La valse du sang a commencé…

Entre ses moustaches argentées et ses rides incrustées, la vieille avait vraiment bougé ses lèvres sales et pleines de salive. Bon sang ! Je l'avais vue !

– Ils dormiront tous. Les enfants tels des chrysalides… et les mères baignant dans leur sang.

C'était irréel. Rien de tout cela n'était vrai, nom de Dieu ! Je pris de longues inspirations et rejetai l'air.

– Violet n'était pas la première, et tu le saaaaais.

Je reçus ces mots comme un coup de fouet sur la nuque. Violet, Violet, Violet. Quoi ?

Mes glandes lacrymales étaient sur le point d'exploser. J'essayai de me lever, mais ce que Nelda prononça juste après me m'acheva.

– D'autres maisons ont été déshonorées.

Non ! Ce n'était pas possible. On l'avait empêché de parler, depuis tout ce temps. Je devenais folle, mon cerveau était en compote.

– Susy ! Susy ! criai-je.

La petite fille me souriait, son joli visage encadré par sa coupe au carré châtain clair.

– Ce n'est pas moi qui ai tué ta mère ! C'est la personne en haillons. Tu le sais, hein ?

Elle acquiesça, continuant à chantonner sa comptine.

L'araignée Gipsy
Monte à *la gouttière.*

Avait-elle du savon dans les oreilles ? Elle ne semblait pas tenir compte de ce que je disais. Ou était-ce moi qui n'arrivais plus à me connecter ? Avais-je débranché la prise de la raison ? Étais-je en train de divaguer ? J'avais besoin d'air frais, d'oxygène. Je fis descendre Susan de mes genoux et m'élançai vers la porte.

J'étais dans l'obscurité. J'inspirai. Je m'agenouillai et remplis mes mains de neige. Je devais me rafraîchir le visage et éteindre l'incendie qui était en train de brûler un à un mes neurones. Puis, je m'essuyai. Je haletai. Je repris de la neige et réitérai l'action. Je réprimai un cri juste à temps, grâce aux bavardages derrière moi. Les Cox étaient revenus. Ils avaient des bougies, en abondance.

Un nombre à faire pâlir l'Église Lakewood de Houston.

29

Coleman nous raccompagna à la maison.

Je bordai Susan, la fillette s'était écroulée dès qu'elle s'était allongée du côté du lit où dormait habituellement Christopher.

J'étais confuse et consciente que je ne fermerais pas l'œil de la nuit. J'attendrais le lever du soleil, avec les doutes et les angoisses qui se débattaient dans ma tête. Dans l'état actuel des choses, Joylet était entourée d'une montagne de neige, d'arbres et de décombres. Ce qui m'était apparu comme un énorme chapiteau de cirque affaissé ressemblait à présent bien plus à un énorme paillasson usé. Un tapis en lambeaux de fibres de coco qui, retourné, dévoilait ses défauts morbides.

En ce qui concernait l'homicide de Violet, les Cox n'avaient, peut-être, pas tort, on ne pouvait exclure personne. Ni les femmes, ni leurs enfants. Chacun de nous prendrait en charge son pourcentage de culpabilité.

Je m'approchai du rebord de la fenêtre, jetai un œil par un petit trou du volet. Chez Joseph Walker, l'habituelle lumière forte, on apercevait juste un scintillement moins intense. Des bougies ?

Nous devrions l'informer lui aussi, il était tout autant un membre de la communauté que nous. Bourru, certes, mais pas méchant. Je pensais même qu'en réalité il avait bon fond. L'histoire de ces jouets achetés le confirmait. Il avait été malchanceux. Sa sœur avait avorté, et dix ans après, une flèche grossière lui avait bousillé l'œil droit, le dépossédant au passage de son travail et de la moitié de son champ de vision.

Lynwood.

Je m'allongeai à côté de Susan, petite fille tendre et sans défense. Sans famille.

Elle s'était rendue au cimetière même le jour où il y avait eu la fuite de gaz à Raw Coal, ce gaz diabolique qui avait intoxiqué son père. Et puis, il y avait eu Thanksgiving et Noël. La fillette semblait s'être remise de ce coup dur. Nous avions ri et joué ensemble. Comme si de rien n'était. Elle s'était amusée, elle avait été insouciante : les divertissements étaient un antidote pour les enfants. Elle avait bien eu quelques des moments de faiblesse, et avait alors demandé à sa mère si son père était avec Rick. S'il allait rentrer lui aussi à bord d'une barque magique ? Violet s'était accrochée à cette chimère, à la farce du Téléphone Bavard, et elle avait été obligée d'allonger la liste des absurdités à cause de ça.

La neige fondrait. De nouvelles journées ensoleillées reviendraient et Susan gambaderait jusqu'au pont, la salle d'attente où elle attendrait le retour de ses défunts.

Cependant, cette nuit, les cartes avaient été redistribuées. L'ingrat devoir de lui avouer la véritable histoire me revenait, c'était à moi de faire redescendre la petite sur terre. Maverick, Adam et Violet la protégeraient de là-haut. Le seul conseil que je lui donnerais serait celui de prier pour sa famille qui veille sur elle depuis le ciel.

J'étais souvent prise d'un sentiment de protection envers les enfants des autres. Avec Susy ce sentiment était maintenant amplifié, plus que jamais. J'allais prendre en charge sa douleur, ce qu'elle ressentirait lorsqu'elle prendrait conscience qu'elle était devenue orpheline. De plus, Violet et Adam étaient enfants uniques, et leurs parents respectifs n'étaient plus présents. Non seulement Susan était orpheline, mais elle n'avait plus un seul parent sur qui compter pour l'avenir.

La chambre semblait être enveloppée dans un drap de soie noir. Dans la maison, j'avais dispersé un peu partout des verres transformés en bougeoirs. Avec la torche, je me déplaçais d'une pièce à l'autre, j'allumais les mèches qui pointaient de la cire, selon l'endroit où je décidais de m'arrêter.

La fillette se tourna sur le côté. Je remontais la couette sur elle et éclairai mon chemin avec la lampe torche. Une fois passée la porte de la chambre, j'entrai dans la salle de bains. Je trouvai la petite boîte d'allumettes dans ma poche et en frottai une sur la partie rugueuse de la boîte. La matière qui revêtait le bâtonnet prit feu. Je transmis la flamme à la bougie dans le verre, posée sur l'étagère du miroir. J'étais dans un sale état, j'avais les yeux striés de rouge et des cernes indécents.

Je me rinçai le visage puis le relevai sans m'essuyer. Dans le reflet du miroir j'entrevis les gouttes d'eau qui dégoulinaient sur ma peau, elles arrivaient à mon menton pour ensuite goutter dans l'évier. Mes lèvres gercées, ma peau humide, mes boucles de cheveux, mon nez qui pointe vers le haut. Dans mon dos, tremblotait une autre image, indéfinie. Elle se trouvait entre les toilettes et la cabine de douche, et elle ondulait comme une ombre rendue floue par un prisme déformant. J'attrapai le verre avec la bougie et éclairai la pièce. C'était ma sœur, saine et sauve, et belle comme le soleil. Je tendis le visage pour l'observer de plus près. Ses yeux scintillants, ses longs cheveux cuivrés, ses fossettes gracieuses sur les joues, mais… mais entre ses lèvres, une substance blanchâtre, ressemblait du silicone. La même substance lui bouchait les narines. Adèle avait les voies respiratoires obstruées. Elle ne pouvait pas respirer…

Non, Ethel. Non !

Je fermai les paupières, comptai jusqu'à trois.

Un… deux… trois.

Je les rouvris. La flamme de la bougie brûlait et éclairait la cuvette des toilettes, la porte coulissante de la douche, les peignoirs. J'étais de nouveau seule dans la salle de bains. Le manque de ma sœur était devenu une obsession, je ne pouvais affirmer le contraire. Adèle s'incrustait souvent dans mes rêves. Mais là, c'était la première fois qu'elle m'apparaissait comme une vision. J'éteignis la bougie en soufflant dessus et retournai dans ma chambre.

La respiration de Susy était régulière.

Coleman passerait me prendre à sept heures. Il restait encore une demi-heure avant le rendez-vous. Même si elle ne le voulait pas, Susan devrait se réveiller. Je ne pouvais risquer de la laisser seule à la maison. Nous l'emmènerions au Whiner Squonk, Jacob s'occuperait d'elle juste le temps de faire le tour de tout Joylet. Nous devions prévenir les familles qu'elles devraient se rendre à la brasserie à midi pile.

D'un commun accord, les frères Cox et moi-même avions décidé d'organiser une réunion.

Par chance, les perturbations météorologiques nous avaient accordé une trêve, les bouts de ciel que j'avais aperçus de ma cuisine m'avaient apporté un peu de réconfort. Le soleil perçait seulement par moments, mais ces petites éclaircies suffiraient à réchauffer Joylet et à la faire sembler moins morne.

J'ouvris les volets prudemment, afin de faire entrer tout doucement la lumière de l'aurore dans la chambre. Susan avait le visage tourné vers le sud, où se dressaient les arbres de Lynwood. Petit à petit, les couleurs de la chambre se ravivèrent, embrasées par la lumière naturelle. Un instant après, comme prévu, la fillette se réveilla. Et elle me sourit.

Je m'assis à côté d'elle.

– Excuse-moi, ma puce. Nous devons nous habiller, lui dis-je en lui caressant les cheveux.

Encore étourdie, elle se frotta les yeux et bâilla.

– Pourquoi ?

– Tu connais Jacob ?

Elle acquiesça.

– Il est trop cool, Jacob.

– Oui, il est un peu grassouillet aussi, mais il est sympa.

– Oui, c'est vrai. Au travail de maman, il est toujours là, et il me chante des chansons. Comme la tienne.

Voilà où elle l'avait apprise, cette comptine.

– Celle de l'araignée ?

– Et plein d'autres. Les cinq petits singes, les canards… Il me la chantera aujourd'hui aussi ?

– Bien sûr, Susy. Autant que tu en voudras.

La petite souleva sa couverture et se pencha sur moi. Elle me donna un baiser sur la tempe et me serra dans ses bras.

– Tu me promets que tu resteras toujours avec moi, Ethel ?

– Croix de bois croix de fer, lui jurai-je, en me libérant de son étreinte.

Je croisai les index. Ses gestes m'avaient émue. Je retournai m'asseoir.

– Comment il fait pour me protéger ?

– Quoi ?

Elle enleva le drap qui lui couvrait les chevilles et alla vers le petit coin en bas à droite. Elle revint vers moi avec le petit pot en verre, que j'avais remis dans la chambre quand nous étions rentrées de notre excursion chez JJ.

– Ça. Tu m'as dit que ça éloignait les méchantes personnes.

– Ce n'est pas tout à fait ça. N'y pense pas pour le moment, Susy. Allons prendre le petit-déjeuner parce qu'après Coleman vient nous chercher avec sa motoneige.

Je l'observai faire de drôles de grimaces.

– Maman va revenir ?

Elle était passée du coq à l'âne. Encore une fois.

– Ta maman est morte, Susy, dis-je allant droit au but, aussi fermement qu'une hache s'abattant sur une bûche de bois. Elle a été tuée par une personne très méchante.

– Mais…

– Ma puce, les morts ne reviennent pas. Ils s'envolent dans le ciel et nous surveillent de là-haut.

– Mais, mais… commença-t-elle à sangloter. Rick ? Et Papa ?

– Ils sont avec elle. Là-haut, je lui indiquai le ciel avec un doigt. Aucune barque ne les ramènera auprès de nous. Même si le ciel est dégagé et que c'est la plus belle journée que tu aies jamais vue. Sa lèvre inférieure se courba, puis elle la mordit pour réprimer les larmes qui étaient sur le point de jaillir. Ses joues étaient gonflées, et toutes rouges. Je glissai le long du lit et la pris contre moi.

– Je suis désolée, Susy. Mais il faut que tu saches la vérité. Tu ne dois pas te retenir de pleurer.

J'avais à peine fini de parler que ma chemise de nuit était déjà mouillée de ses larmes. Il y en aurait beaucoup d'autres, des moments comme celui-là.

Je lui essuyai le visage avec ma main.

– Je suis là, moi. Je reste avec toi, ma chérie. Ne l'oublie pas. La petite tressaillit. Bien… on va voir Jacob ? lui demandai-je.

– Oui… sanglota-t-elle, mais un hoquet interrompit sa phrase. J'ai faim.

30

Susan et moi étions dans la cuisine en train de prendre notre petit-déjeuner, alternant chuchotements et regards tendres. La lueur de la bougie posée sur la table était renforcée par celle qui pénétrait de l'extérieur.

Juste avant, alors je lui enfilais son pull en laine, la fillette m'avait reposé sa longue liste de questions. Maverick. Son père. Violet. Dans un filet de voix, je lui avais répété ce qu'elle savait déjà. Les barques des vivants ne transportaient pas les morts. Ce n'étaient que des inventions. Et pour le lui faire comprendre, j'avais doublé la dose. Je lui avais parlé du timonier, Charon, qui transportait les âmes d'une rive à l'autre de l'Achéron, le fleuve des Enfers. Et de sa passion pour les oboles. Mon but était de lui faire oublier les barques, les catamarans et tout ce qui pouvait raviver son imagination.

Nous étions occupées à pêcher des Corn-Flakes détrempés dans le lait ; moi je bavardais, Susan mâchait et acquiesçait en s'en mettant partout. J'étais en train de lui décrire l'aspect physique de Charon, avec sa barbe et ses cheveux blancs, quand j'entendis le vrombissement de la motoneige déglinguée de Coleman Cox. Réglé comme une horloge suisse. J'allai à la porte et l'invitai à entrer. Cinq minutes de retard ne changeraient pas grand-chose dans ce village de pseudo-réfugiés.

– Salut, Susy, s'exclama Coleman pour la saluer en s'asseyant à côté d'elle. Tu as réussi à dormir ?

La fillette ne fit pas attention à lui, distraite par un insecte qui remontait sur la céramique orange de sa tasse.

– Pas beaucoup, mais bien, répondis-je à sa place.

Susan essaya d'écraser l'insecte qui avait déjà rejoint le haut de la tasse, mais sa tentative maladroite le fit tomber dans le lait.

– Maintenant il va se noyer, me dit-elle. S'il meurt, Charon va venir, Ethel ?

Quand je vis le petit animal flottant dans le liquide blanchâtre, je lui enlevai la tasse des mains.

– Je vais te réchauffer une autre tasse, ma chérie. Celle-ci n'est plus bonne.

Susan n'objecta pas, c'était Coleman qui était émerveillé. Pas tant pour l'insecte noyé dans le lait, mais pour le nom prononcé par la fillette.

– Charon… Et toi, gamine, qu'est-ce que tu sais de lui ?

– On a eu une belle petite discussion, intervins-je posant la casserole de lait sur le gaz. Je lui ai expliqué quelques petits trucs. Pas vrai, ma puce ?

Elle acquiesça.

– Très bien, dit Coleman en me regardant, interrogatif.

Je me fichais bien de son avis. J'étais concentrée sur autre chose. Le mythe de Charon m'avait fait repenser à Violet, à son corps rigide, entouré d'éclaboussures de sang coagulé.

– On ne peut pas la laisser comme ça, prononçai-je à voix haute. Elle ne mérite pas ça.

– Vous avez dit quelque chose, Madame Goldwyn ? me demande Coleman d'un ton sec.

– Non, non… enfin si. Violet, on ne peut pas attendre que la police arrive. Les vers vont la manger. Oh mon Dieu ! Je ne veux pas que ça se passe comme ça.

– Je ne crois pas que ce soit le meilleur endroit pour parler de ça, dit-il en faisant un léger signe de tête.

Il faisait référence à Susy.

– Allons dehors un instant.

Nous nous déplaçâmes sous le porche. Il me prit par les deux avant-bras. Ce n'était pas une étreinte énergique, il voulait juste me tranquilliser et me faire réfléchir.

– Ce n'est pas notre travail, Ethel. Nous ne pouvons pas polluer le lieu d'un éventuel délit.

– Éventuel ?

– Ça pourrait être un suicide. Moi je l'exclus, a priori… mais ceux qui ont les bonnes compétences n'écarteront pas cette hypothèse, vous verrez.

– Ne dites pas de conneries, Monsieur Cox. Comment expliqueraient-ils le pistolet à clous sur l'accoudoir du canapé ? Vous savez très bien, vous aussi, que c'est l'œuvre d'un déséquilibré.

L'image de mon amie : les dents rougies, les yeux vitreux.

– Nous ne pouvons pas la laisser pourrir là-dedans ! protestai-je en levant le ton.

Je dégageai mes bras de sa prise et pointai l'habitation des Rivera.

Coleman céda à mes arguments, mais pas sur le fait d'enlever le cadavre.

– Nous serons les premiers accusés. La justice doit faire son travail. Maintenant, allez chercher la gamine.

– Mais on ne peut…

– Madame Goldwyn, faites ce que je vous dis. Le ciel se couvre, nous devons accélérer le mouvement.

Ses pupilles étaient deux poinçons sombres encastrés dans des blocs de glace.

– Allez chercher Susy, je vous attends sur la motoneige.

Susan s'installa sur la seule table éclairée. Deux bougies bancales éclairaient le visage de Jacob et deux assiettes orphelines de nourriture. Le garçon les avait très bien nettoyées, y compris les miettes. Il bâillait à répétition, ouvrant en grand le four qui lui servait de bouche.

– C'est bon pour toi, Jacob ? lui demanda Coleman.

Son neveu avait très mauvaise mine. Probablement à cause des heures de sommeil en retard, pensai-je. Son oncle l'avait certainement mis au courant de l'homicide et il n'avait plus réussi à s'endormir.

– Oui, dit-il d'une voix traînante en bâillant à nouveau. Je suis fatigué, mais tout va bien.

– Tu es sûr ? lui demandai-je, interrompant le dialogue entre les deux.

Il ne m'inspirait pas grande confiance, surtout parce que c'était lui qui devrait garder la petite pour les heures à venir.

Jacob acquiesça rigoureusement, son double menton sautilla et une mèche rebelle rata de peu la languette flamboyante de l'une des bougies. Heureusement qu'il en était sûr ! Il s'en était fallu de peu pour que ses cheveux s'enflamment.

– Il n'y a aucun problème, Madame Goldwyn. Susy est un petit ange, conclut-il en adressant un clin d'œil raté à la petite.

– Bien, répondis-je sceptique. Et toi, sois gentille avec lui, hein.

Susan haussa les épaules et commença à discuter avec Jacob.

Coleman était déjà sorti du Whiner Squonk et m'attendait sur la croupe de son cheval au hennissement rauque.

– Il est fiable votre neveu ?

Coleman alluma le moteur, qui semblait atteint d'une bronchite chronique. Il toussait comme un pauvre diable qui implore pitié.

– J'en mets ma main à couper, cria Coleman, pour dominer le vacarme de la motoneige. Et maintenant montez, allons d'abord chez Bob.

Chez Bob ?

Oui, Bob Hutchison. Le boucher.

Maintenant, je m'étais habituée aux soubresauts de Coleman. J'avais au moins confiance en sa conduite.

L'aube avait été mensongère. Le ciel était revêtu d'une couche d'acier inébranlable. Joylet apparaissait comme une courtisane anesthésiée qui gisait sous un drap froissé. Qui sait quel spectacle offraient les falaises abruptes des Gullies. Des griffes aux gants blancs.

Nous nous dirigeâmes vers le troisième anneau de Spire street, direction ouest, vers le quartier d'Antique Pink. Nous nous engouffrâmes dans la ruelle qui le séparait de White Smoke. L'air était vif et, comme Coleman l'avait prévu, la neige était sur le point de revenir. Çà et là, les premiers flocons solitaires tourbillonnaient. Comme il n'y avait pas de chasse-neige pour nettoyer les routes, le manteau qui recouvrait Spire street ne faisait pas loin de quarante centimètres.

L'entrée de la boucherie était en verre, informelle. S'il n'y avait pas eu l'enseigne rose délavé sur la corniche, elle se serait mélangée à la perfection aux dix-neuf autres constructions d'Antique Pink. Coleman mit fin au grommellement martelé et nous descendîmes de l'engin.

– Pourquoi sommes-nous venus ici ?

Coleman baissa ses lunettes de ski autour du cou.

– Bob ne sait rien.

– Juste pour ça ?

Il secoua la tête.

– J'ai besoin de carburant pour allumer le groupe électrogène et il devrait en avoir assez.

– Pardon ? lui demandai-je tandis que nous nous rapprochions de l'entrée.

– Vous ne savez pas ce qu'est un groupe électrogène ? Alors c'est…

– Je sais comment ça marche, l'interrompis-je. Ça fournit de l'énergie en cas de panne de courant. Mais je ne savais pas que vous en possédiez un.

Coleman laissa échapper un petit rire discret

– Toute activité qui se respecte devrait en avoir un.

– Et les bougies ? exhortai-je.

– Je ne dors pas entre les bancs du bistro, Mademoiselle Ethel, dit-il en se grattant la tête sous son bonnet de laine. Je ne peux pas utiliser du carburant pour faire fonctionner tous les étages du bâtiment. Je me contente des pièces du Whiner Squonk. Le local est prioritaire.

Son discours était en effet assez logique. Aussi, je restai silencieuse.

Comme pour la supérette, Coleman avait aussi des clefs de la boucherie. Il choisit la bonne dans son trousseau et, après l'avoir tournée, il ouvrit la porte.

Les lumières étaient allumées, on entendait le bourdonnement des congélateurs et des réfrigérateurs. Au plafond, pendaient des saucissons, des jambons et des chapelets de petites saucisses sur des barres en bois. Bob était debout et nous tournait le dos.

Ainsi, entre les familles Cox et Hutchison, il y avait une grande différence. Une des tares héréditaires qui marquait nettement la silhouette de Fred Hutchison était sa maigreur. Contrairement à l'allure habituelle d'un boucher, Bob était le plus maigre des plus maigres. Un sac d'os avec un mince filet de chair et de muscles, le strict nécessaire à sa structure. Et pourtant, il savait y faire avec le hachoir. « *Les coups se donnent avec la force du cerveau. Pas avec ceux-là.* » m'avait-il expliqué un matin, palpant ses biceps inconsistants. « *Regardez* ! » et il m'avait montré, en bas, comment il travaillait l'échine de porc avec des coups précis et bien placés. Un cure-dents qui frappait et taillait comme un forgeron.

Bob Hutchison était une imposture du créateur. Même son nom était inapproprié, il sonnait mal parce qu'il donnait une impression de consistance, de robustesse. Bob. Quand j'en avais entendu parler la première fois, je m'étais imaginé un grand gaillard au ventre proéminent. Le grand Bob ! Le gigantesque Bob ! L'abominable Bob ! Mais pas du tout : il était grand, sec avec des clavicules saillantes comme des cintres.

– Bob. Hé, Bob, l'appela Coleman, à quelques pas de la vitrine réfrigérée.

Le cousin était en train de broyer un morceau de bœuf dans un grand hachoir. Pour ne pas consommer d'électricité, et donc de carburant, il en utilisait un à manivelle. Le boucher s'arrêta et nous souhaita la bienvenue le sourcil droit levé et les mains sales.

– Coleman ? Madame Goldwyn ?

Il se nettoya au mieux les mains sur son tablier plein de taches de sang et Dieu seul sait quoi d'autre.

– C'est quoi ces têtes ? Ne me dites pas qu'un peu de neige et l'absence d'électricité peuvent vous miner le moral à ce point-là.

– Non, Bob, dit Coleman en grimaçant. Il y a eu un meurtre.

Cox parla pendant dix minutes, sans que son cousin ne l'interrompe. L'expression détendue qu'il avait quand il nous avait accueillis s'était maintenant transformée en un mélange d'appréhension et d'incrédulité. Il ouvrait et fermait la bouche de manière répétitive et gardait le regard immobile.

– Et elle est encore là-bas ? bafouilla le boucher, se référant au corps outragé de Violet.

Coleman acquiesça, remontant la fermeture de sa veste coupe-vent.

– Nous avons décidé d'informer la population de Joylet. J'ai besoin d'un jerrican pour le groupe électrogène de la brasserie. J'ai l'intention d'organiser une réunion là-bas, à midi.

– Je vois. Suivez-moi.

Nous dépassâmes un petit couloir, le plafond était parcouru par deux rails d'acier parallèles. Ils servaient à faciliter le transport des bêtes tout juste lavées et découpées. Les crochets où elles étaient suspendues étaient dotés d'un manche qui permettait le glissement à l'intérieur de ces petits rails qui serpentaient au-dessus de nos têtes.

– Je préfère garder le carburant dans une pièce hermétique, précisa le boucher. Mais d'abord, nous devons traverser la chambre froide.

Sur la porte grise, il y avait un hublot pas tout à fait nettoyé et une poignée fermée que Bob tira vers lui. Le thermostat signalait un degré au-dessus de zéro. Sans que nous le lui demandions, l'aîné de Fred Hutchison commença à énumérer le manuel du parfait découpeur de bétails. Découpe, maturation, bardage et putréfaction. Des notions que mon cerveau esquiverait et jetterait bien vite comme un trognon de pomme. La chambre froide n'était pas très spacieuse, mais elle était encombrée de viande. Déambuler entre les trois quarts d'un veau et les corps fendus de porcs mettait à rude épreuve la résistance de mon estomac. L'odeur qui émanait de la carcasse des animaux suspendus était nauséabonde. Le lait et les céréales au miel du petit-déjeuner se retournaient dans mon estomac. Il fallait que je m'imagine être dans un tout autre endroit, parce que si je m'étais concentrée, ne serait-ce qu'un instant, j'aurais mal réagi à la situation et j'aurais vomi sur les dalles du local réfrigéré. Mais pourquoi étais-je allée avec eux ? Ils devaient prendre une recharge de carburant, pas un bœuf entier.

Je ralentis, les cousins étaient au fond de la chambre froide. Bob ouvrit une porte sur sa droite, similaire à celle par laquelle nous étions rentrés.

– Excusez-moi, Coleman, j'ai un peu mal au cœur. Je vous attends là.

Il me fit signe qu'il avait compris d'un geste du pouce et disparut dans la petite pièce latérale.

Je revins sur mes pas.

Violet n'a pas été *la première, et tu le saaaaais.*

Une voix asexuée, indéfinie, ricocha entre les viandes suspendues. Il n'y avait aucun trou dans les murs, juste une bouche métallique avec des ouvertures en diagonale, qui fermait un conduit d'évacuation dans le sol. Les deux portes de la chambre froide étaient scellées, leur fonction était de maintenir l'humidité et l'aération constantes.

– Qui a parlé ?

La température basse produisait de la condensation.

– Qui es-tu ?

D'autres maisons ont été *déshonorées…*

J'essayai à nouveau de parler, mais j'avais la bouche pâteuse, comme si une araignée avait tissé sa toile entre ma langue et mon palais. Je baissai les yeux, il ne fallait pas que je me focalise sur les bêtes abattues qui m'entouraient. Je me bouchai les oreilles en enfilant mes index dans mes canaux auditifs. J'avais les cuisses raides et lourdes. Je tombai à genoux. Puis, du bout des doigts j'effleurai le bouchon de métal inséré entre les dalles froides du sol.

Tu as fait du bon travail… tu as écouté *mes conseils.*

Les voix venaient-elles du conduit d'évacuation ? Je ne crois pas. Elles n'étaient pas d'origine physique, même si j'étais sourde, je les aurais entendues. Elles se nourrissaient de mes faiblesses et les régurgitaient sous forme de lointains croassements.

Ils doivent être *exterminés, jusqu'au dernier.*

– Non ! Non ! Nooooon ! hurlai-je.

La toile d'araignée qui m'obstruait la bouche se déchira tout à coup.

– Va-t'en ! Sors de ma tête.

Ils sont comme la peste.

Enfants et génitrices. Progénitures et putains du diable.

Joylet est la demeure du démon.

31

Joylet était la demeure du démon.

La grosse caisse battait une cadence étrange. Avertissements, bourdonnements, injonctions s'entassaient dans ma raison désormais précaire. J'étais consciente de la bataille en cours dans ma tête. Mon esprit s'était barricadé : il s'était réfugié dans ses tranchées et résistait continuellement à l'assaut de l'ennemi. *L'Autre* avait abattu la barrière des soldats et avançait imperturbable, il était en train de s'infiltrer dans les bas-fonds de ma matière grise. Il y pénétrait avec des armes tranchantes et aspergées de venin. J'étais sur le point de m'évanouir. Si Coleman Cox n'était pas arrivé, je me serais écroulée.

Le bavardage excité des deux cousins m'arrivait doucement, lointain. Pourtant ils sont restés prostrés face à moi. J'étais recroquevillée à terre, le regard fiévreux, et j'étais en nage. J'étais dans une chambre froide, et pour autant l'effroi créé par ce que m'avait suggéré la voix maléfique de *l'Autre* m'avait fait perler le front et le dos. Ma peau transpirait de peur. Quelqu'un s'était emparé d'un recoin de mon cerveau et me titillait avec des fers incandescents.

– Aide-moi à la relever, Coleman, prononça la voix du boucher. Qui sait quelle mauvaise impression j'avais dû lui faire avec la bave qui débordait de la minuscule anfractuosité de mes incisives. J'avais sur moi une flaque visqueuse. Oh mon Dieu ! Un film d'horreur : une folle gargouillant dans une chambre froide en proie à une crise de nerfs.

Coleman m'avait expliqué par la suite que quand je m'étais relevée, mes yeux faisaient ce que bon leur semblait dans leurs orbites, et j'étais incapable de parler. Pour que je reprenne mes esprits, il m'avait donné de petites claques sur les joues.

Petit à petit, j'avais repris mes couleurs, non pas qu'elles fussent beaucoup plus foncées qu'une feuille de papier, mais au moins de légères nuances rosées étaient réapparues. Après cinq minutes et un verre d'eau, j'étais capable de me tenir sur mes jambes.

Même les couleurs des objets et leur netteté étaient revenues.

– Ethel, comment allez-vous ?

Coleman mit une éternité pour me poser cette question. Il avait l'air tendu, comme ceux qui se retrouvent dans des situations gênantes.

Bob me tendit un autre verre d'eau. Ma main était ferme, elle ne tremblait pas.

– Assez bien, prétendis-je. Je suis habituée. Je souffre d'hypoglycémie… continuai-je à mentir. Je n'étais pas en mesure d'associer mes dysfonctionnements mentaux à quelque chose de cliniquement acceptable.

– Bob, tu pourrais venir avec moi à la place d'Ethel ? demanda Coleman à son cousin.

Il m'excluait ouvertement du tour de ce matin. J'étais assise sur un petit banc rectangulaire contre le mur.

– Et moi ? l'interrompis-je.

Je n'étais pas morte non plus, bon sang !

Les deux hommes me dévisagèrent, comme si la personne qui venait à peine de parler était clouée sur une croix.

– Madame Goldwyn, je pense que vous avez besoin de repos. C'est Bob qui viendra.

– Non ! rétorquai-je. Je suis bel et bien vivante, et ce n'est certainement pas l'énergie qui me manque. J'ai eu un petit moment de confusion. Ça ne vous arrive donc jamais à personne d'avoir des vertiges, bon sang ?

Bien évidemment, je ne mentionnai pas ce qu'il s'était réellement passé dans la chambre froide. Cet *Autre* qui martelait ma boîte crânienne, pour me convaincre qu'à Joylet les femmes et les enfants étaient des parents proches de Belzebuth.

– Je vous en prie, Monsieur Cox.

Je remarquai que Coleman et Bob Hutchison se lançaient des regards fugaces. Le message, même privé de paroles, me semblait plus que limpide. Pour eux je n'étais qu'un train sur le point de dérailler. Je m'imaginais bien leur discours accusateur.

Celle-là est à *envoyer* à *l'hôpital psychiatrique, Bob.*

Je sais bien, cousin. Elle a une tête d'hystérique ! *Tu ne peux pas la traîner avec toi.*

Coleman tambourinait de ses doigts sur le verre de la vitrine réfrigérée. Puis il se passa les mains sur le visage et se frotta les yeux. Ses pupilles avaient disparu, il ne restait plus que deux bouts de glace flottants. Il accepta avec quelques réserves.

– D'accord… mais à une condition.

– Laquelle ?

– Si ça recommence, je vous ramène chez vous. Ce n'est pas la première fois que vous vous comportez bizarrement, insista-t-il.

Il remonta la fermeture Éclair de sa veste coupe-vent jusqu'au menton.

– Vous dites n'importe quoi ! Que voulez-vous insinuer en disant « ce n'est pas la première fois » ?

– Vous étiez bien chez Violet, cette nuit ?

– Oui, et vous étiez là aussi. Et donc ? L'homme secoua ostensiblement la tête.

– Vous étiez en train d'enlacer un cadavre, bon de Dieu !

– Mais, mais… mais…

– Ce n'est pas la peine de me répéter que c'était votre amie.

Moi aussi, j'en ai perdu des amis, et Violet en faisait partie. Mais il n'y a rien de normal à patauger dans une mare de sang pour étreindre un corps dans cet état. Et ce n'est pas tout… continua Coleman. À la supérette, mon frère et moi vous avons trouvée dehors, en train de vous étaler de la neige sur le visage. Vous ne vous souvenez pas ?

– Si, répondis-je presque imperceptiblement.

Cox remit ses lunettes de ski et empoigna le jerrican de carburant. Le contenant en plastique, d'un bleu délavé, que Bob avait marqué d'une grosse croix noire.

– Retournons voir Jacob, nous avons besoin de papier.

– De papier ? demandai-je. Il fit semblant d'écrire.

– Vous savez une feuille blanche et un stylo. Ça nous sera utile…

– Vous comptez faire quoi, Monsieur Cox ?

– Il n'y a plus d'électricité dans le village, intervint Bob brusquement.

Chétif comme il l'était, j'avais presque oublié qu'il était là lui aussi. Pour parler, il bougeait les mâchoires comme un poisson et donnait l'impression de vouloir former des cercles invisibles dans l'air avec son souffle. Un jeu que faisait souvent Chris lorsqu'il recrachait la fumée de sa cigarette.

– Et alors ?

– Les sonnettes ne fonctionnent pas, Madame, précisa l'insaisissable chasseur de squonk. Nous ne pouvons pas défoncer les portes. J'ai donc pensé que nous pourrions glisser des petits mots sous les portes, au cas où les locataires de la maison ne nous répondraient pas. À onze heures, je referai un tour du village avec le mégaphone pour rappeler à tous l'imminence de l'assemblée.

Il était astucieux, ce Coleman Cox. Cette espèce de perruque graisseuse qu'il se trimballait sur le crâne ne lui rendait vraiment pas justice.

– C'est parti, alors ?

Je me découvris le poignet. La grande aiguille hésitait entre huit heures et neuf heures.

Jacob et Susan étaient en train de dessiner. Le jeune homme lui avait appris quelques astuces pour esquisser certains animaux du zoo. Quelques traits assez simples, et voilà un lion. Une girafe et un singe. La fillette m'avait montré ses premiers essais, enthousiaste. Inutile de dire qu'elle m'avait souri. Puis elle avait penché la tête et avait commencé un nouveau dessin avec un feutre jaune.

– Ce sera le léopard le plus beau de l'univers, m'avait-elle dit.

Puis j'étais allée vers l'autre table, celle de Coleman. Le message que nous allions écrire devait être concis et aller à l'essentiel. Il ne fallait pas alarmer les gens du village dès le début, ils apprendraient les mauvaises nouvelles une fois à la brasserie.

Coleman me tendit une douzaine de feuilles et un stylo-bille noir.

– Écrivez en lettres d'imprimerie, des caractères gros et compréhensibles, je compte sur vous.

AVIS À LA POPULATION AUJOURD'HUI
À 12.00 A.M.
AU WHINER SQUONK
SE TIENDRA UNE ASSEMBLÉE EXCEPTIONNELLE
PRÉSENCE OBLIGATOIRE !

Les flocons avaient changé d'apparence et de consistance : à présent c'étaient des aiguilles gelées et elles ne se déposaient plus délicatement sur les surfaces. Tous plongés dans le silence, nous percevions distinctement leurs battements, comme le grondement d'une pluie glacée.

Avec l'élan d'un jeune homme de vingt ans, Coleman quitta la selle de sa motoneige. La maison des Rosberg était la première qu'on apercevait après avoir passé le pont de ciment. Nous étions au troisième anneau de Pulp Lime, derrière lequel s'étendait la zone verte des Gullies.

La petite cour qui entourait de l'habitation était recouverte de neige : Amanda n'avait pas pris la peine de la déblayer. Étant donné la foi qu'elle nourrissait encore envers le Seigneur, elle pensait certainement bien faire en laissant cette corvée au Tout-Puissant. Le manteau de neige nous arrivait aux genoux, et à un endroit excentré, émergeait la tête d'une Madone en marbre. Sa pureté la rendait inquiétante, complément blanche, dommage que l'une des courbes du voile soit ébréchée.

Coleman secoua la tête.

– Quand même, elle aurait au moins pu créer un passage !

– Mais quand le soleil reviendra sur Joylet, qu'est-ce qu'il se passera ? demandai-je ignorant la neige qui nous empêchait de passer et gardant le regard figé sur l'imperfection de la statuette de la Madone.

– Qu'entendez-vous par là ?

– Le pont… Il va falloir du temps. Et puis il y a la mine, mon mari. Les autres pères de famille.

Coleman se hissa sous la véranda en pestant.

– Je ne sais pas dit-il, déjà essoufflé. Il y a des hélicoptères. Ils nous apporteront ce qu'il faut pour vivre, nous nous adapterons. Mais avec ces tempêtes continuelles ils ne peuvent même pas décoller. Ce serait bien trop dangereux.

Je le rejoignis, sous l'abri.

– Et Christopher ? On ne reconstruit pas un pont en quelques jours.

L'homme me jeta un regard noir. Il était agacé, je le lisais dans l'expression de son visage.

– Écoutez, nous ne sommes pas venus ici pour discuter du destin de votre mari. Le présent nous donne déjà bien assez de problèmes, vous ne croyez pas ?

Je passai la langue sur mon palais, ma bouche avait un goût amer. Mieux valait se taire avec lui. Coleman enleva les cristaux de neige qu'il avait sur lui et frappa à la porte. Au même moment je m'éloignai. Les volets de la fenêtre qui donnaient sur le salon n'étaient pas tout à fait baissés. Je me collai à la vitre, les mains autour des yeux. J'aperçus les silhouettes agenouillées d'Amanda et de ses deux filles. Dans la pénombre, la lueur provenant de deux bougies dans des cylindres en plastique rose apportait une atmosphère presque mystique. Elles étaient en train de prier, tournées vers la grande croix du Christ accrochée sur le mur. Elles avaient les mains jointes et bougeaient leurs lèvres simultanément. Ils connaissaient la Bible et l'Évangile sur le bout des doigts, les Rosberg. Verset après verset. Matthieu, Marc, Luc et Jean. Genèse et Apocalypse.

Quand Coleman frappa de nouveau, l'une des filles d'Amanda sursauta. Elle murmura quelque chose à sa mère qui acquiesça en tournant son regard vers moi. Je m'écartai prestement de la fenêtre et me présentai sur le seuil, à côté de Cox.

Amanda était grande, élancée, teutonique. Mais elle n'était pas allemande. C'était son mari, Silko, qui était né dans un berceau de choucroute. À l'âge de dix ans, il avait déménagé avec ses parents à Charlotte, Caroline du Nord. Là-bas, il avait rencontré celle qui deviendrait sa future femme. Un coup de foudre. Une Américaine aux caractéristiques physiques d'une pouliche Brandebourgeoise. Il n'aurait pu rêver mieux.

– Bonjour, Madame Rosberg.

Coleman ne fit pas de manière. Un bref bonjour et il lui tendit tract.

– Bonjour. Que se passe-t-il ? répondit-elle étonnée en prenant le bout de papier.

Elle avait la peau blanche et lisse, comme celle de la Madone dans le jardin. Des yeux bleus très clairs touchés par un léger strabisme. Sa chevelure, d'un blond naturel, était attachée en queue-de-cheval.

– Vous êtes au courant pour le pont ?

La femme acquiesça.

– Et vous savez aussi que nous n'avons plus de courant ni de téléphone, je suppose.

Amanda répéta son signe d'approbation. Son regard s'était strié d'une lumière sombre, elle comprenait qu'elle n'était pas au courant de tout.

– Qu'est-ce que je devrais savoir d'autre, Coleman ? lui demanda-t-elle au moment où ses filles surgissaient de dessous ses aisselles.

Sept et onze ans. Elles s'étaient réparti équitablement les gênes de leurs parents. Brigitta : cheveux noirs et yeux bleus. Zoé : iris verts et boucles dorées.

– Vous le saurez en temps voulu. Je suis en train de rassembler toute la ville. On se retrouve au Squonk, à midi.

– Et s'il se remet à neiger fortement ?

Coleman recula et scruta le ciel.

– Les nuages ne sont pas gros. Ils tiendront jusqu'au rendez-vous, les flocons de neige sont minuscules et peu abondants. Je vous conseille de déblayer un peu votre cour. Vous n'avez pas de pelle ?

– Si, se limita à répondre Amanda.

– Bien.

Coleman allait partir, mais il s'arrêta.

– Ah, j'aurais besoin d'une faveur.

– Dites-moi.

– Pourriez-vous prévenir votre voisine, comme ça, nous n'aurons pas besoin de frapper à toutes les portes ?

– Aucun problème, garantit la femme, en serrant ses filles contre elle.

– Ethel, donnez-lui un autre tract. Comme vous voyez, les volets sont fermés, indiqua Coleman. Si Madame Flower ne répond pas, glissez-le sous la porte. Puis vers onze heures, je repasserai contrôler.

Nous descendîmes les escaliers, attentifs à ne pas glisser. La neige compacte savait être insidieuse. Coleman se déhanchait comme un pingouin. Avant de monter sur la motoneige, je m'arrêtai pour resserrer les bretelles de ma salopette. Je m'installai sur la moitié arrière de la selle et me tournai en direction de la maison des Rosberg. La Madone me fixait de ses yeux vides sculptés dans le marbre blanc.

32

La salle grouillait de femmes, d'enfants et de quelques adolescents.

Coleman avait décidé d'économiser le carburant, dans la mesure du possible. Il n'activerait le groupe électrogène qu'à onze heures et cinquante-cinq minutes. Pour le moment, nous n'étions éclairés que grâce à la lumière qui filtrait par les deux grandes fenêtres et à celle produite par les douze bougies dispersées dans le Whiner Squonk.

Cox avait également pris soin de transporter la vieille Nelda à la brasserie. Profitant de la trêve accordée par le mauvais temps, il avait attaché une luge rudimentaire derrière son canasson chromé. À présent, la vieille femme se tenait tranquille, sur son fauteuil roulant, à côté des portes « saloon » de la cuisine.

Pendant notre absence, Bob s'était armé de bonne volonté et avait sorti du garage sa souffleuse à neige électrique. C'était une sorte de tondeuse qui dévorait la neige et la recrachait par un tube latéral. Paré de cet engin ingénieux, il s'était affairé toute la matinée à déblayer les six rues de Joylet, afin de rendre moins périlleux le trajet des habitants vers le Squonk.

Pendant ce temps, Jacob et Joe Jack avaient tout mis en œuvre pour agrandir la capacité de la pièce principale. Ils avaient empilé les tables dans une grande remise, de sorte qu'on puisse tous rentrer. Dans la salle, il ne restait que les grands sièges capitonnés fixés au mur, vingt bancs qui pouvaient accueillir trois adultes, ou cinq enfants, et une quarantaine de chaises.

Au fond, dans le coin où Coleman Cox nous avait accueillis Chris et moi le jour de notre arrivée à Joylet, il y avait les deux caquetoires occupées par les frères Cox.

Les places assises étaient toutes prises. Les premiers à avoir franchi le seuil de la porte étaient Rosa Hill et son fils Benjamin, les Ramirez, les Smith, les Carpet. Et la joyeuse petite famille des Drinkwater, qui semblait être tout droit sortie d'un tableau de Botero. Mais la gaîté par excellence qui les caractérisait avait disparu. Ils étaient préoccupés. Surtout Meg, la mère poule qui n'avait fait que se ronger les ongles depuis qu'elle était entrée.

Ils n'étaient pas les seuls à être nerveux. Il y avait des paires d'yeux attentifs, des visages aux traits tirés et des tics à profusion. Ils étaient tous inquiets là-dedans et, à vrai dire, si Coleman avait pris la peine de les convoquer c'était que la situation devait être grave.

Bob occupait une chaise placée à côté de la caquetoire de Joe Jack. Et les deux étaient en pleine conversation.

– Il en manque combien ? demanda le propriétaire de la supérette.

Le boucher s'était chargé de rédiger la liste des habitants de Joylet et de mettre une croix devant ceux qui posaient un pied dans le local.

– Neuf familles. Quartier Coral Red : Mullins et Perkins. Turquoise Blue : Powell, Wolf et Tucker. Pulp Lime : Flower et Rosberg. Antique Pink : Zimmerman. White Smoke : Mikeller. Quartier Ocher, en revanche, ils sont tous présents, précisa Bob tel un recenseur de la population.

Joe Jack zieuta l'horloge accrochée au mur et surmontée par les énormes bois d'un élan.

– Midi moins le quart, énonça-t-il avant de se retourner.

Coleman ?

Son frère changea de position sur le siège et posa son bras sur l'accoudoir.

– Tu veux quoi ?

– On y est presque, mais il manque vingt-deux personnes à l'appel. Les Mikeller ne sont que trois, parce que l'un des triplés est hospitalisé à Wilkes-Barre pour une forme aiguë de grippe. Qu'est-ce qu'on fait ?

– Attendons encore dix minutes, répondit Coleman.

– Et s'ils ne viennent pas ?

– Tu m'emmerdes, JJ ! J'irai les chercher avec la motoneige. On déplacera la réunion d'une demi-heure. Ça te va comme ça ? Le frère aîné le fusilla du regard et recommença à observer la salle. Les Powell, trois en tout, venaient tout juste de faire leur entrée dans le Squonk. On modifia les notes de Bob Hutchison : encore huit familles, dix-neuf habitants étaient aux abonnés absents.

Jacob et Susan étaient dans un coin et s'amusaient, battant des mains en même temps et de manière rythmée. Moi j'étais dans la partie opposée, en retrait. Postée pas très loin du jukebox, l'oreille tendue j'écoutais les échanges entre les Cox et le boucher. Rosa Hill et Yolanda Carpet, à deux pas de moi, avaient, en moins de quinze minutes, fait le tour de toutes les théories possibles et imaginables. Mais aucune des deux n'avait tapé dans le mille. Des nouvelles au sujet du pont ? *Tu parles* ! Une tempête de neige aux proportions inhumaines qui était sur le point d'arriver ? Un cambriolage ? Le courant qui ne reviendrait pas avant des mois ?

Non, mes petites dames ! *Vous refroidissez là* !

À présent, elles étaient en train de s'imaginer une histoire fantaisiste d'adultère. *Et un truc de ce genre aurait nécessité tout ce train-train* ? Un rire m'échappa, que je cachais en me grattant le bout du nez. D'ailleurs, en parlant d'adultère, cela me fit penser que même la pieuse et sainte Amanda Rosberg se faisait désirer.

– Mais Walker ? Il n'est pas là ? demanda Madame Carpet d'une manière volontairement irrespectueuse.

– Tu plaisantes ? Les marginaux ne font pas partie de notre communauté. C'est bien lui qui a voulu s'en aller. C'est un asocial et il crèvera tout seul dans son taudis en bois.

Joseph Walker ! Pourquoi l'avions-nous exclu ? Il y avait une faille dans la liste dressée par Bob. Je m'éloignai du jukebox pour me rapprocher de l'aîné de Fred Hutchison.

– Bob, Walker est dans ta liste ?

– Bien sûr que non !

– Bah, pourquoi ?

Le boucher ouvrit grand ses bras squelettiques, les articulations de ses doigts et ses phalanges ressortaient comme des racines sur un terrain aride.

– Si on exclut les mineurs, actuellement il ne fait pas partie des deux cent trente-deux résidents de Joylet.

– Et du coup, quel serait son lieu de résidence ? demandai-je agacée.

Il me semblait que ce n'était pas le bon moment pour s'en tenir aux controverses ou aux formalités.

– La terre de personne, ricana-t-il, ses pupilles dilatées réduisaient ses iris marron à deux tout petits points.

– C'est un loup solitaire qui mérite de rester seul dans son coin.

– Votre raisonnement est complément fou, Bob. Le fils de Fred Hutchison se racla la gorge.

– On ne va pas commencer à parler de folie, Madame Goldwyn. Ce matin vous n'aviez pas l'air très lucide…

– Quel est le rapport avec ce que je vous demande ? Walker est parmi nous, il loge sur ce putain de bout de terre, et il doit être ajouté à la liste. Si le pont s'était écroulé avant le passage du chasse-neige, Jimmy Reed aurait été bloqué à Joylet. Et résident ou non, il serait rentré lui aussi dans le cercle des suspects. N'ai-je pas raison ?

Le boucher se pencha vers Joe Jack. Ils parlèrent à voix basse. Le plus ancien des Cox acquiesçait à chaque affirmation de son cousin. Puis il leva la tête et me fit signe avec l'index. Il voulait que je me rapproche.

– Je partage votre avis, Madame Goldwyn.

– Bien.

– Nous irons voir Cyclope. Mais je vous préviens, ce sera une véritable expédition que de le traîner jusqu'ici, ce vieux bouc souillé de pétrole.

– Les Mullins et les Wolf, nous interrompit Bob en tapant son stylo-bille sur l'accoudoir de la caquetoire de Coleman.

Quatre autres personnes. Il n'en manquait plus que quinze. Mais l'aiguille des minutes tournait, il ne restait plus que deux minutes avant midi. Le temps limite imposé par Coleman était bel et bien dépassé. Joe Jack donna un coup de coude à l'avant-bras de son frère en lui montrant l'heure. Le cadet, appuyé sur les accoudoirs de la chaise, se leva. Il avait pris sa décision.

– Mes amis, lança Coleman d'un ton décisif. Comme par enchantement, la salle se tut.

– Je vous remercie de ne pas avoir pris mon invitation à la légère. Mais, apparemment, nous ne sommes pas tous du même avis. Il manque des familles. N'est-ce pas, Bob ?

Le boucher acquiesça.

Un bruit de fond se fit à nouveau entendre, les personnes présentes avaient recommencé à jacasser avec leurs voisins. Joe Jack abandonna le confort de sa caquetoire et, grâce à d'amples gestes des bras, ramena le silence dans le local. Coleman avait de nouveau l'attention de tous.

– Nous nous voyons contraints à repousser notre rencontre afin de récupérer les absents. Je répète : c'est une réunion importante, d'extrême urgence.

À ce moment-là, Yolanda Carpet se leva, contrariée.

– Mais dites-nous ce qu'il s'est passé, bon sang.

– Vous avez toutes les raisons du monde de vouloir comprendre. Mais soyez patients, nous ne pouvons tolérer aucun absent.

Coleman finit sa déclaration et traversa la salle, en passant d'abord entre les bancs puis parmi la foule entassée derrière les places assises. Des insultes volèrent, des huées, mais personne n'osa le toucher. C'était un homme estimé à Joylet et il jouissait du crédit de tous. Je m'éloignai de l'emplacement de Bob, frôlai le jukebox et je me rapprochai de l'entrée en me frayant un chemin entre les mères et les enfants. Coleman avait déjà mis en route son tas de ferraille asthmatique. J'allai jusqu'à lui et montai. L'homme tourna la tête sans rien me dire et mit les gaz en se penchant vers la gauche.

Pulp Lime : la maison des Rosberg.

S'il n'avait pas eu une brasserie à gérer, Coleman aurait eu un discret succès en tant que météorologue. Il n'en manquait pas une. Depuis que nous étions partis de chez les Rosberg jusqu'à ce que nous y retournions, l'intensité des précipitations n'avait pas bougé d'un pouce. Ce qui tombait du ciel n'était encore que de fines particules gelées.

Amanda avait bien écouté les conseils de Coleman, à présent un petit passage déneigé permettait d'accéder du trottoir aux escaliers. Nous nous approchâmes de l'entrée. La Madone ébréchée, les escaliers, la petite véranda. Les volets étaient remontés. Instinctivement, au lieu de toquer, nous allâmes tous deux à la fenêtre. Jésus crucifié, le cierge allumé. Le trio était réuni pour prier… mais quelque chose ne collait pas.

Elles étaient en train de se signer. Un signe de croix démesuré. Des signes rapides, successifs et elles répétaient, en boucle, les mêmes mots à voix haute et à vive allure.

Père, fils et Saint-Esprit. Père, fils et Saint-Esprit. Père, fils et Saint-Esprit.

Tels des automates aux batteries inépuisables. Leurs regards fixés sur le corps du Christ.

Père, fils et Saint-Esprit.

Quand je me tournai vers Coleman, il avait déjà le poing levé sur le battant en hêtre. Il donna un premier coup.

– Ouvrez, Madame Rosberg ! Ouvrez cette putain de porte !

Je suivais les deux scènes en même temps. Les trois filles agenouillées, qui se martelaient le front, la poitrine et les épaules invoquant la miséricorde de La Trinité, et la colère de Cox qui risquait d'enfoncer la porte.

– Ne m'obligez pas à la défoncer !

Sa voix était menaçante et surtout sincère. Il l'aurait vraiment détruite, j'en étais certaine. Je devais moi aussi essayer de faire quelque chose. J'essayai de frapper du poing contre la vitre de la fenêtre, mais les coups donnés par Coleman, avec l'écho, annihilaient mes faibles tentatives. Tout à coup, Cox s'arrêta. Il hurla pour la énième fois qu'il allait faire tomber la porte d'un coup d'épaule. C'était son ultimatum.

À travers la fenêtre, je vis que les mouvements de la plus petite, Zoé, ralentissaient. Je ne me trompais pas. La fillette avait les bras le long du corps, tandis qu'Amanda et Brigitta continuaient imperturbables. *Père, fils et Saint-Esprit.*

Zoé se hissa sur la pointe des pieds, se retenant au dossier du canapé. Elle avait une expression sombre qui lui attristait le visage. Elle se dirigea vers nous. La porte s'ouvrit et Coleman ne put rien faire d'autre que de s'accroupir devant ces boucles blondes qui encadraient un visage morne. Zoé semblait défaite.

– Pourquoi n'êtes-vous pas venues à la brasserie, Zoé ?

La fillette tituba, puis elle nous prit par la main et nous emmena à l'intérieur. La maison était tapissée d'images sacrées. Un cadre représentait le Jugement dernier, un autre, les douze apôtres. Puis des étagères remplies de bibelots de saints et d'angelots reproduits à l'échelle.

Et cette immense croix en bois fixée au mur.

La foi des Rosberg était tellement poussée à l'extrême que j'en eus la nausée.

Père, fils et Saint-Esprit.

Coleman avança lentement.

– Madame Rosberg…

Son timbre, jusqu'alors si résolu, s'était transformé en bêlement d'agneau de lait. Il lui effleura l'omoplate de ses doigts gantés.

– Madame Rosberg, répéta-t-il.

Comme si quelqu'un avait injecté en elles une puissante dose de sédatif, Amanda et Brigitta arrêtèrent de donner prier, leurs gestes s'amenuisèrent jusqu'à se cristalliser.

La femme se tourna dans notre direction. Elle nous fixait de ses splendides yeux bleus en amande.

– Amanda ? tentai-je.

Elle montra le mur du doigt.

– La croix ? demanda Coleman.

Elle continua à pointer son index. Elle ne voulait pas que nous restions pensifs à l'intérieur de sa maison.

– Flower… marmonna-t-elle.

C'était donc là que devaient se tourner nos questionnements.

– Katy Flower ?

Amanda Rosberg acquiesça.

– Katy…

Elle pencha la tête en arrière, et d'un geste de la main simula une gorge qu'on tranche.

LE LOUP NOIR
(Cahier à losanges bicolores)

Un, deux, Freddy te coupera en deux, trois, quatre, remonte chez toi quatre à quatre, cinq, six, n'oublie pas ton crucifix, sept, huit, surtout ne dors pas la nuit…

Du film Freddy : Les Griffes de la nuit.

Mais voilà que j'entendis un faible gémissement, et je reconnus le gémissement d'une terreur mortelle. Ce n'était pas un gémissement de douleur ou de chagrin ; oh non ! C'était le bruit sourd et étouffé qui s'élève du fond d'une âme surchargée d'effroi.

Edgar Allan Poe

33

Aujourd'hui, 29 novembre 2014 (Atmore, Alabama)

– Comme ça, mamie ? demande Steven imitant le geste d'une gorge que l'on tranche.

Fait par un enfant, ce geste est horrifiant. Il recommence en tirant la langue et en plissant les yeux.

– Ça suffit, Stevie. Et n'essaye même pas de recommencer !

– Mais ce sont les rugbymans qui font ça avant chaque match.

– Ici, on a le football américain, et toi tu préfères ceux qui donnent des coups de pied pour lancer une balle devant eux ?

Voir mon petit-fils glisser son pouce sur son cou est une image inacceptable. Il vaudrait mieux ne pas continuer cette lecture. Nous pourrions changer de sujet, parler de sport ou de bandes dessinées. De films d'animation.

– Ils sont habillés tout en noir et ils hurlent. Ils font des gestes bizarres, ils ont l'air sympa en vrai, insiste-t-il.

Les All Blacks. Maintenant je comprends mieux de quoi il parle. Le Haka maori des All Blacks, l'équipe néo-zélandaise de rugby.

Évocation qui fait frissonner.

– D'accord, Stevie…

En tant que femme d'un certain âge, je ne me sens pas vraiment légitime pour continuer sur ce sujet. Je sais bien que je lui ai promis de tout lui raconter, mais…

Steven est certes un petit garçon éveillé, mais je pense que le massacre de Joylet est un peu trop pour ses sept ans. Ma décision est prise. Je me dépêche d'empiler les cinq cahiers et je les pose sur le petit meuble. Je lui suggère autre chose :

– On va faire autre chose, c'est mieux. Ce sont des histoires pour les grands. Je n'aurais pas dû commencer à te la raconter.

Le visage de Steven s'assombrit sur-le-champ, il me regarde de travers.

– Non ! crie-t-il d'une voix enfantine.

Il récupère les cahiers et les jette à terre. Deux d'entre eux finissent sous le lit. Je me couche avec peine sur le ventre et les ramasse. En glissant sur le sol, les couvertures ont attrapé miettes et des peluches de poussière ; c'est bien trop sale sous ce lit. Je penserai à gronder ma fille, la propreté de la maison n'a pas l'air d'être son fort.

– Continue ! me dit-il.

Il est de mauvaise humeur. Les enfants ne devraient pas être pourris gâtés, mais Steven… c'est mon seul petit-fils. Quand il le peut, il m'aide. Il me donne toujours un coup de main avec les tissus, il me les tient pendant que je les marque à la craie. Il reste auprès de moi.

Je me sens le cul entre deux chaises : d'un côté, il ne mérite pas que je lui refuse quoi que ce soit, mais de l'autre, je suis consciente que parler de crimes et de personnes sauvagement assassinées est anti-éducatif, surtout pour un enfant de sept ans.

– Pourquoi on n'allumerait pas la télé ? essayé-je de proposer pour le calmer.

– Non ! Tu m'as promis, mamie. Je ne vais pas avoir peur, je te jure ! Pennywise est bien plus méchant.

Je soupire.

– Pis maintenant, je connais des nouveaux mots.

– Je ne te lis pas ces écrits pour te les enseigner. Tu les apprendrais dans tous les cas.

– Les putains…

– Stevie !

– C'est toi qui as écrit ça, mamie. C'est un peu comme… attends… celle qui a emmené papa, c'est comme ça que maman l'appelle.

Que Dieu me pardonne ! C'est, en effet, avec un terme similaire que ma fille définit l'amitié améliorée que son mari entretient avec une autre femme. *Une pute.*

Les derniers téléphones portables en vogue, la télévision, Internet sont les sources inexorables d'une éducation malsaine. Ils ont leurs points positifs, c'est certain, mais les points négatifs sont déplorables ; et le langage de mon petit-fils en est le parfait exemple. À mon époque on pouvait camoufler les gros mots. Aujourd'hui, que font-ils ? Ils posent la question, et si la réponse ne leur convient pas, ils dénichent le résultat sur le web. C'est aussi de ma faute, j'aurais pu survoler le terme de « putain », reformuler la phrase, ou faire semblant qu'il n'y était pas. Au diable les bonnes manières ! S'il connaît déjà « pute » et « putain », et qu'il se bouffe des films comme Ça, je n'ose pas imaginer combien de choses inconvenantes je ne sais pas de lui et de sa génération de *digital natives.*

– Je ne veux pas t'entendre prononcer ce mot, le réprimandé-je.

Il se met le doigt dans le nez et commence à trifouiller.

– OK, d'accord.

– Et enlève-moi ce doigt de là !

– Pff ! Je ne peux jamais rien faire !

Ce refrain, qu'il répète sans cesse, est exaspérant.

– Tu veux que je lise le quatrième cahier ?

Il acquiesce.

– Très bien ! Alors comporte-toi comme un petit homme sérieux et bien élevé, le sermonné-je en me frottant l'intérieur du coude gauche.

Ces derniers temps, ça me gratte de manière obsessionnelle, une sensation tellement désagréable qui me pousse à me gratter, enfonçant mes ongles dans ma peau. Il y a quelques jours, j'ai cru qu'un insecte m'avait piquée. Une abeille ? Il n'y a pas de cercle rougeâtre sur ma peau, ni même de piqûre. À force de gratter, la peau a rougi et a pelé. Je mouille mes doigts avec de la salive et nettoie le creux enflammé.

– Allez, mamie ! me dispute Steven.

J'arrête de martyriser mon bras et tourne la couverture aux losanges noirs et rouges du quatrième cahier.

L'assemblée allait être repoussée et aurait un programme *plus riche.*

Plus riche en viande.

34

8 janvier 1983 (Joylet, Pennsylvanie)

Je m'étais assise sur une marche enneigée du porche des Rosberg et je regardais en l'air. Le ciel avait pris une teinte argentée et était chargé, on aurait dit un immense drap suspendu qui, petit à petit, s'affaissait à cause du poids qu'il devait soutenir. Ce drap ne résisterait pas longtemps. Il allait s'écrouler. Il se déchirerait, renversant sur Joylet une quantité de neige impressionnante. Même Coleman Cox avait flairé le retour de la tempête. Il était passé à côté de moi et m'avait indiqué les taches gris blanc qui perçaient les nuages à quelques kilomètres à l'est des Gullies.

– Deux heures au maximum, m'avait-il annoncé fermement. Si le vent se lève, la neige durera moins longtemps, mais nous la retrouvons sur nos toits avant treize heures.

Il avait ensuite fait une pirouette et m'avait fixée. Son regard était une banquise infinie.

– C'est mieux que vous ne veniez pas avec moi, Madame Goldwyn.

Oui, bien mieux ! Dans son bégaiement, Amanda avait été claire. Coleman trouverait le corps de Katy Flower dans la cave. Ou du moins ce qu'il en restait. Madame Rosberg n'avait pas réussi à entrer, la porte était fermée de l'intérieur et les volets étaient complètement baissés. Non sans difficulté, elle avait réussi avec une pelle à se frayer un passage et avait rejoint l'arrière de la maison. Le seul soupirail donnant sur la cave était enfoui sous cinquante centimètres de neige. Elle avait déblayé en profondeur, jusqu'à découvrir la petite fenêtre rectangulaire.

– On l'a mise en pièces, se limita à dire Coleman quand il revint vers moi.

Katy Flower avait été démembrée à coups de hache. Cox avait vu hache et manche en bois posés contre la chaudière.

Cette nuit-là, après être rentrée de chez Joe Jack, pendant que Susy dormait dans mon lit, j'étais à nouveau descendue à la cave. En plus du pistolet à clous, il manquait aussi la hache de Walker. À présent, j'avais certitude mathématique que cet objet à la lame affûtée avait également été volé par l'assassin de Violet.

Je me retournai. Derrière moi, les trois Rosberg étaient prostrées devant le Christ, mais elles avaient arrêté les prières générales.

Elles priaient pour leur défunte voisine.

Seigneur, qu'elle trouve l'éternel repos

*Qu'elle trouve le repos… Qu'elle trouve le repos… Qu'*ELLE *trouve le repos.*

Une prière au féminin singulier.

– Et son fils ? demandai-je.

– Il n'est pas dans la cave, me répondit Cox, en enfilant lentement son bonnet en laine. Même avec ce mouvement, ses cheveux n'avaient pas bougé d'un poil.

– Je vais devoir forcer l'entrée. Je retourne au Squonk chercher le pied de biche.

Il était sur le point de partir, mais je le saisis par un pan de sa veste coupe-vent.

– Vous pensez que…

Il acquiesça, plissant le front. Même les cristaux de glace s'étaient arrêtés de tomber. Il n'y avait pas le temps pour pleurer. Pour personne.

Coleman fut plus rapide que l'éclair. Je l'observai descendre devant le numéro deux de Pulp Lime. Il me lança un rapide coup d'œil avant d'introduire le crochet juste au-dessus de la serrure, entre le chambranle et la porte d'entrée des Flower.

Quand je le vis réapparaître sur le seuil, il était trempé de sueur, comme s'il était tout juste sorti d'un four. Il chancelait, il avait les lèvres légèrement entrouvertes et sa couronne de cheveux collée sur le front. Je courus vers lui alors qu'il jetait le pied de biche et ses gants au milieu de la neige, en signe de défaite. Il se passa les mains sur le visage et, dès qu'il les retira, je notai que sa peau était contractée. De fines rides étaient apparues à côté de ses pommettes.

– Un carnage, Madame Goldwyn, me murmura-t-il. Un carnage inouï.

Coleman me raconta qu'il avait avancé, le pied de biche dans la main gauche et la lampe torche allumée dans la droite. Le cercle lumineux avait rampé le long du mur. Une série d'étagères en quinconce supportait des cadres avec les visages joyeux des Flower. Katy, Malloy et leur petit trésor : Andreas, conçu alors que leurs espérances étaient presque réduites à néant. Dans un coin de la pièce, se trouvait un sitar, un instrument de musique à cordes originaire de l'Inde du Nord. Cox avait piétiné le tapis persan posé entre le canapé et une petite table basse de style mauresque. Il avait alors éclairé l'intérieur de la cuisine. Personne. Il avait continué. Il n'y avait pas de fenêtre dans le couloir. Par terre, au bord de la plinthe, un chewing-gum était collé. Coleman se déplaçait avec précaution, mais seul le néant l'entourait. Il avait essayé de tourner la poignée de la cave. Elle était aussi fermée.

Il ne lui restait plus qu'à recommencer ce qui lui avait permis d'accéder à la maison des Flower.

À peine avait-il ouvert la porte qu'une bouffée malodorante l'avait pris à la gorge. Témoignage de mort et de peur. Coleman n'avait pas descendu toutes les marches, il lui avait suffi de s'arrêter à la troisième. De là, le faisceau de lumière était capable de lui confirmer ce qu'il avait entraperçu du seul soupirail de la pièce. Dans un lac de sang coagulé se trouvait un buste auquel l'assassin n'avait laissé que les membres inférieurs. Les bras, coupés, n'étaient pas très loin. La tête de Katy Flower ressemblait à celle d'un mannequin. Des yeux artificiels. Des cheveux artificiels. Une scène où tout semblait artificiel.

Cox était remonté jusqu'au couloir et avait continué son inspection macabre. Il passa à la chambre d'Andreas, ce bambin qui avait survolé les cieux de Pennsylvanie dans un panier transporté par une cigogne – Joe Jack avait plaisanté une fois sur ce sujet – le fruit d'un miracle. Coleman était entré dans la pièce ; une grande armoire bleue, des jouets, des peluches, des Lego éparpillés. Les pieds en bois du petit lit, l'édredon couvert de petits moutons défait jusqu'au bout… et le petit corps d'Andreas. Il n'y avait aucune trace de sang ; jambes, torse, mains. Tout était en place.

Coleman avait alors déplacé le halo de lumière sur le visage de l'enfant. Il était pâle. Andreas avait les paupières fermées, mais la grimace sur sa bouche n'était pas détendue mais rigide. Un sac en plastique lui entourait la tête, fermé en haut par un serre-câble en nylon.

Cox avait fait un signe de croix et était ressorti avec la sensation d'avoir un nid de scorpions à la place de l'estomac.

– C'était la mienne ? demandai-je spontanément, sans me soucier des répercussions que pourrait avoir cette question.

– De quoi parlez-vous ?

– De la hache…

– La hache... répéta Coleman en passant les doigts sur ses moustaches. Pourquoi est-ce que ce serait la vôtre ?

Il me vit soupirer.

– Attendez, vous n'êtes pas en train de me dire qu'il y avait aussi une hache dans votre cave ?

J'acquiesçai.

– Oh putain de merde ! Et il manque quoi d'autre, dans votre cave ?

Coleman se passa la main dans les cheveux.

J'avais envie de pleurer. Quelle idiote j'étais, mais pourquoi avais-je omis ce détail ? Je me donnai des coups de poing sur la tête et tombai dans la neige.

– Ri... rien d'autre, balbutiai-je.

– Levez-vous s'il vous plaît, Madame Goldwyn, m'exhorta l'homme en me tendant la main. Vous avez commis une erreur, mais je ne crois pas que ça aurait changé grand-chose. La scène que j'ai vue me laisse supposer que Madame Flower a été assassinée bien avant Violet.

– Et Andreas ?

– Je vous ai déjà dit pour le sac en plastique. Il est mort asphyxié.

– Asphyxié... la Vieille Sorcière... Ces mots m'échappèrent de la bouche.

Asphyxie. Andreas avait été privé d'air vital. Collapsus pulmonaire. Voies respiratoires inutilisables. Était-il possible que cette sorcière ait pu... Non ! Parbleu ! Elle n'utilisait pas des sacs en plastique pour couper la respiration.

Andreas avait les paupières fermées, mais la grimace sur sa bouche n'était pas détendue. Elle était rigide. Un sac en plastique lui entourait la tête, fermé en haut par un serre-câble en nylon.

– Madame Goldwyn ?

Coleman était en train de me secouer par les bretelles de la salopette. Pendant un instant mon esprit était parti ailleurs, n'écoutant plus ce que disait le propriétaire du Squonk.

– C'est quoi cette… *Vieille Sorcière* ?

– Quoi ? Je ne comprends pas…

– Si, moi aussi je vous ai entendu prononcer ces mots, intervint Amanda Rosberg derrière moi.

Je ne m'étais pas rendu compte de son arrivée.

– Expliquez-nous, exigea-t-elle en s'approchant.

Je me tournai à quatre-vingt-dix degrés, sur ma gauche j'avais Coleman, sur ma droite, la femme au léger strabisme. Je fis un pas en arrière, mes bottes s'enfoncèrent dans la neige fraîche.

– Je… je… je n'ai rien dit.

– Je l'ai entendu de mes propres oreilles, me dit Cox en se touchant le lobe.

– C'est exact, confirma Amanda Rosberg.

Je ne savais pas quoi faire, quelle attitude prendre. À tous les coups, j'avais encore pensé à voix haute. Et ces deux-là avaient écouté le flux de mes réflexions.

Soudain, j'aperçus une silhouette dans Spire street. Elle venait du quartier Ocher. On aurait dit qu'elle marchait avec peine, et ses bras se balançaient le long de son corps.

– Là-bas ! indiquai-je aux deux qui avaient encore le regard braqué sur mon visage.

– *Là-bas* n'est pas une réponse sensée, Ethel, me reprocha Coleman ne remarquant pas l'individu titubant qui se traînait sur le manteau neigeux.

En revanche, Amanda s'en était rendu compte et avait porté ses mains à la bouche comme pour réprimer un hurlement. Persuadé par l'expression terrifiée d'Amanda, Cox se retourna. Il plissa les yeux pour focaliser l'image.

– Mais ce n'est pas…

Coleman n'eut pas le temps de terminer sa phrase, qu'il bondit sur le garçon qui venait de s'écrouler brusquement sur la neige de Spire street.

35

Il était une heure moins vingt quand l'un des triplés Mikeller reprit ses esprits. Mat était le seul que l'on pouvait écarter du trio, car il n'était simplement pas à Joylet. Il était encore hospitalisé à Wilkes-Barre pour des contrôles, et il resterait loin du village pour encore pas mal de temps, même s'il n'avait plus de fièvre.

Était-ce donc Sasha ou Will ?

Cox l'avait recueilli dans la neige, inconscient. L'image de Coleman qui le tenait dans ses bras, encadré par une immensité blanche, avait pris un je-ne-sais-quoi d'apocalyptique.

Un petit garçon sans défense, la tête penchée sur le torse de l'homme et son bras, mou, oscillant dans le vide à chaque pas.

On le déposa dans la chambre des Rosberg, en attendant qu'il reprenne ses esprits. Amanda était infirmière au chômage, mais cela ne voulait pas dire qu'elle avait tout oublié des connaissances apprises durant ses cinq années de service au Wayne Memorial Hospital de Goldsboro en Caroline du Nord. Elle avait l'habitude des évanouissements ou, comme elle les définissait dans le jargon technique, des lipothymies. Elle s'était donc absentée quelques secondes pour revenir avec un flacon ouvert de vinaigre.

– Mettez-lui ça sous le nez, Coleman.

Cox avait fait onduler légèrement le col de la fiole sous les narines du petit Mikeller et les effluves de vinaigre avaient pénétré dans ses canaux olfactifs.

À présent, le jeune garçon nous regardait avec des yeux effrayés. Il était en train de se remémorer tout ce qui s'était passé pour essayer d'effacer le chaos qui infectait sa mémoire. Il allait un peu mieux, mais donnait l'impression de quelqu'un qui venait de goûter à la perfidie de l'enfer et qui était ensuite remonté à la surface, dans des limbes plus dignes.

– Will ? demanda Coleman.

Le triplé secoua la tête lentement.

– Sa… Sacha, réussit-il à bafouiller.

– Pourquoi es-tu seul ? continua Cox, après avoir vérifié l'identité du petit Mikeller.

Sasha passa sa langue sur ses lèvres comme pour les lubrifier.

Mais dans son expression quelque chose me dérangeait.

– Je me suis… enfui, murmura-t-il avec une pointe d'hésitation. C'était… je sais pas qui c'était.

Il s'interrompit pour reprendre son souffle. Il leva les bras et se mit à gesticuler.

– Il était couvert de… d'habits déchirés.

Des haillons. La description ressemblait à celle de Susan.

– Comme la fille de… laissai-je échapper.

Coleman m'arrêta, me serrant le bras avec force. Et il me fusilla du regard. Amanda n'était pas au courant de l'assassinat de Violet. Il serait mieux de ne pas aggraver la situation.

– Continue, Sasha, lui dit Coleman retirant ses menottes brûlantes de mon bras.

L'enfant était aux toilettes quand il avait entendu des bruits sinistres provenir de sous ses pieds. Il était allé à la porte blanche du sous-sol et y avait collé son oreille pour en avoir la confirmation. Qu'il avait eue. Derrière cette paroi de bois, quelqu'un était en train de fouiller la cave.

Sasha avait pris peur et avait décidé de ne pas retourner dans sa chambre où Will dormait. Mais Will n'était pas fort comme Mat.

Sa mère, pendant ce temps, était enfermée dans sa chambre, comme toujours. Elle était bien en chair et robuste, Leonor. Mais elle n'était pas forte comme Mat. Et Mat n'était pas là : il était malade.

Alors Sasha avait allumé la lumière, empoigné la perche télescopique puis avait glissé le crochet dans le loquet de la trappe rectangulaire du grenier. Les bruits qui provenaient d'en dessous continuaient. Ils étaient atténués par l'épaisseur du mur, mais il les entendait quand même. Il avait fait descendre l'échelle au plafond du couloir et, quand elle fut à portée de main, il l'avait tirée vers lui de manière à bien la déplier. Il n'avait pas bloqué le verrou métallique sur le côté, qui servait à immobiliser le mécanisme à ressort. Il avait grimpé très vite les dix marches et une fois arrivé en haut, avait essayé de replier l'échelle. Mais il n'y était pas parvenu. Même lui n'était pas aussi fort que Mat.

Sasha avait été obligé de la laisser ainsi, à moitié suspendue dans les airs. Il ne pouvait rien faire d'autre que de rester là, au-dessus, au milieu de bibelots et de souvenirs, en espérant que l'intrus qui passerait la porte laquée de blanc ne s'apercevrait pas de son manège. Mais cette trappe baissée, n'importe qui l'aurait remarquée.

Sasha s'était retiré dans sa cachette et était appuyé contre la paroi lisse d'un réservoir plein d'eau. Il respirait vite. L'oxygène raréfié semblait moins bénéfique et son sang se pressait dans ses veines.

Le cœur de Sasha pompait au maximum.

Le grincement des charnières, un bruit qui en une fraction de seconde s'était mêlé au silence, puis le craquement de la porte du sous-sol avait bouleversé ses perceptions sensorielles. Il sentit les battements de son cœur se répercuter partout. Dans ses tempes, ses poignets, sa carotide. Sa fréquence respiratoire était passée à la vitesse supérieure, elle accélérait. Il porta les mains à sa poitrine, craignant que sa cage thoracique n'explose en lui rompant les côtes tant la panique et l'adrénaline qui se mélangeaient étaient puissantes.

Soudain, il comprit que lui, sa mère et Will n'étaient plus seuls. L'intrus était entré. Alors, Sasha s'écarta du réservoir et rampa jusqu'à l'ouverture de l'échelle. Il se pencha sur le bord en béton. Il se déplaçait dans le noir. La montre à son poignet commença à sonner, *BIP-BIP*, *BIP-BIP*, *BIP-BIP* : il était exactement trois heures du matin.

La lumière illumina le couloir et il vit une ombre à la silhouette floue. Elle portait des vêtements sombres, effilochés. Déchirés. Mais ce n'était pas le plus important, l'attention de Sasha fut attirée par le couteau de cuisine à grande lame que l'intrus serrait dans sa main gauche. Il s'était d'abord orienté vers la chambre de la mère, mais s'était arrêté. L'échelle à moitié dépliée pendait du plafond. L'inconnu leva la tête, et les deux se regardèrent. Sasha ne réussit pas à hurler, les cris qui étaient sur le point de sortir s'étaient déjà éteints, comme si cet être en dessous de lui s'en était emparé d'un seul regard.

Sasha se retira, l'intrus voulait l'attraper. Il le ressentait au plus profond de lui. Frénétiquement, il chercha autour de lui : que pouvait-il bien faire ? Lui jeter des objets depuis le grenier ? La peur le tenaillait, il tremblait comme une feuille. Son souffle était court. Le ressort de l'échelle n'émettait pas son cliquetis habituel. Avait-il changé d'avis ?

Il devait aller vérifier de ses propres yeux. Le corps secoué de tremblements continuels, il s'était penché à nouveau. L'étranger était encore là, mais il tenait la perche télescopique au lieu du couteau de cuisine. Il allait refermer la trappe, il voulait l'enfermer dans le grenier. L'isoler. Dès qu'il le vit manœuvrer, Sasha hurla. Il ne pouvait rien faire d'autre. Dès que la trappe se referma, il roula loin, pour éviter que ses doigts ne soient broyés.

Les minutes s'écoulèrent. Le silence régnait, souverain. La terreur le paralysait. Il aurait pu crier, mais le monstre serait monté et l'aurait fait taire à jamais. Il préféra rester cacher, sans broncher.

Une heure après, Sasha était encore là, recroquevillé entre les deux réservoirs d'eau. Il n'avait aucune idée de ce qui avait pu se passer. Dehors il faisait nuit et il neigeait sévèrement, sa montre digitale, cadeau de papa Dave, affichait quatre heures vingt-sept. Il s'était un peu calmé, car il n'avait plus entendu de bruit après la fermeture de la trappe. Il avait décidé d'attendre le matin, et de prévenir ensuite sa mère.

Ainsi, il s'était assoupi, sans même s'en rendre compte. D'un sommeil profond. Même la clarté de l'aube n'avait pas provoqué son réveil. Sasha avait continué à dormir, jusqu'à onze heures quarante-quatre comme l'annonçait sa montre. Il était retourné à la trappe, avait hurlé vers l'étage du bas. Il avait tapé des poings. Puis il s'était penché sur le rectangle en acier, mais n'avait eu aucun retour, aucune réponse. Il avait frappé, encore. Après une demi-heure de tentatives infructueuses, il s'était allongé, haletant, sur le sol froid du grenier. Il avait essayé de réfléchir, et avait tourné son regard vers la gauche. De derrière un coffre en bois émanait une lueur plus claire. Il était allé jusqu'au meuble, l'avait poussé sur le côté. Il y avait là une petite lucarne, assez grande pour lui permettre de passer à travers. Comment avait-il pu l'oublier ?

Son échappatoire vers le monde extérieur. Un risque à courir. Il était midi seize lorsque Sasha Mikeller, passant par le cadre de la lucarne, avait atterri sur le toit de la véranda, avant de se jeter en bas. Un bond de presque trois mètres amorti par un matelas de neige.

Sasha Mikeller avait donc passé la nuit dans le grenier de sa maison.

J'éprouvais beaucoup d'aversion pour cette famille, mais les paroles terrorisées du jeune garçon me donnaient à voir un autre angle. Il n'était pas au courant des faits sanglants impliquant Violet Rivera, Katy et Andreas Flower.

– Tu as vu ses yeux ? lui demandai-je à brûle-pourpoint.

Le garçon me répondit d'un grand signe éloquent des doigts.

– Et sa bouche ?

Sasha acquiesça en toussant.

– Et ses dents ? Tu te souviens comment elles étaient ?

Il toussa encore.

– Non, pas vraiment.

Je lui pris le visage dans les mains.

– Regarde-moi ! Est-ce qu'elles ressemblaient à des écailles de verre ? Des bouts acérés et tranchants ?

Ses joues étaient serrées dans mes mains.

Il bougea sa tête de haut en bas, presque désespérément.

– Oui… c'est ça, confirma-t-il incertain.

36

Sasha resta dans la maison des Rosberg.

Cette fois-ci, je ne reculai pas. Je voulais voir de mes propres yeux si tout ce qu'avait raconté le fils Mikeller s'était déroulé de la manière que je craignais le plus.

Entre-temps, une légère brise s'était levée, l'impulsion qui allait précipiter ces nuages gorgés de neige au-dessus du Susquehanna. Après avoir forcé la porte d'entrée, Coleman et moi nous retrouvâmes dans le salon des Mikeller, où Leonor m'avait servi ses délicieux sablés. Quand Cox appela la mère et le fils, il ne reçut que l'involontaire réponse du néant, un léger vertige me prit. Je posai la main sur le dossier du fauteuil pour reprendre mon souffle et me préparer à ce que nous allions trouver après avoir tourné à l'angle du couloir.

Nous reprenions l'exploration quand nous fûmes surpris par un retour éclair de l'électricité. Le reflux inattendu d'une petite radio rose posée sous la télé nous envoya *Eye of the Tiger* des Survivor en direct du séjour. Nous étions déconcertés. Le lustre avec ses cinq sphères en verre clignota. La lumière se stabilisa, mais disparut quelques secondes après, coupant net la puissance vocale de Dave Bickler. Nous nous regardâmes un instant, troublés par cette irruption fugace du courant.

Au milieu du couloir, je levai la lampe torche vers le plafond. La trappe était à sa place. Coleman m'indiqua la porte à ma droite, celle placée entre la cave et la chambre du fond. Cox continua et arriva près de la salle de bains. Il entra, et en ressortit quelques secondes après, en secouant la tête. Elle était vide. Puis, avec prudence, il ouvrit la porte la plus proche de lui et disparut à l'intérieur. J'en fis de même avec l'autre porte, la dernière dans cette partie de la maison.

J'étais dans la chambre des triplés, cela ne faisait aucun doute. Les murs étaient tapissés de posters, une photo géante de Magic Johnson avec son t-shirt des Lakers recouvrait la moitié de l'armoire. Le bureau était encombré d'une centaine de figurines éparpillées, pour le reste, tout était en ordre. *Leonor*, pensai-je. Avec sa méticulosité, je l'imaginais bien dépoussiérer et remettre en ordre plusieurs fois par jour, le bazar provoqué par ses trois petites pestes ; Mat, Sasha… et Will.

Will était bien là. Avec ses yeux écarquillés, embués et une soif d'air troublée par des filets de salive. Un appel à l'aide qui n'a jamais abouti. Sa lutte avait été inégale ; une perte de conscience graduelle, le dioxyde de carbone avait stagné dans son organisme et les particules d'oxygène s'étaient épuisées à une vitesse désarmante.

Les enfants tels des chrysalides, chuchotai-je, tandis qu'un frisson remontait le long de mon dos. La tête de Will, telle une chrysalide. C'était ça qu'elle voulait me dire Nelda ?

La couverture était retournée, tout comme le drap. Will avait lutté. Malheureusement, il avait perdu sa propre bataille. Contrairement à Susan qui avait ouvert les yeux à temps, grâce peut-être aux hurlements étouffés de Violet qui avaient brisé son sommeil.

– Ethel ! Ethel ! m'appela Coleman de l'autre chambre.

Là-bas, pas de sac en plastique ni collier de serrage. Juste du sang.

Cox était à un mètre de l'entrée. J'éclairai le sol, et j'eus la confirmation de ce que j'avais imaginé. La flaque s'était répandue et les éclaboussures rouges avaient maculé la décoration impeccable de la chambre des Mikeller. Du mobilier de style Liberty, exclusivement blanc. Un tableau où la couleur du sang coagulé ressortait comme si quelqu'un s'était amusé à repeindre la chambre avec une bombe aérosol. Par ici, des taches claires, par-là d'autres plus intenses, plus prononcées. L'œuvre d'un artiste excentrique.

Je m'approchai de Coleman.

– Il l'a égorgée ! réussit-il à dire la voix déformée par son avant-bras qui bouchait son nez et sa bouche. Avec la lampe torche j'éclairai une magnifique armoire à glace avec trois portes. Leonor était assise devant. On aurait dit une poupée de porcelaine dans un abattoir.

Les cicatrices qui lui labouraient le visage et l'entaille couleur grenat en guise de collier ne ressemblaient pas à de véritables blessures. C'était la peau parfaite de la femme de Dave qui les rendait ainsi, presque fictives, comme des taches d'encre, et donnait envie de se pencher pour faire disparaître ces rayures gênantes, comme le font souvent les mamans pour effacer des traits de stylo sur les joues de leurs enfants.

Violet, Katy et Andreas… Leonor et Will. Le nombre des victimes s'élevait à cinq. Selon le discours de Sasha, la mère de Susy avait certainement été tuée avant les Mikeller, parce que la montre du jeune garçon indiquait trois heures précises quand il avait vu le monstre aux haillons pour la première fois, exactement deux minutes après mon réveil brutal causé par les coups à la fenêtre de la fille des Rivera.

Mais les Flower ?

Coleman était convaincu que l'homicide avait commencé avec eux. Je ne savais pas pourquoi, mais j'étais d'accord avec lui. D'abord, il s'était rendu dans ma cave, il y avait dérobé hache et pistolet à clous puis avait ouvert la danse à partir du numéro deux de Pulp Lime. Flower, Rivera et Mikeller. En parcourant Spire street du pont de ciment vers le centre, la suite hypothétique était ainsi respectée. Nous nous trouvions sur le troisième anneau. Le premier quartier, partant de l'est, était précisément Pulp Lime, celui des Flower. En continuant, on traversait Ocher, pour arriver à White Smoke. Dans la ligne de mire : les maisons limitrophes à la mienne, mes voisins. Avais-je été graciée ?

Peu importe qui c'était, il ou elle était passé par chez moi. Et j'avais été la première : le pistolet à clous et la hache étaient pour l'un sur l'accoudoir du canapé des Rivera, pour l'autre, contre la chaudière des Flower.

Coleman dirigea sa lampe torche vers la commode. La grande lame du couteau de cuisine émit un reflet sous la lumière artificielle. Elle avait été lavée méticuleusement, y compris le manche en plastique dur dans lequel elle était rivée.

L'homme me fixa, ses iris se perdirent entre obscurité et éclat de lumière.

– Le petit… il nous a quittés lui aussi, n'est-ce pas ? me demanda-t-il.

Mon expression lui suffit pour comprendre la réponse.

Nous refermâmes tous deux les portes et retournâmes dans le séjour de la maison des Mikeller.

– Il asphyxie les enfants et égorge les mères, dis-je à haute voix.

Dans le salon, Coleman se laissa tomber dans le fauteuil. Il se frotta le visage avec insistance, comme s'il voulait enlever ces minuscules moustaches qui surmontaient sa lèvre supérieure.

– On dirait bien, oui, Madame Goldwyn.

Le patron de la brasserie avait le visage décomposé, marqué par la fatigue. Qui sait depuis combien de temps il ne s'était pas allongé sur son matelas pour offrir à son dos une heure de bonheur. La neige, l'effondrement du pont, Violet, l'assemblée. Les autres cadavres. Depuis le 6 janvier au matin, il ne dormait pas plus de deux ou trois heures d'affilée, me révéla-t-il.

– Il a un *modus operandi* irrégulier, me dit-il.

– *Modus operandi* ?

– La manière dont il opère sur ses victimes. Ce gars-là est un prédateur, un chasseur d'êtres humains. Mais il ne frappe pas toujours de la même manière. Comme vous l'avez dit, pour les deux enfants : sacs en plastique et serre-câbles en guise de fermeture. Pour les trois femmes en revanche, il a utilisé trois armes différentes : un pistolet à clous, une hache et un couteau. Les deux premiers vous appartiennent…

– Non, attendez… ce ne sont pas les miens. Ils étaient, et sont à Joseph Walker. Christopher et moi ne les avons jamais utilisés. Nous aurions dû les lui rendre avec ses cartons de jouets, merde ! Et ce couteau n'est pas à moi, j'en suis sûre.

Coleman se leva du fauteuil. Le pied de biche était posé un peu au-dessus de la prise de courant. Il l'empoigna.

– Je veux bien vous croire Madame Goldwyn. Ainsi que pourraient vous croire Joe Jack et Bob. Mais le problème est autre. Il va falloir convaincre une foule de gens, là-dedans, dit-il en indiquant approximativement avec la barre, l'endroit où se trouvait le Whiner Squonk.

– Je vous l'ai expliqué. Ce n'est pas moi, je n'aurais jamais pu faire une chose pareille.

– Je vais être obligé de mentionner le pistolet à clous. Et la hache. Et je devrais aussi préciser que ce sont vos outils.

– Ceux de Cyclope… précisai-je à nouveau.

– Madame, ces objets étaient-ils, oui ou non, dans votre cave ?

Je déglutis, amère.

– Je ne les ai jamais touchés ! Mon mari non plus. Je vous le jure !

Coleman était sur le point de partir. Le ciel s'était épaissi et il neigeait à nouveau. Si Cox ne s'était, encore une fois, pas trompé dans les prévisions, le manteau de neige allait recommencer à grossir. Avec constance. Selon lui, nous allions nous réveiller demain avec au moins un mètre de neige.

– Vous voulez que je vous ramène au Squonk, comme ça, vous pourrez rester au calme auprès de Susy ?

– Non, je préfère venir avec vous, lui répondis-je.

La ronde n'était pas encore finie, nous ne pouvions retourner à la brasserie sans savoir ce que le destin avait réservé aux personnes qui n'avaient pas rejoint le local à midi.

– Qui sont les prochains ?

– Les Zimmerman. Numéro six, Antique Pink.

37

Les trois habitations que nous visitâmes après celle des Mikeller ne contenaient rien de nouveau, elles n'étaient que des cercueils de certitudes. Les seuls coups de théâtre nous furent donnés par les corps des mères. En ce qui concernait les enfants, il y avait peu à ajouter, à part le désespoir et la colère qui remplaçaient la faible illusion de pouvoir les retrouver encore en vie. Les scènes se répétaient, comme dans un refrain macabre aux notes aiguës et fausses.

Violet Rivera : deux clous en acier de dix-sept centimètres tirés par un pistolet à clous, dans le cou et dans le crâne. Arme présente et, à première vue, nettoyée.

Katy Flower : tête et bras détachés du tronc avec une hache.

Arme présente et, à première vue, nettoyée.

Leonor Mikeller : morte par hémorragie à cause d'une entaille profonde à la carotide ; couteau de cuisine à grande lame. Arme présente et, à première vue, nettoyée.

Sophia Zimmerman : Crâne fracassé et cerveau réduit en bouillie avec une batte de baseball. Arme présente et, à première vue, nettoyée.

Ashley Tucker : harpon à quatre pointes décoché par une arbalète de chasse sous-marine. Planté en plein dans le cœur. Arme présente et, à première vue, nettoyée.

Emma Perkins : presque méconnaissable. Les os du visage réduits en miettes par un marteau. Arme présente et, à première vue, nettoyée.

À la fin de cette dernière macabre inspection, avant que Coleman ne démarrât la motoneige pour rentrer, je lui demandai d'attendre un peu. J'avais besoin de stocker de l'air *pur* en moi, pour nettoyer le mal qui avait souillé mes sens. Clichés dévastateurs, odeurs écœurantes. Nausées. J'aurais voulu les caresser, un à un, ces cadavres. Un dernier adieu que la loi ne me permit toutefois pas de leur offrir. Et puis il y avait aussi le choc auditif. Le néant, la miséricorde du silence, le bourdonnement inquiétant des mouches à viande. Joylet semblait avoir été prise d'assaut par une nouvelle vague de plaies, différentes de celles de l'Égypte Antique, mais pas pour autant plus clémentes.

Quand nous rentrâmes au local, Bob et Joe Jack nous scrutèrent du fond de la salle. Le groupe électrogène avait été activé. Enfin, la lumière artificielle nous éclairait. Susan vint vers moi en courant et m'enlaça comme si elle ne m'avait pas vue depuis des années. Les yeux des personnes présentes étaient tous braqués sur nous, affamés et assoiffés. Je ne savais pas comment Bob et Joe Jack avaient pu réussir à les faire patienter calmement durant l'heure et demie où nous nous étions absentés.

La grande salle du Whiner Squonk comptait cent soixante-quatre personnes assises et, à l'arrière, cinquante-sept personnes debout. Coleman mit son cousin et son frère au courant du changement des statistiques. Bob en prit acte : parmi les deux cent trente-deux habitants notés sur le bloc-notes onze d'entre eux présentaient désormais une croix noire à côté de leur nom.

Dès que Coleman se tourna vers la foule, la majeure partie de l'assistance l'applaudit, tandis qu'une poignée de femmes sifflèrent, les doigts entre les dents. Camouflées parmi le reste de la population, je ne sus pas qui elles étaient.

Je vis des traits se dessiner sur le visage de Coleman, des rides d'appréhension. À midi, il était censé prévenir les citoyens de l'assassinat de Violet et discuter du sujet durant toute la réunion. La nouvelle aurait certes, provoqué un tollé et alerté les femmes et leurs enfants, mais maintenant la situation s'était précipitée, et Coleman était clairement en difficulté. En deux heures, on était passé d'un meurtre, déjà terrible en soi, au cauchemar absolu. Dans les rues enneigées de Joylet, un serial killer courait en liberté.

Le propriétaire du Squonk jeta un regard derrière la vitre, les flocons qui tombaient étaient épais et lourds.

Sur ce lambeau de terre où nous étions emprisonnés, un seul homme manquait à l'appel ; Joseph Walker. Bien entendu, nous ne l'avions pas oublié. La faute incombait à la bécane asthmatique de Cox. Après notre départ de chez les Perkins, la motoneige avait brouté sur quelques mètres puis s'était arrêtée net dans la ruelle entre Ocher et Pulp Lime. La première conclusion qui m'était passée par la tête était que la bronchite chronique de ce vieux tas de ferraille s'était transformée en une hypertension pulmonaire. Je m'étais trompée. Le réservoir était à sec et avait juste besoin d'une bonne dose de carburant. Problème que nous ne pouvions résoudre, parce que le temps nous était compté, mais aussi a cause de l'impossibilité de retourner à la boucherie de Bob prendre un autre jerrican d'essence. Ainsi, nous avions annulé et repoussé *l'opération*, pour citer Joe Jack, *de traîner jusqu'ici ce tas de boue souillé de pétrole.*

Je me glissai derrière le bar, entre une magnifique tireuse à bière à trois lignes et le fauteuil roulant de Nelda. La vieille s'était endormie, la tête penchée en avant, avec son rosaire qui serpentait entre ses doigts fins atteints de dermatoporose. Je posai mes coudes sur le plan de travail, tout juste à temps pour écouter le discours d'ouverture de Coleman. Il commença par un panégyrique incroyable sur la ténacité qui caractérisait les habitants de Joylet ; un discours tissé de louanges et qui, selon moi, était nécessaire pour leur faire avaler la pilule toxique qu'il allait leur administrer sous peu.

Évoquant les évènements récents, ces jours-ci coïncidaient avec l'anniversaire de la disparition de Lynwood Pemberton. Puis ce fut au tour de Maverick Rivera et de son père, Adam. Des événements pour le moins tragiques, fruits d'un destin impitoyable.

Enfin, vint le tour de Violet.

– Comme vous voyez, dit Coleman avant de reprendre sa respiration après une courte pause, la petite Susan est ici avec nous, mais sa mère… sa mère…

Avec le pouce et l'index, il se massa vigoureusement les arcades sourcilières. Les mots sortaient difficilement et ses yeux se couvrirent d'une fine couche de larmes.

– … nous a quittés.

De nombreuses bouches s'ouvrirent béantes, consternées, anticipant un brouhaha qui fut très vite arrêté par l'accent irritant de Rosa Hill.

– Morte ? Violet Rivera est morte ? Quand ? Comment ?

– Oui, comment ? renchérit Meg Drinkwater.

– Pas de maladie, ni d'accident, confirma Cox le souffle court.

– On peut savoir comment elle est morte alors ? s'éleva une voix blanche d'un groupe de têtes au milieu de la salle.

– Elle a… elle a… Et merde ! Elle a été assassinée, expliqua-t-il en mimant un pistolet avec les doigts et montrant où elle avait été touchée.

Mettre par écrit ce qui se passa tout de suite après la révélation de Coleman serait trop compliqué. Je me souviens d'un terrible vacarme, de cris, d'injures, de bousculades et d'une grande agitation. Des femmes bouchèrent les oreilles de leurs enfants. Des enfants pleuraient, pas tant pour les mots prononcés par Cox, mais pour l'émoi provoqué par ces affirmations. Il fallut un quart d'heure pour ramener le calme dans la salle et continuer le discours. Coleman recommença par moi. Par ma découverte.

– Il est juste que vous sachiez que c'est Ethel Goldwyn qui a retrouvé le corps sans vie de Violet, précisa-t-il en pointant le doigt dans ma direction. Le pistolet à clous d'où sont sortis les deux projectiles en acier qui l'ont tuée était quelques heures auparavant dans sa cave.

Les femmes et les enfants les plus grands se tournèrent vers moi. Je levai mes coudes du plan de travail, en sueur. Des centaines d'yeux inquisiteurs me fixaient, ils me demandaient « pourquoi », mais ils voulaient aussi avoir les détails de ce drame. Parmi eux, certains étaient même accusateurs, je les distinguais clairement dans cette foule de pupilles incrédules. Parmi ceux qui me considéraient comme coupable dans tous les cas, il y avait Yolanda Carpet avec son museau étriqué, et Carol Mullins, l'ancienne maîtresse d'école, qui me montrait du doigt bien qu'elle ait les mains jointes. Même Nelda avait eu un spasme musculaire et s'était réveillée de son pèlerinage onirique. Elle m'épiait, le visage ratatiné et marqué par toutes les joies et les douleurs éprouvées en presque un siècle de vie. Puis dans un mouvement sec, son bras se leva et d'un geste manifeste, comme si elle écrasait un insecte, elle m'ordonna de rejoindre les caquetoires des frères Cox. Du moins, c'est ainsi que je l'interprétai.

J'y allai, je devais me sortir de cette situation embarrassante. Dans ma tête s'accumulaient des émotions contrastées, je savais que je n'étais pas une meurtrière. Celui qui avait appuyé sur la gâchette du pistolet à clous de Cyclope était un cinglé.

Les habitants de Joylet n'étaient que partiellement au courant des faits, une infime partie de la cruelle vérité.

Bob me fit de la place et Joe Jack ôta ses pieds pour ne pas me faire obstacle.

– Je vous en prie, Madame Goldwyn, me dit Coleman en me laissant la scène.

Dans son timbre il n'y avait aucune agressivité, seulement l'envie d'éclaircir les choses, de donner une vision d'ensemble sur les faits sanglants de ces dernières heures. Ça me désolait de devoir l'admettre, mais il était légitime que Cox reconstituât les évènements de la meilleure manière possible, en ne négligeant rien. Même si je continuais à me méfier du propriétaire du Squonk et de son frère, il était tout à fait normal que je sois là, avec eux, face à la foule entassée dans le local.

– Qu'est-ce que tu as à dire pour ta défense, Ethel ?

Comme par hasard, ce fut justement cette harpie de Mullins qui rompit la glace. Mon sixième sens ne m'avait pas trompée, c'était bien elle et Yolanda Carpet les plus féroces. Carol Mullins était une femme d'une cinquantaine d'années qui avait arrêté l'enseignement pour des raisons de santé. Même si Violet m'avait raconté une tout autre histoire. Carol n'était pas vraiment une enseignante conventionnelle, les rumeurs disaient qu'elle avait été suspendue, interdite d'enseigner aux États-Unis, pour avoir frappé trois écolières. Conneries ou pas, l'ancienne maîtresse me dévisageait d'un air de défi.

Je restai sur ma réserve, les mains croisées sur ma poitrine. Il ne me manquait que le voile et j'eusse été identique à la statuette de la Madone qui enlaidissait le jardin des Rosberg. Je n'étais pas habituée à parler devant une telle foule.

– Alors ? me pressa Madame Mullins.

J'aurais volontiers arraché et brisé ses lunettes d'intello en mille morceaux, juste pour le plaisir de la faire chier.

Je soutins son regard, puis la contentai.

– Je suis innocente, Carol.

– Prouve-le nous.

– Oui, prouve-le, renchérit Madame Drinkwater pire qu'un perroquet, de ceux qui se goinfrent de graines et clamsent d'une crise cardiaque.

– Avec grand plaisir, répondis-je.

Mon alibi en béton était dans la salle. Je fis un signe à Amanda Rosberg. Ce n'était pas elle que je voulais auprès de moi, mais bien le petit garçon assis entre elle et Zoé ; Sasha Mikeller.

38

Sasha Mikeller et sa montre digitale étaient mon alibi.

Le gamin ressemblait à un cachet d'aspirine, il ne s'était pas encore totalement remis, mais nous ne pouvions pas le laisser seul dans le lit conjugal des Rosberg. L'assemblée demandée par Coleman Cox ne permettait aucune absence ni retard. Ainsi, Amanda avait fait de son mieux pour le requinquer avant de le traîner au Squonk à bord de la luge familiale.

Amanda le prit par la main et me l'amena. En attendant, je regardai autour de moi. La mère et la sœur de Bob étaient perchées sur les marches de l'escalier en colimaçon qui montaient à l'étage supérieur de la brasserie. Là-haut, il y avait les chambres de Coleman et de son neveu.

Dorothy avait, elle aussi, la langue bien pendue. Quand j'allais acheter des fruits et des légumes chez elle, j'essayais toujours de parler le moins possible. Le minimum requis, quoi. Sa fille, Milly, la cadette de Fred Hutchison, me plaisait bien en revanche. Peut-être parce que contrairement à sa mère, c'était une femme fidèle à son devoir. Quelqu'un qui respectait à la lettre la déontologie de son métier. Je lui avais recommandé de ne pas ébruiter que j'allais chez elle pour acheter de la pémoline. Personne ne devait être au courant de cette fixette sur mon poids, pas même Chris.

Sans ce médicament aux effets anorexigènes, je serais devenue une boule de lard, pire que la mère Drinkwater. J'aurais même été plus grasse que Jacob. Ce dysfonctionnement venait de mon métabolisme, je crois, et je me le traînais depuis la puberté. Pendant ma période de croissance, j'ingurgitais des tonnes de cochonneries. Malbouffe, boissons gazeuses, et colorants. Les barres de Payday, miam… des cacahuètes qui s'enroulaient dans un cœur moelleux de caramel. Mais aussi Milk Duds, Butterfingers, et le bon goût de cerise des bâtonnets Twizzlers.

Amanda et le triplé des Mikeller étaient à un pas de la caquetoire de Coleman. Je pris le petit garçon par la main et le tirai vers moi.

– Sasha, murmurai-je, tu pourrais répéter devant tout le monde ce que tu nous as raconté tout à l'heure chez les Rosberg ?

Sasha était gêné, il continuait à tourner la tête dans tous les sens, comme s'il n'arrivait pas à retrouver sa paix intérieure. Ses deux frères et lui avaient été insupportables, notamment pendant la période estivale. Sans l'école, ils m'avaient fait passer des matins et des après-midi infernaux. Souvent, j'étais dans le séjour la télé allumée, sur le canapé, à coudre des boutons ou à raccommoder. Pourtant le boucan que faisaient ces trois-là annulait tout, on aurait dit que tout ce raffut venait de ma cuisine.

Mais je n'avais pas le courage de les incriminer. Pas aujourd'hui. Will était mort asphyxié, Mat était hospitalisé à Wilkes-Barre ; un mal pour un bien, si bien sûr la fièvre n'avait pas empiré. Sasha s'était échappé avant que tout ne s'accomplisse, et il n'était même pas encore au courant de l'épilogue. Il le saurait par moi, parce qu'à la fin de son témoignage, j'informerais mes chers compatriotes que Violet n'avait pas été la seule victime. À ce moment-là, j'en étais bien consciente, le chaos exploserait. Je me serais déchargée d'une grosse partie de la faute et me retrouverais incriminée au même niveau que tous les présents dans la salle. Nous serions tous égaux.

– Vas-y, Sasha.

Le gamin me lança un regard craintif en entortillant ses doigts pleins de peaux mortes. Comme un moteur diesel, il démarra au ralenti. Un début pénible, durant lequel je dus m'armer de patience pour comprendre les mots qui sortaient de sa bouche. Petit à petit sa langue se délia et il commença à avancer. À la fin de son compte rendu, personne ne respirait plus dans la brasserie. Mâchoires verrouillées, regards comme gravés dans la roche. L'immobilisme qui régnait était presque surréel. Le silence avant la tempête, tempête que je déclencherais moi-même, quand j'énumérerais tous ceux d'entre nous qui avaient disparu.

– Ils sont morts… annonça Madame Hill, plus perspicace que les autres. Leonor et Will ont été assassinés comme Violet…

– Non ! répliqua Sasha à la déduction de Rosa, mais il en était lui-même peu convaincu.

Il avait douze ans, et c'était un emmerdeur de premier ordre, mais il n'était pas stupide. Quand je confirmai la déclaration de Rosa Hill, le gamin réagit de manière incohérente. Il bondit dans le public. Il se serait enfui de la brasserie, si l'on ne l'avait pas arrêté sur le seuil. Il aurait couru à toute vitesse jusque chez lui, à White Smoke, cerné par un tourbillon de doutes futiles et par la neige qui tombait du ciel à un rythme incessant. Heureusement, il n'avait pas opposé de résistance, s'était effondré par terre et s'était défoulé en hurlant.

Connaissant la suite, Bob Hutchison s'était approché de Sasha et l'avait accompagné dans une pièce attenante qui servait d'entrepôt pour les tables du Squonk.

Entre les états d'âme en ébullition et la porte comme cloison, les voix lui parviendraient lointaines et incompréhensibles.

– Et alors ? demanda Carol Mullins d'une voix légèrement plus faible.

– Les horaires ne coïncident pas, lui répondis-je. Coleman vous a expliqué la mort de Violet, et comment la jeune Susy a réussi à s'échapper. Ce que vous ne savez pas, c'est que la petite est venue chez moi. Elle m'a réveillée en frappant contre la fenêtre de ma chambre, il était deux heures cinquante-huit. Sasha était déjà caché dans son grenier à cette heure-là. Comme il vient de vous le raconter, à trois heures pile sa montre a sonné. L'assassin s'était donc introduit dans leur cave alors j'étais en train de dormir, et il était encore chez les Mikeller quand j'ai ouvert la fenêtre pour aider Susan à en escalader le rebord.

Silence. Puis un bruissement de fond.

– Et qui nous certifie que tu n'es pas en train de mentir, Ethel ?
Carol Mullins avait vraiment une dent contre moi. Je devais lui avoir fait quelque chose de mal sans le savoir et je ne m'en souvenais pas, une pièce mal reprisée peut-être. Je n'arrivais pas à comprendre cette animosité tenace ni sa méfiance. Quoi qu'il en soit, je ne me laissai pas déborder par la colère qui bouillonnait dans mes veines et me limitai à répondre :

– Tu as été enseignante, pendant de nombreuses années tout de même, mais j'en déduis que les mathématiques n'étaient pas ton point fort. Je me trompe, Carol ?

La femme fronça les sourcils. Une piqûre pile au bon endroit, juste pour lui faire fermer son clapet pour quelque temps. Mais pas suffisamment, elle s'éclaircit la gorge :

– Alors éclaire-nous, ingénieur !

– Touché, dis-je.

Dieu sait qui l'avait informée de ma défaite universitaire. Les frères Cox, étaient au courant par moi, Violet aussi le savait. Dans un village comme Joylet les rumeurs se propageaient à la vitesse de la lumière.

Je lui souris.

– Ben… si Susan est venue chez moi avant deux heures cinquante-huit, elle pourra alors confirmer elle-même que, à partir du moment où elle est entrée dans ma chambre, nous ne nous sommes plus quittées. Elle était trempée, je lui ai fait prendre une douche, je l'ai rhabillée et allongée sur le canapé. À ce moment-là seulement, elle m'a raconté sa mésaventure, je me suis alors inquiétée. À ce stade-là je ne pouvais rien faire d'autre que d'aller chez les Rivera.

– Oui, jusque-là je suis, répliqua Carol. Le fond du problème c'est : qui peut confirmer que Susy est venue chez toi précisément à cette heure-là. Il n'y a pas de témoin…

– Stop ! manifesta Coleman. Je crois que Madame Goldwyn a raison. Susan a téléphoné à la brasserie vers trois heures quinze, me disant qu'Ethel ne revenait pas. De prime abord, je n'ai pas compris de quoi elle parlait. L'appel de Susy m'avait réveillé en sursaut. Puis, elle m'a mieux expliqué : Ethel l'avait laissée seule depuis peu. J'exclus donc sans aucun doute que l'heure avancée par Ethel soit un mensonge, car un peu avant trois heures et quart, elle était encore avec l'enfant. Maintenant, je ne saurais dire depuis combien de temps elles étaient ensemble, mais je doute que dans un laps de temps si court, elle ait réussi à se faufiler chez les Mikeller, à enfermer Sasha dans le grenier, asphyxier Will et égorger Leonor, pour ensuite retourner chez les Rivera et être retrouvée là aux alentours de trois heures vingt. Et puis, malheureusement, ce n'est pas tout…

Carol Mullins était une statue de bronze sur le point de se liquéfier. Elle s'affala sur le banc.

Coleman Cox repris son souffle, mais il ne parvint pas à poursuivre. Les noms de famille flottaient comme des fantômes. Perkins, Flower, Zimmerman, Tucker… Zimmerman, Flower, Tucker, Perkins.

– Les Perkins ?

– Morts ! annonça Coleman. Comme toutes les autres familles qui ne sont pas présentes ici. Les femmes ont été massacrées.

Il était essoufflé.

– Et leurs enfants asphyxiés, la tête enfilée dans un sac congélation. Des sacs fermés avec des serre-câbles de plombier.

– Des sacs congélation, tu dis ? s'exclama Joe Jack en se levant brutalement de son fauteuil comme si des épines venaient de percer du revêtement en cuir.

– Et tu as dit aussi qu'ils étaient fermés avec des serre-câbles, ou bien j'ai mal compris ?

Le petit frère acquiesça.

– J'aimerais les voir de mes propres yeux. Parce que si ce sont les miens, je peux vous certifier qu'il n'y a qu'une seule personne qui les achète chez moi.

– Et qui ?

JJ frotta son épais bouc, du menton jusqu'à la pointe.

– Qui donc ? demanda Rosa Hill.

Puis ce fut au tour de Meg Drinkwater, d'Amanda Rosberg, de Jacob, de la mère Carpet. Les enfants se joignirent à ces incitations, certains riaient, insouciants, comme si ce n'était qu'un nouveau jeu créé par les adultes.

Joe Jack prit un bâton de réglisse mou dans la poche de son gilet. Il l'ouvrit et croqua dedans. Il mâcha, et quand il en eut avalé jusqu'au dernier morceau, il lâcha le nom avec une tranquillité désarmante.

– Le loup noir : Joseph Walker.

39

Le loup noir. Ou *negro*, mot utilisé par beaucoup. Ou encore *couvert de merde*, pour utiliser la finesse de Yolanda Carpet.

Soudain, les sirènes commencèrent à sonner ; dans le Whiner Squonk, dans ma tête. Eh oui ! Dans mon cerveau stressé quelque chose m'avait échappé. Notamment après avoir observé le cadavre de Will Mikeller. Des objets à l'apparence inoffensive s'étaient révélés fatals pour les voies respiratoires de l'un des triplés. Mais j'imaginais celui qui dans le silence tombal de la chambre, s'était placé sur le corps de l'enfant et d'un seul geste avait rendu mortel un simple sac plastique, une enveloppe asphyxiante serrée au maximum par une attache en nylon. La tête de Will, enfermée à l'intérieur, tel un filament de tungstène dans l'ampoule d'une lampe à incandescence. D'une façon ou d'une autre, l'assassin avait dû bloquer ses mains pour l'empêcher de déchirer la bulle en plastique et engourdi par le sommeil, le fils de Leonor avait réagi trop tard.

On lui avait grillé le cerveau.

Tout coïncidait, même si dans mon inconscient, ces certitudes vacillaient.

Je me frayai un chemin parmi la foule déchaînée et m'éclipsai dans un coin. Coleman essayait de ramener l'ordre dans le local. Onze personnes avaient été assassinées, six mères et cinq enfants.

– Je me rendrai en personne sur l'un des lieux du crime, proféra Joe Jack puis de ses deux mains il pointa ses pupilles. Ces yeux, même épuisés, sauront reconnaître ce qu'ils voient tous les jours.

– On veut la vérité ! s'écria Rosa.

Un concert de cris jaillit : « La vérité ! La vérité ! ».

– Et vous l'aurez, rassura le vieux marchand. Je vous jure sur ce que j'ai de plus cher au monde que vous l'aurez.

Quand le brouhaha prit fin, Coleman Cox déclara l'assemblée dissoute, préconisant à tous de ne pas quitter les lieux jusqu'à leur retour. Jacob allait cuisiner des hamburgers et des frites pour tout le monde.

Les frères Cox se dirigèrent vers la sortie, les gens dans la salle s'écartèrent pour ne pas les gêner. Je vis sortir Bob Hutchison et Sasha Mikeller du petit entrepôt. Le jeune garçon retourna auprès d'Amanda Rosberg tandis que le boucher disparaissait en cuisine, pour revenir avec le jerrican qu'il avait prêté à son cousin. Il restait un quart de carburant. Avec son physique de cure-dent, il ondula comme une anguille et rejoignit les Cox. Ces deux litres d'essence suffiraient.

Après environ quarante minutes, les deux revinrent. Joe Jack avait des flocons de neige dans les cheveux qui semblaient avoir redonné du volume à sa chevelure. Il tanguait, maladroit, peut-être éprouvé par la vision d'horreur qui s'était fixée sur sa rétine. L'odeur de viande grillée et d'huile frite envahissait l'air de la brasserie. En voyant arriver les Cox, quelques enfants se dépêchèrent d'avaler leur dernière bouchée de hamburger. Le Whiner Squonk retomba dans le silence angoissant de l'attente.

La vérité ! *La vérité* !

Joe Jack évita de s'asseoir sur sa caquetoire, il n'en aurait pas besoin. Dans la main, il tenait un bonbon à la framboise. Il serra les bouts aux extrémités et tira. Dans le silence total du Squonk, le bruissement du papier sembla résonner. JJ le jeta dans sa bouche et suça. Il hochait la tête. Enfin, il grinça des dents, qui se révélèrent d'une blancheur éclatante parmi les poils encore plus blancs de sa barbe.

– Ce sont les miens, confia-t-il.

Il n'avait pas même eu besoin d'élever la voix, le message était parvenu clair et net.

– Cela ne fait aucun doute, la marchandise a bien été achetée chez moi. C'est vrai que beaucoup d'entre vous ont acheté des sacs congélation. Mais depuis qu'il a été licencié de la Raw Coal, Joseph Walker a été le seul à se fournir en serre-câbles. D'ailleurs, j'ai même commandé ces articles à sa propre demande.

– Ce n'est qu'un nègre bouffeur de merde ! hurla Yolanda Carpet, qui en attendant avait renouvelé son vocabulaire xénophobe.

– On doit lui faire payer… il ne mérite pas de vivre ! renchérit Meg Drinkwater.

Certains n'hésitèrent pas à revenir aux pratiques d'antan, réclamant de le jeter au bûcher. D'autres le voulaient le condamner à la fusillade.

– Fais-lui goûter aux plombs de ton fusil, Coleman !

Toutes les femmes étaient sur les nerfs et effrayées. C'était peut-être leur propre peur qui les rendait si intolérantes et furieuses. Elles souhaitaient éradiquer le problème à la racine. Supprimer la mauvaise herbe. Maintenant elles avaient un nouveau bouc émissaire à tourmenter. Le loup solitaire. L'ermite qui campait en marge de la forêt de Lynwood.

Je n'avais pas vraiment le choix. Les choses étant ce qu'elles étaient, je ne pouvais qu'encourager la capture de Joseph Walker. Nous étions isolés, sans ligne téléphonique ni électricité. Depuis deux heures, la neige avait recommencé à tomber dru. La police n'était au courant de rien. Nous devions faire justice tout seuls. Cyclope était devenu notre priorité, encore bien avant boire et pisser.

***

À seize heures trente, la chasse commença. Le ciel semblait plus bas, comme si les nuages s'étaient affaissés à cause du lest qu'ils avaient dans le ventre. La patrouille qui allait défier les intempéries et le destin était formée de dix éléments ; Coleman, Bob, Jacob, Joe Jack, Rosa Hill, Yolanda Carpet, Milly Hutchison, Carol Mullins, Meg Drinkwater et moi-même. Les hommes nous avaient conseillé de rester au Squonk : « Ce n'est pas un truc de femme ». Mais Rosa Hill s'y était opposée, ainsi nous avions formé le cortège qui rejoindrait la cabane de Walker.

Nous avions à peine mis le nez dehors que Meg Drinkwater s'enfonça dans la neige. Son audace prit fin au seuil du local. Une baleine échouée dans soixante centimètres de neige. Bob et Jacob la sortirent de la glace, qui l'avait trempée jusqu'au menton, et la raccompagnèrent dans la chaleur du Squonk.

Nous n'étions plus que neuf. La motoneige de Coleman disposait maintenant d'assez d'essence pour le trajet et les deux femmes les plus menues montèrent avec lui, Milly Hutchison et Carol Mullins. Nous autres formâmes une file indienne derrière le véhicule crépitant. Jacob étant le plus lourd, il prit la tête du cortège. Il suivrait le sillon laissé par l'engin et ainsi, ses cent vingt kilos compresseraient la neige pour faciliter le passage à ceux qui *lui renifleraient le derrière.*

La nuit allait vite tomber et nous allions participer à une partie de chasse dans le noir. Presque à l'aveugle. Nous étions accompagnés de nos lampes torches et les pleins phares de la motoneige. Si nous trouvions Joseph Walker dans sa baraque, l'entreprise finirait en un claquement de doigts, avant même que le soleil ne se couche. Dans ce cas-là bien sûr, nous le traînerions dans la vallée, *ce vieux bouc souillé de pétrole.*

Un homme qui m'avait semblé un peu louche certes, mais pas mauvais. Je n'arrivais pas à le voir comme un meurtrier. Je m'étais associée au reste du groupe aussi pour cette raison, j'avais besoin de le voir de mes propres yeux pour me convaincre que Walker était vraiment un psychopathe voué au meurtre. La carrure, il l'avait. Et malgré son âge, proche de la soixantaine, il semblait avoir la prestance d'un taureau. Il faut savoir que le discours qu'avait tenu Coleman à Chris et moi, le jour de notre arrivée à Joylet, ne s'était pas confirmé quand j'avais bavardé pour la première fois avec Joseph Walker au cours du mois de mai. Je me rappelle encore très bien la phrase de Cox : *Non pas qu'il lui restât beaucoup d'années* à *tirer.* À *cet* âge-là *les muscles se ramollissent et l'énergie diminue alors qu'en bas, il faut bosser dur. Creuser* à *la pioche, frapper et tailler comme un forgeron. Et celui-là, pardonnez-moi ma vulgarité Madame Goldwyn, n'avait même plus la force de se secouer le petit oiseau.*

Le loup noir était coriace, selon moi il aurait pu piocher à la Raw Coal pendant encore vingt ans. Loin d'être ramolli.

La motoneige avançait au pas. Nous défilions entre les numéros deux et trois de Ocher. À droite, où commençait le mur de bouleaux, on distinguait la petite cabane de Cyclope. Moins d'un kilomètre de manteau enneigé nous séparait de notre but. Les flocons fouettaient l'air, rendant la marche laborieuse. La progression s'avérait plus difficile que prévu. Je remontai la manche de mon pull, l'aiguille des minutes était presque sur le douze. Ma prédiction n'allait pas se réaliser. Plus que trente secondes et cinq heures sonneraient.

La lumière était déjà en train de s'évanouir. Nous arriverions chez Walker grâce aux cercles lumineux des torches électriques qui déchiraient l'obscurité.

40

La nuit tomba. Il faisait un froid de canard.

La lumière que j'avais l'habitude d'observer depuis la fenêtre de ma chambre avait disparu. Aucune lampe à huile, ni bougie. Un manteau noir enveloppait la maisonnette, la rendant spectrale. Coleman fit descendre sa cousine et Carol Mullins de la motoneige. Bob monta à leur place. Les phares ovales illuminèrent l'angle sud de la maison, puis Cox se hâta et commença l'exploration autour de la tanière de Cyclope. J'entendais le bruit du moteur, le véhicule continuait à bas régime. Un ronflement qui s'affaiblissait pour ensuite augmenter de nouveau. Quand il réapparut de l'autre côté, Coleman frappait du poing sur son volant.

Il n'y avait personne derrière.

Joe Jack était déjà sous la véranda et, depuis la fenêtre, il essayait d'éclairer le studio de Joseph Walker. Rosa Hill était collée à lui comme une sangsue, et poussait pour essayer de jeter un œil à l'intérieur du trou à rat du loup noir.

– Tout semble étrangement rangé, dit la femme.

– En effet, étrangement rangé, admit Joe Jack en inclinant la torche électrique pour viser les coins les moins visibles.

– Vous avez essayé d'ouvrir la porte ? demanda Carol qui, arrogante comme elle était, se considérait la moins stupide du groupe.

Elle était fière. Un paon avec du mascara et du rouge à lèvres.

– Vous me pensez si con que ça, Madame Mullins ? répondit Joe Jack sans mâcher ses mots, n'admettant pas qu'on lui parle ainsi. Carole comprit parfaitement l'insinuation de JJ et baissa la tête sans rien ajouter.

Pendant ce temps, Coleman avait pris le taureau par les cornes. Il avait saisi le pied de biche qu'il gardait sous la selle de sa motoneige, et en quatre enjambées s'était retrouvé face à la porte. Il frappa. Après avoir encaissé le troisième « non » du silence, il fit levier avec la partie courbée de la barre en fer et fit sauter la serrure.

– Faites-moi de la lumière ! ordonna-t-il aux deux qui étaient à côté de lui. Rosa Hill lui tendit la torche. Coleman entra dans ce qui était à la fois le séjour, la cuisine et la chambre. Seule la salle de bains, étroite à rendre claustrophobe, formait un espace à part entière. Il fallut peu de temps pour se rendre compte qu'il n'y avait rien de vivant là-dedans.

Les chiottes empestaient l'urine, mais ils étaient vides. Puis, ce fut au tour du congélateur coffre.

– JJ, viens voir.

De la viande. Beaucoup de viande emballée dans les sacs que Walker achetait à la supérette. Fermés avec ces colliers de serrage arrivés tristement sur le devant de la scène suite aux meurtres. C'était donc bien lui, le monstre de Joylet ?

Où se trouvait le loup noir maintenant ?

Coleman sortit du terrier.

– Ça ne sert à rien de rester ici à perdre du temps, nous informa-t-il. Nous devons faire le point sur la situation et rester soudés. Si nous sommes ensemble, il pourra difficilement commettre d'autres meurtres.

Les autres acquiescèrent. Moi, un peu moins.

Sur le chemin du retour, Bob proposa d'inverser le sens de la file. Ainsi la motoneige fermerait le cortège et couvrirait les empreintes laissées à l'aller.

Le vrombissement saccadé de l'engin de Coleman annonça le départ. Ils passèrent à côté de moi. Toutefois, je restai immobile, tourmentée par un fort sentiment d'incertitude. Je me tenais à l'écart, ma lampe torche allumée dans le creux de la main. À ma droite, les cent mille hectares de Lynwood chuchotaient dans le noir des contes incompréhensibles, tandis que la neige tombait en masse, comme si quelqu'un lançait des poignées de sel du firmament. J'éclairai l'épaisse rangée de troncs. Au pied d'un bouleau, j'aperçus quelque chose qui émergeait du manteau neigeux, on aurait dit une racine calcinée.

Bob Hutchison demanda à Coleman d'éteindre le moteur et revint sur ses pas.

– Madame Goldwyn, nous devons nous en aller. Je mis mon index devant la bouche.

– Chuuuut, murmurai-je. Il y a quelque chose là-bas.

– Où ça ?

Le boucher devait craindre un retour de ma présumée folie. J'orientai le faisceau lumineux, à la recherche du point où j'avais aperçu le renflement qui dépassait, arrondi par la couche de neige. Progressivement, je retrouvai l'endroit exact.

– Regardez, là.

Bob dirigea son regard au centre du halo de lumière.

– C'est une racine comme une autre.

– Bob, vous êtes myope ! dis-je en lui saisissant le bras.

Nous nous approchâmes, enfonçant nos jambes dans la neige.

– Alors ? C'est toujours une racine ça ?

Le boucher déglutit tellement fort que j'entendis de manière distincte la boule de salive rouler dans sa gorge. Il se rapprocha encore du bouleau. Les coups de fouet du vent glacial le forçaient à maintenir une main devant les yeux. Nous étions au beau milieu d'une grosse tempête. Je le rejoignis, glissant mes bottes dans les empreintes toutes fraîches laissées par ses après-ski.

– C'est un…

Bob me fixait, horrifié. Puis il commença à creuser avec les mains. Un genou, une jambe, un pied. Peau foncée. Noire. Je maintenais la lumière de la lampe torche, m'imaginant les phalanges squelettiques du boucher enveloppées dans la laine de ses gants. Le temps d'un instant, une lumière m'aveugla. Je plissai les yeux et reconnus le visage de Coleman.

– Qu'est-ce qui se passe ici ?

Il pointa ses doigts glacés sur l'activité incessante de son cousin qui était en train de déterrer quelqu'un de la neige.

– Prenez ça, me dit Coleman en me tendant la torche. Je vais lui donner un coup de main.

Les deux hommes découvrirent le torse, les épaules, le cou… et la tête. Il était à moitié nu. Un bâillon obstruait la bouche de Joseph Walker et son œil sain nous scrutait d'une immobilité inquiétante. Ses bras furent les dernières parties à être découvertes, car le cadavre était sur le dos. Ses membres supérieurs étaient étendus en arrière et embrassaient le tronc du bouleau. Ses poignets étaient attachés avec les serre-câbles en nylon. On pouvait voir les tentatives de Cyclope pour se libérer de ce joug.

Par réflexe, Bob tapota les rides congelées du visage. L'hypothermie avait éclairci sa peau, mais il n'y avait aucun doute à avoir. C'était le loup noir, apprivoisé, dompté par l'austérité de la nuit. Si nous ne l'avions pas retrouvé, il aurait subi le même sort que Lynwood Pemberton, pensai-je.

Le destin est un metteur en scène ingénieux, un inventeur de l'inimaginable. La vie est faite de recommencements, des évènements circulaires qui se représentent aussi bien de manière évidente que sous de fausses apparences. Devant nous, cet exemple flagrant : un homme rendu borgne par l'inconscience d'un enfant. Victime et bourreau, en extrapolant le concept, qui en un an de temps avait trouvé la mort, très certainement de la même manière. Dans une forêt pleine de pièges. Peut-être qu'à partir d'aujourd'hui, ces cent mille hectares de verdure changeraient à nouveau de nom. Lynwood-Walker. Walker-Lynwood. Ou simplement, le lieu où les bêtes et le froid supprimèrent le souffle d'un petit garçon et d'un misanthrope.

– Et maintenant ? demanda Coleman.

C'est ça ! Et maintenant ? Notre coupable par excellence, l'infâme contre lequel canaliser haine et vengeance, était bien mort. Une fin horrible. Je n'osai imaginer ce qu'avait pu éprouver Walker, dans cette position, sans défense, sans aucune possibilité de hurler, dans l'attente de mourir. Seul un aventurier, un voyou qui passait par là aurait pu le sauver. Mais celui qui avait décidé de l'attacher au tronc de ce bouleau était une personne intelligente, calculatrice… qui connaissait Joylet et ses habitants.

– Nous devrions rentrer au Squonk… et nous inquiéter sérieusement, répondit Bob avec ses boucles fumantes de condensation qui se perdaient dans l'obscurité.

À l'annonce de cette nouvelle, Yolanda Carpet s'évanouit. Elle s'écroula sur la neige comme une chambre à air percée par une aiguille.

– Dites-moi que c'est une blague, dit Milly Hutchison, la pharmacienne silencieuse.

– Je ne crois pas que ce soit le moment pour faire des blagues, lui répondit son frère.

Pendant ce temps, les Cox s'affairaient pour secourir Yolanda. La femme avait repris conscience presque aussitôt, mais la terreur n'avait pas abandonné son visage.

La découverte du cadavre de Joseph Walker avait dégondé la porte antipanique.

La chambre du chaos avait suffisamment d'espace pour chacun de nous.

41

Tubes rouillés, planches de bois ébréchées. Mon rêve éveillé.

L'appontement habituel qui me rafraîchissait la mémoire : je n'étais pas sereine.

Quand quelque chose infectait mes pensées, je rêvais fréquemment de cette jetée sans cloison. Je marchais dessus, ma chemise de nuit trempée d'eau sale et mes boucles ruisselantes de gouttes noires.

Toujours ce ciel assombri par l'imminence d'une tempête.

Pieds nus, j'avançais en traînant le pas, incapable de comprendre ou de vouloir quoi que ce soit, prenant le risque d'avoir les pieds lacérés par des échardes. J'étais un pantin télécommandé, piloté à distance par un Morphée déguisé en Mangefeu. Je la voyais, la fin. La limite du ponton, où j'allais tomber et m'enfoncer dans un miroir liquide avare de reflets. Soudain, une intrusion dans mon histoire. Une anomalie. Une voix rampa dans mon cou humide, remonta dans un frisson. « Ethel ! Arrête-toi ! » Un ordre. Je dus me forcer à immobiliser genoux et chevilles. Qui pouvait bien être derrière moi ? Je connaissais ce timbre de voix. Un homme. Un homme borgne et noir. Joseph Walker était enchaîné à une amarre en fonte, dans la même position que quand il était mort de froid, attaché au tronc d'un bouleau de Lynwood. Je réussis à tourner la tête, mais pas le reste du corps, cela m'était impossible. Je marchais donc à reculons comme une écrevisse. Dans mon rêve, Walker projetait de longues flammes de son œil valide. Le cuir de sa peau était encore plus épais. Il n'était pas triste, il ne paraissait pas être un de ceux qui m'adressaient la parole depuis l'au-delà.

– Repousse tes peurs. Je la connais moi aussi l'histoire de la Vieille Sorcière. Le petit pot en verre, le sable. Par chez moi, on ne fait pas pareil, le remède c'est un balai en genêts. Mais le concept est le même. Ce sont des âneries, Ethel !

– Mais… Adèle ma sœur est…

Walker était sur le dos, les bras étirés et de petites touffes grises dépassaient de ses aisselles.

– La vie d'Adèle a été abrégée par un emphysème pulmonaire. Tu ne peux pas continuer à croire à des entités surnaturelles ! Tu ne peux pas continuer à croire que ta sœur aurait pu être sauvée si elle avait eu dans sa chambre un petit pot en verre. Tu dois croire en la maladie ! Oh que oui ! Ça, c'est une entité réelle et bâtarde !

– C'est la vérité, Ethel, dit une autre voix.

Cette fois il me suffit de lever la tête pour voir la vieille Nelda. Elle poussait les roues de son fauteuil roulant. Tout doucement, elle se rendit aux côtés des cuisses ébène de Joseph Walker.

– Tu dois couper le cordon, dit-elle d'un ton ferme. Comment se fait-il que ta grand-mère Geena ne gardait pas, elle aussi, un petit pot en verre rempli de sable dans sa chambre ?

– Je… je… si, elle en avait un, dis-je, tandis que l'eau dégouline de la pointe de mes cheveux.

– Bien sûr que non, elle n'en avait pas, Ethel. Rappelle-toi bien, remue tes méninges. Ce ne sont que des balivernes qui t'ont corrompu le cerveau. La Vieille Sorcière, comme on l'appelle au Canada, fait partie intégrante de beaucoup de cultures. La *Pandafeche* en Italie, l'oppression des fantômes en Chine, les *Djinn* en Égypte ou encore le démon *Kanashibari* au Japon. Ce sont des histoires que tu connais déjà, parce que tu les as lues quelque part. Tu le sais bien, mais tu te mens à toi-même, tout ça est uniquement lié à la paralysie du sommeil. Ça arrive quand on est encore immergé dans l'activité onirique de la phase REM, mais qu'on est déjà éveillé.

– Sauf que je ne peux pas bouger, et je ne comprends pas pourquoi, continuai-je.

Était-ce vraiment moi qui étais en train de donner raison à Nelda ? Et d'où sortaient-elles, ces notions ?

– Et l'activité onirique en cours peut même provoquer des hallucinations terrifiantes.

L'expression de Nelda se détendit.

– Croire à une explication surnaturelle, comme celle que t'a donnée ta grand-mère, ajouta Walker, tend à augmenter le nombre d'épisodes. Les fantômes n'existent pas à Joylet, ni même les démons. La personne qui m'a assassiné est parmi vous.

Je tombai à genoux.

– L'un d'entre nous… l'un d'entre nous, répétai-je.

– Personne n'est à exclure, termina-t-il avant de baisser les paupières.

Et il arrêta de respirer.

– Ça pourrait aussi être toi, Ethel, conclut la vieille femme.

Puis elle se tourna vers l'horizon et poussa vigoureusement les roues de son fauteuil roulant qui s'élança sur le ponton. Les bras de Nelda moulinaient. Et *splash*, elle finit sa course dans l'océan des incertitudes.

Le bruit sourd que fit Nelda dans l'eau fut si impressionnant et réaliste que quand je me redressai, pendant une fraction de seconde, je revis la scène entière à l'intérieur de ma chambre. Quelle heure était-il ? J'attrapai la lampe torche et éclairai le cadran de ma montre : vingt et une heures trente-trois. J'étais dans mon lit, Susan était à côté de moi, les yeux écarquillés. J'avais peut-être hurlé, ou bien prononcé des paroles abjectes pendant mon sommeil.

La petite s'assit et bâilla.

– C'est pas vrai ?

– Quoi ?

Elle indiqua le petit pot en verre derrière la porte.

– On en parle demain matin, ma puce, lui répondis-je en lui caressant l'épaule. Maintenant, rendors-toi.

Elle se faufila de nouveau sous les couvertures, la fatigue était plus forte que la curiosité.

Les heures suivant notre retour de la maison de Cyclope avaient été très tendues. C'était inévitable. Notre unique suspect, le prêcheur noir, n'était plus qu'un bloc de viande congelée. Le tous contre un était devenu un tous contre tous. La Mullins avait renouvelé ses accusations contre moi, pauvre démente. Et ne parlons pas de Rosa Hill qui se méfiait même de Buck, le chien de chasse de Coleman. Chacun pointait du doigt quelqu'un et ce quelqu'un en faisait de même. Les gens se calomniaient mutuellement, une chaîne aux maillons infinis qui, vu comment s'étaient déroulés les faits, ne se briserait jamais.

À moins que le coupable ne se manifeste de lui-même, mais pour le moment, c'était improbable. Il fallait attendre que la tempête de neige se calme et que les secours arrivent d'en haut. Puis ce serait au tour des forces de l'ordre. Les prélèvements sur les lieux des crimes et sur les victimes donneraient des contours moins flous au portrait-robot du serial killer, peut-être.

Il s'était ensuivi deux heures de querelles, bien évidemment chacun s'était déclaré innocent. La conclusion avait été plus intuitive et plus facile à mettre en œuvre. Rentrer chez soi, s'enfermer à clef… et prier. Prier sans cesse. Le Seigneur, les saints. Plus on en connaissait et mieux ce serait.

Un petit groupe de trente personnes était resté à la brasserie. Il y avait les Cox et les Hutchison au complet, la vieille Nelda et les familles les moins suspectes qui avaient préféré le dicton « l'union fait la force » à « mieux vaut être seul que mal accompagné ».

Moi j'avais voté pour le deuxième. En restant au Squonk, en étroit contact avec Coleman, Hutchison et Carol Mullins – ah oui, elle et son fils étaient encore là – je n'aurais pas été en sécurité, Susan non plus. Du moins, c'est ce que me disait mon instinct. La petite devait rester avec moi, car j'étais la seule en qui j'avais confiance.

Je me levai du lit. À cause de la neige et du noir, la cabane de Walker ne se voyait plus. C'était étrange. Je sortis de la chambre et commençai à me promener le long du couloir avec la torche allumée. Aller et retour. De temps en temps je m'arrêtais, puis j'allongeais le pas jusqu'à la cuisine, puis un tour de canapé. J'étais nerveuse. Le rêve du ponton, les mots que m'avait adressés un ange noir et une vieille décrépite qui n'avait jamais ouvert la bouche depuis qu'elle était née. Un mort et une muette de naissance. Quelle blague. Pourtant ce qu'ils m'avaient conseillé avait un fond de vérité. Parmi les grands volumes qui abondaient sur les étagères de la bibliothèque de mon père, il y en avait bien quelques-uns qui parlaient, même de façon partielle, de la paralysie du sommeil. Une figure de proue de l'université, peut-être en psychologie, l'avait appelé paralysie hypnagogique. J'étais tombée dessus il y a plus de dix ans alors que je cherchais quelques informations sur la Vieille Sorcière. De toute évidence, ce que j'y avais lu ne m'avait pas convaincue.

Cependant, les faits sanglants des derniers jours et la discordance entre les morts par asphyxie des enfants et celles si agressives des mères, m'avaient fait réfléchir. Sans comprendre. Mon rêve, même irréel, avait démêlé l'histoire. Il m'avait éclairci les idées définitivement. L'assassin était une personne, et c'était un être vivant, comme moi, comme mes voisins. La Vielle Sorcière était un monstre fantastique. Et elle n'existait pas.

Elle n'existait pas ! Non. Elle existait.

Je l'avais enfin compris. Les homicides de Joylet m'avaient ouvert les yeux : c'était bien des vivants que l'on devait avoir peur, pas de ceux qui volaient sur la croupe d'un dragon ou qui traversaient des murs à leur bon vouloir. Un pistolet à clous, un couteau, une hache, étaient bien des objets que seul un vrai mortel pouvait transformer en armes fatales.

Je retournai dans ma chambre, la tête de Susan dépassait de la couette. Je m'approchai et l'embrassai sur le front. Cette petite fille avait perdu toutes ses attaches, son monde s'était écroulé, mais elle souriait. La luminosité qui l'enveloppait m'avait fait l'aimer.

Je m'éloignai. Je pointai la torche sur le petit pot en verre posé contre la plinthe. La surface du verre réfléchissait la lumière comme si c'était une boule à facette. Je le saisis et sortis sous la véranda. Le manteau neigeux avait augmenté d'au moins dix bons centimètres depuis que j'étais rentrée de la brasserie. J'inhalai une bouffée d'air avant de jeter avec force le récipient contre le mur de ma maison.

42

Ce fut un geste fort. Je haletais dans le froid de la nuit. Mon cœur battait à mille à l'heure. Des larmes de frustration perlaient au coin de mes yeux, jusqu'à ce que la gravité les fasse glisser le long de mon visage. Je m'essuyai avec le dos de la main. Je ne devais pas pleurer, bon sang ! C'était une chose que j'aurais dû faire il y a très longtemps : chasser les spectres de mon passé par un acte symbolique. Voir ce bocal se briser en mille morceaux m'avait procuré à la fois une dose d'adrénaline et un pincement au cœur. Qui sait ce qu'aurait dit mamie Geena si ce mal sournois ne me l'avait pas enlevée au cours de l'automne deux ans auparavant. Peut-être m'aurait-elle grondée, ou bien, au fond d'elle, elle aurait poussé un grand soupir de soulagement.

Je pris la pelle dans l'angle et ramassai la neige pleine de sable et de bouts de verre. Je descendis l'escalier et, attentive à ne pas glisser, j'allai jusqu'à la grosse poubelle. Je mis un peu de temps à nettoyer le couvercle. Avoir une main toujours occupée par une torche électrique rendait pénible n'importe quel mouvement. J'ouvris le conteneur et y jetai les débris de ma phobie. Au milieu des sacs de déchets, je remarquai quelque chose. Je déplaçai le faisceau de lumière : un tas de chiffons. Je restai figée, incrédule, le couvercle levé. Des morceaux de tissus roulés en boule.

Un bruit à l'approche me glaça le sang. Quand mes oreilles reconnurent le toussotement catarrheux de la motoneige de Coleman, je lâchai le couvercle qui se referma d'un coup sec. Il était de plus en plus proche. Je me tournai et aperçus les phares, j'agitai la pelle dans les airs. L'engin dérapa, m'éclaboussant de neige.

– Où diable allez-vous ? lui demandai-je, espérant qu'il ne m'ait pas vue près de la grosse poubelle.

– Il s'est passé une… c'est incroyable, Madame Goldwyn.

Je le regardais étonnée. Qu'est-ce qu'il avait bien pu se passer encore ?

– Nelda… Elle a parlé !

– Et pour dire quoi ?

– Voilà… je ne sais pas si… Et merde ! Elle a dit que son compagnon était sur le point de se faire agresser.

J'abandonnai la pelle sur la chaussée. Cette question méritait approfondissement.

– Coleman, vous ne seriez pas en train de divaguer, par hasard ? Je suis d'accord que je devrais être la dernière à dire ce genre de choses, mais Nelda a parlé, Nelda prévoit le futur et… depuis quand Nelda a-t-elle un petit ami ?

L'homme coupa le moteur.

– Je crois Nelda, Ethel. J'ai peur pour la santé de mon frère.

– Joe Jack ?

– Oui, JJ est en danger.

– Le compagnon de…

Coleman acquiesça.

– Nelda a des dons de prophétie, j'en suis presque certain.

C'est déjà arrivé une paire de fois.

– Et je suppose qu'elle a aussi parlé ces fois-là.

– Absolument pas ! Elle était plus jeune que maintenant, et dans les deux cas, elle avait écrit sur une feuille de papier et elle avait touché dans le mille : le jour de la mort de mon père et la pour grossesse de ma sœur deux ans après.

Le temps d'un instant, j'eus l'impression que mon cœur s'était arrêté, congelé par une masse d'air polaire. Ce putain de village était pire que les poupées russes : plus on en enlevait plus on en découvrait, et les surprises ne s'arrêtaient jamais.

– Et qu'est-ce qu'elle a prédit ?

– Je vous l'ai dit, Ethel. L'assassin est entré dans la supérette... mon frère risque sa peau.

– Et Joe Jack pourquoi il est là-bas ?

– Parce que c'est une vraie tête de mule ! J'ai dû l'accompagner pour prendre tout le bordel de Nelda. Ses cachets, ses perfusions et le reste, puis il m'a dit qu'il devait rester là au moins deux heures, qu'il avait quelques trucs à régler. De la paperasse, je crois. Mais à peine avais-je posé le pied au Squonk, que j'ai vu cette nuée de personnes qui encerclait le fauteuil de Nelda. Et que je sois foudroyé sur place, mais cette vieille puante était en train de parler. Comme un tourne-disque ensorcelé elle répétait en boucle la même phrase : « L'assassin est à la supérette... JJ va être agressé. Son gilet... »

– Et pourquoi y allez-vous seul ?

– Voyons ! Là-bas il n'y a que des femmes et des enfants. Il m'a semblé évident qu'au moins deux hommes restent sur place pour les protéger.

Pas d'objection. Pour une fois la décision de Coleman de laisser Bob et Jacob à la brasserie avait été judicieuse. Contrairement à l'expédition irréfléchie vers la maison de Walker, où s'étaient rassemblés tous les hommes. Je pris la décision d'aller avec lui. L'idée de sortir Susan du lit une énième fois me déplaisait.

– Je viens moi aussi !

– Ah bon ?

– Et j'emporte ma pelle. Vous avez une arme, vous ?

Cox frappa sa paume sur la selle. Bien sûr, son pied de biche.

Le changement de programme que j'avais imposé à Coleman ne nous retarda que de trois minutes. Je réveillai Susy, la fis monter sur la motoneige et nous la déposâmes au Squonk. Je sais, là-dedans il y avait des personnes que je ne supportais pas et que j'aurais voulu éviter pour le reste de ma vie, mais il était important pour moi de constater de mes propres yeux l'affaire

« Joe Jack ». Durant l'excursion de l'après-midi, j'avais remarqué une ombre étrange dans son regard. Une tache d'inquiétude. C'est ça, il semblait préoccupé.

La porte de la supérette était entrouverte. Nous entrâmes doucement, les deux yeux lumineux de nos lampes torches bougeaient, asymétriques, voltigeant du sol au plafond, en passant par les étagères. Les entrées et le comptoir étaient libres. Coleman me précédait. Sous sa veste coupe-vent il tremblait, je le voyais bien.

Ffsss...

– C'était quoi ça ? murmurai-je dans le dos de Coleman. L'homme braqua la lumière sur moi.

– Je ne sais pas, mais je l'ai entendu moi aussi.

Nous restâmes figés là, non loin de l'escalier qui montait au premier étage.

Ffsss... Encore. Ce n'était pas un soupir, ça ressemblait plutôt à un râle. Au troisième que nous entendîmes, Cox tira un pan de ma salopette.

– Par-là, m'indiqua-t-il.

Cela provenait de la porte de l'épicerie. Coleman essaya de tourner la poignée, mais l'entrée avait été fermée à clef. Il fit alors réapparaître son trousseau personnel et choisi de nouveau la bonne clef.

La pièce semblait inondée de suie, mais c'était seulement l'obscurité qui, le temps d'un instant, s'était mélangée à la poussière.

Nous nous glissâmes le long du couloir central.

– JJ ! appela Coleman. JJ !

– Là, en dessous...

C'était lui, il était encore vivant. Nous suivîmes les gémissements jusqu'au rayon des produits ménagers. Le vieux propriétaire de la supérette était là. Son torse se levait et s'abaissait lentement, comme s'il savourait chaque bouffée d'air à disposition. Il manquait des touffes à sa barbe, elle n'était plus bien lisse et soignée comme je l'avais toujours vue. Il y avait eu une bagarre ici, et j'en eus la confirmation quand son frère lui passa la lumière sur le visage. Il manquait une dent à Joe Jack, et des caillots de sang étaient empêtrés dans les poils blancs qui encadraient ses lèvres.

– Putain de merde ! s'exclama Coleman, en se penchant sur lui.

Il le releva en lui passant les mains sous le dos.

– Qu'est-ce qu'on t'a fait ? Joe Jack déglutit.

– Il était ici, Coleman. Cet animal était ici.

Mais il ne l'avait pas tué. Ce détail n'était pas à sous-estimer.

– Vous avez vu son visage ? lui demandai-je. Il nia sûr de lui.

– Il était tout recouvert, il portait des haillons.

Coleman me fixa un instant, puis il regarda de nouveau son frère.

– Pas même ses yeux ? La couleur de ses yeux pourrait restreindre la liste des suspects.

Joe Jack nia encore une fois.

– Il faisait trop sombre. J'ai été surpris par-derrière.

– Qu'est-ce qu'il voulait ? Il t'a dit quelque chose ?

– Le gilet de Papa... il l'a volé...

Parbleu, c'était bien vrai. Il ne lui restait que sa chemise à carreaux. Quelques secondes passèrent, le temps d'avaler la pâte au goût de fer qui lui remplissait la bouche.

– Après m'avoir fait perdre l'équilibre, j'ai senti qu'il m'arrachait le gilet. J'ai essayé de résister, mais dans la lutte je me suis pris un coup de coude et j'ai perdu une dent et quelques touffes de barbe arrachées ici et là... précisa-t-il, puis j'ai entendu une voix s'adresser à moi.

Coleman le prit par les épaules.

– Et qu'est-ce qu'il t'a dit bon sang ?

– « Ça, c'est moi qui le prends » et plus rien.

– C'est tout ? Ce connard va le payer ! Joe Jack inspira et expira calmement.

– Oui, Coleman. C'est tout. Ah… juste une chose… tu te trompes quand tu l'appelles *connard.*

Coleman et moi ouvrîmes grand les oreilles.

– Parce que c'est une *connasse.* C'est une femme.

LA DERNIÈRE DANSE
(Cahier vermillon)

La danse est une tentative grossière d'entrer dans la vie.

Extrait du livre *Retour à Mathusalem* de George Bernard Shaw

Ce n'est la faute de personne. Sauf de Dieu, s'il existe.

Si Dieu existe, alors oui c'est Sa faute.

Et quand je Le verrai, j'ai l'intention de Lui flanquer un coup de pied dans les couilles.

Extrait du livre *Le Fléau* de Stephen King.

43

Aujourd'hui, 29 novembre 2014 (Atmore, Alabama)

Steven est perplexe.

– Une fille ?

Il n'en revient pas, je le lis dans son regard ; un serial killer de sexe féminin ?

Les femmes meurtrières existent, elles ont toujours existé. Depuis la nuit des temps. En général, les hommes agissent pour dominer et réprimer l'irrésistible pulsion sexuelle qui les anime ou bien pour satisfaire la violence cachée au plus profond d'eux. Pour les *gonzesses* c'est différent.

– Oui, Stevie. Nous aussi sommes capables de tuer.

– Tu en connais ? me demande-t-il.

La comtesse Élisabeth Bathory, Aileen Wuornos, Madame Lalaurie, la femme Barbe Bleue. Ouh là là… il y en a tellement. Des *saponificatrices*[1], des cannibales, des étrangleuses. Un bataillon de malfaitrices en jupes.

– Oui, mais…

– Allez, juste une.

1. En référence à Leonarda Cianciulli, née le 18 avril 1894 à Montella et décédée à Pouzzoles le 15 octobre 1970, diseuse de bonne aventure, tueuse en série et cannibale italienne connue sous le nom de « la saponificatrice de Corregio ». Elle a assassiné trois femmes et a transformé les corps en savon et en gâteaux.

– Amelia Elizabeth Dyer, surnommée l'Ogresse de Reading, elle a été jugée et pendue pour avoir commis un meurtre, lui précisé-je en levant l'index.

J'ai sorti l'une des pires.

– Un seul ?

– Oui, avec celui-ci, la pendaison était garantie. Mais le bruit court qu'elle a tué entre deux cents et quatre cents enfants. Après son mariage, Amelia a commencé à étudier pour devenir infirmière. Cependant, elle a découvert qu'elle pouvait gagner plus d'argent, plus facilement : en faisant moins d'efforts et avec des méthodes plus simples. Elle a commencé à offrir des logements à des jeunes filles ou des jeunes femmes célibataires qui avaient des enfants illégitimes. En général, Amelia demandait entre cinquante et quatre-vingts livres sterling, mais ces chiffres étaient tout de même négociables. Quand son mari est mort, Amelia a décidé de quitter sa profession et de devenir nourrice.

– C'est quoi une nourrice ?

– Une dame qui s'occupe des enfants des autres.

Steven est si impressionné qu'il se lève d'un bond en me disant qu'il va aux toilettes. Il a mal au ventre.

Pour ma part, j'ai plutôt mal au sacrum. À force de rester assise sur un sol dur, mes fesses sont endolories. Je me mets sur le lit, les couvertures et les draps sont défaits d'un côté. Je secoue le coussin et refais le lit, puis je m'installe dessus. Le sommier est dur et le matelas n'est pas des plus confortables.

J'entends des bavardages venant du couloir, Steven doit avoir fini de faire ses besoins et a rejoint sa mère dans la cuisine. Je lève la tête vers le plafond. Le néon continue à clignoter, il ne survivra pas longtemps. Par contre, la petite fissure sur le mur, tout près de l'armoire, est un défaut qui me dérange vraiment car provoque des changements de luminosité dans la chambre. Des baisses désagréables et des retours brusques qui mettent à rude épreuve les pupilles et les rétines des personnes qui, comme moi, ne sont plus jeunes et réactives.

– Regarde ce que je t'ai rapporté, dit Steven en revenant avec une assiette pleine de gourmandise. Un saumon cuit au four avec des grains de poivre rose et un beau petit tas de pommes de terre dorées au four. Le plat préféré de Chris, et le mien aussi. Une spécialité que j'ai appris à ma fille à cuisiner.

Steven pose l'assiette sur le meuble et s'assied à côté de moi. Je goûte une pomme de terre. Délicieuse. Puis un morceau de poisson. Une explosion de saveurs, à s'en lécher les babines. J'ai été une bonne prof. Je vais la savourer au compte-goutte, comme si c'était ma dernière fois.

Steven frémit de l'envie de savoir. De découvrir qui peut bien être la serial *killeuse* de Joylet. Je ne me fais pas prier, je pose la fourchette sur l'assiette en porcelaine et prends le cahier à la couverture vermillon.

L'acte final.

La dernière danse.

44

8 janvier 1983 (Joylet, Pennsylvanie)

L'assassin était une femme. Une meurtrière en série briseuse de crânes, perforeuse de carotides et qui n'avait aucune pitié pour les enfants. Le cercle se resserrait, mais il ne m'excluait pas : être née avec des nénés et sans vermisseau entre les cuisses faisait de moi une suspecte potentielle.

Pendant que je me creusais la cervelle, Coleman aidait son frère à se remettre sur ses pieds. Même s'il était bouleversé et traumatisé par sa rencontre avec la meurtrière, il arrivait à tenir sur ses jambes.

Coleman me déposa devant ma petite cour. Je me réfugiai sous la véranda de ma maison en attendant que le patron du Squonk me ramène la petite Susan. Après cette visite à la supérette, j'admets que j'étais sur les nerfs. Mes idées, mes convictions prenaient l'eau de toutes parts. Aurait-il mieux valu aller à la brasserie avec les Cox et soutenir leur devise d'unité et de fraternité ?

Je ne savais pas. Il y avait un tel tourbillon dans ma tête que n'importe quel choix que j'aurais fait, m'eût semblé erroné. J'étais donc resté dans le froid, en attendant le retour de Susy.

Nous allâmes dans la chambre, la fillette eut à peine le temps de se mettre sous les couvertures qu'elle sombra d'un seul coup. Pour moi, ce ne serait pas aussi facile. La situation déjà tragique de Joylet évoluait rapidement, et elle empirait.

À chaque changement d'heure, une nouvelle catastrophe s'ajoutait.

Je m'étendis sur l'édredon. Même dans l'obscurité la plus complète, j'arrivais à m'orienter sans difficulté dans ma chambre ; la double étagère avec les livres de Lovecraft bien alignés, les tables de nuit, le secrétaire, l'armoire. Les volets étaient complètement baissés, comme tous les autres. J'avais cloué toutes les entrées.

Puis…

… un bruit de pas. Je sentis ma poitrine comme titillée par des doigts invisibles. Le temps d'un instant, on aurait dit que même le silence retenait sa respiration. Puis de nouveau ce petit bruit, comme si quelqu'un s'était mis à secouer des cailloux dans une boîte en bois. Je passai une main sur mon front. L'agitation remontait le long de mon dos. Elle avait des ongles acérés, qui griffaient.

Des pas brefs et précipités, venaient d'en dessous. La cave.

Je me levai d'instinct, il me fallait vérifier. Par précaution, j'enfermai Susy dans la chambre et cachai les clefs dans la poche de ma salopette que je portais encore. La main avec laquelle je tenais la lampe torche vacillait, en écho aux tremblements qui déferlaient sur mon corps. J'avais la chair de poule. J'espérai que c'était une hallucination auditive, que ce remue-ménage dans le sous-sol n'était qu'une énième illusion créée par mon esprit terrorisé.

Je poussai la porte laquée de blanc, la laissai à moitié ouverte, en me souhaitant qu'il n'y ait personne là-dessous. Le flux de lumière éclaira le mur de brique et la rambarde métallique.

Je pointai la torche vers le bas ; la chaudière, la table avec ses outils et un tas de chiffons qui formait une silhouette humaine. Une marionnette. La tueuse de Joylet était revenue me rendre visite. Elle était raide, un fantôme qui aurait remplacé son drap par une cape de vêtements miteux.

J'émis un cri rauque qui me racla la gorge. Mais qui étais-je en train d'implorer ? Entre ces quatre murs, il n'y avait que Susan et moi, et la fillette dormait, enfermée dans ma chambre à coucher. Tout à coup, la marionnette bougea, je la suivis, comme un projecteur sur une scène de théâtre. En bas, la silhouette fit un petit bond sur sa gauche et disparut dans les airs. La présumée criminelle de Joylet s'était volatilisée sous mes yeux. Un tour de prestidigitation. Je ne pouvais pas y croire, c'était de la science-fiction à l'état pur.

Toutefois, la réalité démentit rapidement mon hypothèse incohérente. Il n'y avait aucun trucage. Un peu plus bas, en effet, sur le sol poussiéreux de la cave, se trouvait une ouverture circulaire. Le couvercle de la plaque d'égout, sur lequel figurait l'inscription en relief *Joylet 1959*, avait été enlevé et déplacé sur le côté. Je pris mon courage à deux mains et descendis les quatre premières marches vers l'intérieur de la cave, craignant que l'individu puisse bondir hors du trou comme un pantin à ressort.

Encore huit marches. Arrivée au bout, je m'agenouillai sur les bords de l'orifice, une puanteur remontait le long du conduit. J'éclairai le trou : la hauteur qui me séparait de la rigole, délimitée à droite par un petit trottoir, ne dépassait pas les deux mètres. Voilà comment se déplaçait cette fille de putain. En montant et descendant par le réseau d'assainissement de Joylet.

Avec cet escamotage elle évitait neige et regards indiscrets, pour ensuite se faufiler dans les maisons grâce à l'accès souterrain. Une femme astucieuse qui devait connaître parfaitement le plan d'urbanisme du village. Je tendis les bras jusqu'au couvercle et le tirai vers l'ouverture qui unissait le souterrain à ma cave. Il était plus léger que je ne pensais.

Je refermai le trou et remontai au rez-de-chaussée. Je n'avais pas le temps de réfléchir. Je devais m'en aller. Susan s'énerverait, pleurerait, mais c'était une question d'extrême urgence. Avec la chaudière hors service et les continuels changements de programme, j'avais préféré que la petite garde sa combinaison de ski sur elle dans le lit, prête à toute éventualité. Je tournai la clef dans la serrure et la retrouvai face à moi, somnolente. Mon cri avait dû être plus fort que ce que je pensais. Je fis monter Susan sur mon dos et nous sortîmes. La fillette s'accrocha à mon cou et je partis en courant ; direction le Whiner Squonk.

Des confettis monochromes blancs, fouettaient sans répit l'air silencieux de Spire street. La traînée laissée par la motoneige de Coleman était à peine visible, mais elle me permettait au moins d'enfoncer mes bottes dans une couche de neige plus basse, une vingtaine de centimètres en moins par rapport au reste de la route. Je sentais les mains chaudes de Susan qui me frappaient le menton, alors que les miennes étaient occupées : l'une qui soutenait la petite et l'autre qui tenait la lampe torche.

Je m'enfonçais, et la neige craquait sous la pression de mes semelles. Je retirais mes pieds pour faire de nouveaux pas, et la distance diminuait. Susan ne bougeait pas, mais je sentais son souffle sur ma nuque. En même temps je réfléchissais. Flashs insensés : la femme qui avait assassiné Violet était dans ma cave. Il y avait d'autres outils : la tronçonneuse pendue au crochet… et une massue. Doux Jésus ! Y étaient-elles encore ? Trop préoccupée par la bouche d'égout, je n'y avais pas prêté attention. Putain de merde ! Elle voulait me tuer, faire un hachis de ma chair ou me réduire le cerveau en bouillie. J'essayai de repousser ce spectacle macabre, dans lequel mes restes se noyaient dans le sang et la petite tête emballée de Susy flottait dans un sac de congélation.

Je reconnus la maison des Jones, puis celle des Ramirez. Cette dernière était en face de la brasserie de Coleman Cox.

J'étais épuisée, marcher dans la neige avec une petite fille de sept ans en guise de sac à dos n'avait pas été du gâteau. Encore quelques pas et j'entraperçus le scintillement des deux fenêtres du Squonk.

Susy descendit de mon dos et, à bout de forces, nous entrâmes dans la brasserie.

– Madame Goldwyn ! Susy ! s'exclama Bob Hutchison qui fut le premier à venir à notre rencontre.

– De l'eau. J'ai besoin de boire, lui dis-je.

Le boucher alla derrière le comptoir et revint avec une bouteille d'un litre. Je ne la lâchai pas.

– Moi aussi, moi aussi, dit Susan, en me donnant de petits coups sur le ventre.

Je la lui passai et me dirigeai vers le centre de la salle.

– La meurtrière… dis-je en m'interrompant car j'avais le souffle court. La meurtrière était dans ma cave.

– Oh putain ! dit Bob.

– Elle a parlé ? C'était bien une femme, hein ? me demanda Joe Jack.

Il voulait la confirmation qu'il n'était pas un fabulateur. Tout le monde ne l'avait peut-être pas cru.

– Elle n'a pas parlé. Je ne sais pas si c'était une femme, mais ce que j'ai vu coïncide avec les descriptions faites par Susan et Sasha.

Je me mis à genoux, surprise par un haut-le-cœur.

– On aurait dit un pantin habillé en haillons. Puis elle s'est enfuie sous…

Coleman se glissa entre son frère et son cousin.

– Où ? me demanda-t-il.

Mais il n'eut pas besoin d'attendre ma réponse parce que Joe Jack me devança.

– Les égouts, Coleman. Cette salope se déplace sous la terre et ça, ça veut dire qu'elle est aussi passée par ici. Par chez toi.

– Les clefs, murmura le propriétaire du Squonk. Elle m'a fauché l'autre trousseau.

– De quel autre trousseau parlez-vous ? l'interrogeai-je, étonnée.

Les femmes et les enfants se resserrèrent autour de l'homme.

Les iris de Coleman étaient deux voiles nuageux.

– Les bouches d'égout de vos caves ne peuvent s'ouvrir que depuis les canalisations.

45

Coleman Cox était non seulement le gardien des clefs de toutes les activités commerciales de Joylet, mais aussi de toutes les bouches d'égout installées dans nos propriétés privées. Avec sa lenteur légendaire, il nous expliqua comment était conçu le tout-à-l'égout de ce village de tarés. Il était circulaire et ses différents tunnels se séparaient à partir du point central, situé cinq mètres en dessous de Rainbow square. Il y avait six clefs tubulaires différentes, une pour chaque quartier.

– Ah tiens ! Ça c'est nouveau, caqueta Rosa Hill, et dans son affirmation on percevait une note d'indignation.

Apparemment, elle n'était pas la seule à ne pas voir ces choses d'un bon œil. Carol Mullins et cette mauviette de Wolf étaient sur la même longueur d'onde, elles acquiesçaient de manière si exagérée que, si elles continuaient, elles risquaient de se casser le cou.

– Mon père, intervint Bob en défense de son géniteur, a souhaité que la structure des conduits soit construite de manière à permettre l'accès dans chaque habitation.

– Par les bouches d'égout, je suppose. Et comment vous justifiez ça ? demanda de nouveau Rosa.

– Par pure précaution. Pour pouvoir intervenir sur d'éventuelles pannes en cas d'absence.

– Ah bon ? répondit à son tour Meg Drinkwater. Moi, je n'y vois qu'une tentative mesquine de fourrer votre nez dans nos maisons. Sinon nous en aurions été informés, non ?

J'étais entièrement d'accord avec l'observation de la « baleine échouée ». Quel droit avait Coleman de gambader sous nos pieds et d'entrer tranquillement, dans nos caves ? J'avais donc eu raison de me méfier dès le début de l'association Cox-Hutchison. Ils cachaient bien quelque chose, ça puait à plein nez, même si je me refusais à croire qu'ils avaient quelque chose à voir avec les homicides. Joe Jack effondré sur le sol de la supérette, la barbe arrachée et une dent en moins, était le signal irrévocable qu'il n'avait strictement aucun rapport avec cette histoire. Ni son cousin. Ni Jacob, ni Dorothy, et encore moins Milly Hutchison. Je me permettais également d'exclure Coleman : je l'avais tenu en joue assez longtemps.

Cette histoire de bouches d'égout était quelque chose qui nuisait à la vie privée des habitants de Joylet, c'est bien vrai, mais en même temps ça cadrait avec le folklore de ce village sorti tout droit d'un tas de fumier.

Le groupe électrogène placé à l'arrière de la brasserie faisait un boucan d'enfer. Bob s'éloigna pour aller vérifier que tout était en place.

– Il faut prendre un autre jerrican de carburant, nous informa le boucher peu après, débouchant de la porte va-et-vient de la cuisine. Le générateur de courant est trop gourmand.

– En temps voulu, lui répondit Coleman nonchalamment, comme s'il s'en fichait royalement.

– Si nous arrivions à descendre dans les canalisations, nous pourrions la coincer, proposai-je à Coleman.

L'homme me tournait le dos. Et si dans les regards réservés à son cousin, j'avais remarqué une pointe de je-m'en-foutisme, pour moi c'était encore pire : il ne daigna même pas me donner une réponse. Impatiente, je secouais sa veste.

– Eh oh… vous pourriez…

Coleman était dans un état second.

– Merde ! Merde ! Et merde ! cria-t-il tout à coup. Que Dieu me vienne en aide : qu'est-ce qui se passe là dehors ?

Tout le monde se regroupa autour de nous, les jurons de Coleman étaient alarmants. Et à juste titre, derrière la grande fenêtre, parmi les flocons qui tourbillonnaient dans l'obscurité, on apercevait une fumée dense et noire qui s'accordait mal avec la neige. Les rafales de vents transportaient vers le Whiner Squonk un gros tas de suie qui semblait effleurer les vitres pour ensuite s'enrouler en continu sur lui-même, à la recherche d'une issue de secours.

Bob et Coleman sortirent du local, suivis par une douzaine de femmes. La maison des Ramirez était en train de brûler, le porche n'était plus qu'un rideau de feu.

– On a besoin d'extincteurs, Coleman. Fais vite !

Les deux cousins s'emparèrent des appareils. Je les vis traverser Spire street et disparaître entre la colonne de fumée et la neige qui oscillait comme un essaim de mouches blanches. Il y avait une odeur de brûlé mélangé à… Oh putain ! Non !

Cinq minutes plus tard, ils étaient déjà de retour.

– Horrible, affirma Coleman.

Bob semblait avoir été frappé par une paralysie faciale. Il était bouleversé.

Yolanda Carpet s'approcha. Elle tremblait, mais pas de froid.

Lucia Ramirez était l'une de ses meilleures amies.

– Que s'est-il passé ?

– Le corps de Lucia Ramirez était en train de brûler.

– Lucia… Oh mon Dieu !

Voilà ce que me rappelait cette puanteur qui se répandait dans les airs. C'était l'odeur épouvantable de la viande et des poils grillés, semblables à celle qui m'envahissait les narines de, quand mes grands-parents tuaient le cochon. Ils avaient l'habitude d'acheter un beau porc, de race Duroc ; ils le gavaient, le faisaient grossir, et à la fin décembre ils l'égorgeaient pour pouvoir nous faire du saucisson, des côtelettes et des escalopes. Une fois que la saignée était finie, ils passaient un chalumeau sur la couenne. Avec à la chaleur, des bulles se formaient qui permettaient d'enlever tous les poils avec un couteau à lame lisse.

Les plus impressionnables rentrèrent dans le local. Moi non. Désormais, j'étais vaccinée de ces horreurs, dans mes veines coulait le sérum d'*anti-horreur*. Mon organisme était farci d'anticorps spéciaux, qui m'auraient immunisée devant le pire des massacres. Je m'avançai donc vers Coleman, qui avait apporté son pied de biche Deluxe, dont il était désormais inséparable.

Les « trois grâces » – Hill, Mullins, Drinkwater – nous suivirent à une dizaine de pas en arrière. Arrivée à proximité du trottoir, je me figeai. Si l'image de Coleman qui tenait Sasha Mikeller inanimé dans ses bras m'avait semblé apocalyptique, la scène qui m'écorchait les rétines à présent n'était pas moindre. La petite femme péruvienne avait été exposée telle une précieuse relique de musée. La meurtrière l'avait ligotée à une chaise et laissée devant la maison, sous la véranda. Puis elle lui avait mis le feu. Cox était déjà là-bas, en train de lui tourner autour comme un condor affamé.

– Venez, Madame Goldwyn, me dit-il en me faisant signe de le rejoindre.

Les « trois grâces » ne se hasardèrent pas à aller plus loin et se contentèrent de regarder les opérations, suffisamment à l'écart.

Je contournai le cadavre carbonisé de Lucia Ramirez, sur son dos il y avait un creux profond. Au-delà de la puanteur de la peau brûlée, je reconnus clairement les effluves d'essence.

– Elle ne l'a pas tuée avec le feu, précisa Coleman.

– Effectivement, la voilà là-bas, dis-je en lui montrant un couperet posé sur le rebord de la fenêtre. Étincelant bien évidemment.

– Mais… pourquoi la faire rôtir si elle était déjà morte ?

Coleman lissa le métal de son pied de biche et le frappa à plusieurs reprises dans la paume de sa main.

– Je l'ignore, Ethel. Ce que je sais c'est que derrière cette maudite porte il y a une autre créature innocente qui ne se demandera plus pourquoi le monde a commencé à tourner en sens inverse.

La suite ne fut que simple formalité. Actions et choses déjà vues. L'entrée par effraction, la découverte et l'immanquable signe de croix de Coleman. En signe de respect. Respect pour ce pauvre enfant métis à la couleur de sa terre natale.

Coleman s'accorda une entorse à la règle, il souleva la chaise où était assise Madame Ramirez et la transporta à l'intérieur, dans le salon. Sur le fauteuil, un jerrican d'essence, identique à celui de Bob. Cox le regarda sous tous les angles, il était d'un bleu décoloré. Il le prit par la poignée et le tourna de l'autre côté. Non seulement il était identique à celui de son cousin… mais c'était surtout le sien, précisément. La croix noire confirmait sans équivoque la correspondance avec celui du boucher.

– C'est celui de Bob, dit-il succinctement.

Coleman referma la porte, autant qu'il le put et ensemble, nous rejoignîmes le trio qui attendait à côté des poubelles. Carol Mullins paraissait être la moins transie de froid des trois et ses battements de paupières insistants étaient le signe avant-coureur d'une intervention de sa part.

– Nous vous avons entendus, croassa-t-elle avec dédain.

– Et donc ? lui demanda Coleman, pliant son bras pour poser le pied de biche sur son épaule.

– Elle a été tuée avec un coup de hachoir.

Impatient, Cox marmonna dans sa barbe et dépassa les trois harpies en secouant la tête.

– Où allez-vous ? Attendez un instant ! lui ordonna l'ancienne maîtresse.

Coleman continua, imperturbable.

– Vous dites des banalités, Madame Mullins, lui hurla-t-il sans même se retourner.

– Vous n'avez même pas fini d'écouter ce que j'avais à vous dire !

Même en essayant d'élever la voix, son ton restait évanescent, tel le pépiement d'un poussin lors d'un roulement de tambour.

Les femmes se préparèrent à repartir. J'accélérai le pas.

– Tu n'as qu'à me le dire à moi, Carol.

Elle s'arrêta au milieu de Spire street. Son visage – tout un programme – marqua la surprise que ce soit moi qui lui aie prêté attention.

– À mon avis c'est une diversion, me dit-elle. Je lui fis un geste pour l'inviter à continuer.

– Si elle s'était limitée à tuer Lucia, elle n'aurait pas eu d'échappatoire. Après avoir été découverte dans ta cave, elle était consciente du fait que nous avions compris son stratagème pour entrer et sortir de nos maisons. La première chose que nous aurions certainement faite eût été de descendre dans les canalisations et de l'encercler. En mettant le feu au corps de Lucia, elle nous a attirés ici et nous a fait perdre un temps précieux. Combien ? une demi-heure ? une heure ? Je ne sais pas. Mais cela lui a certainement permis de retourner au bercail.

46

9 janvier 1983 (Joylet, Pennsylvanie)

Il était une heure trente du matin. Susan s'était installée sur un banc placé sous l'une des grandes fenêtres du Squonk et en avait fait son nouveau lit. Ces deux jours avaient été chargés pour elle : des « allumé : éteint », « arrête-toi : repars » qui avaient mis à rude épreuve son corps chétif.

Un peu plus loin, Zoé et Brigitta Rosberg l'avaient imitée, endormies tête contre tête sur un banc plus long. Les mamans attendaient, anxieuses, et moi avec elles. Coleman et Bob Hutchison étaient passés à la boucherie pour récupérer vingt autres litres de carburant et avaient rempli le réservoir du groupe électrogène pour garantir la continuité de l'éclairage. Depuis une heure environ, ils parcouraient les tunnels des canalisations de Joylet, à la recherche de cette sanguinaire qui avait jeté le village dans la panique.

– On va y aller, nous, avait dit Bob, désignant Coleman et lui-même. Mais il y a un problème : l'accès aux égouts. Le trousseau de clefs de mon cousin qui a été volé était le seul à notre disposition. L'autre, c'est mon père qui l'a.

Carol Mullins était intervenue à la seconde.

– Il n'y a pas d'autres possibilités pour descendre dans le réseau d'assainissement ?

– Je vous explique mieux, avait précisé Coleman. La seule bouche d'égout qui permet de descendre dans les tunnels est verrouillée de l'extérieur. Elle est dans la réserve de mon local. Mais la clef spéciale qui permet de l'ouvrir est avec celles que l'on m'a dérobées.

– Et on ne peut pas la bidouiller ?

– Mais vous ne réfléchissez donc pas ? Quelle utilité y aurait-il à se faire faire des clefs tubulaires spécifiques, si on pouvait forcer la porte autrement ? On ne peut même pas les ouvrir à la dynamite, Madame Mullins.

– Nous pourrions utiliser celle de Madame Goldwyn, avait proposé Bob.

À cet instant, je me sentis mise en défaut. Les remords de ma conscience m'avaient mordu aux tripes. La tueuse avait pris la poudre d'escampette dans la précipitation, en laissant l'accès aux conduits découverts. Et moi, qu'avais-je fait ? J'avais tout remis en place.

– Malheureusement, je ne crois pas que ce soit possible. Je l'ai refermée avec son couvercle. Excusez-moi, c'était un réflexe spontané. Je n'aurais jamais pensé que…

– Tout n'est pas perdu, m'avait interrompue Joe Jack qui, dépourvu de son gilet, m'apparaissait bien différent, voire plus vieux. Il y a bien deux entrées… libres.

– J'y arrivais, JJ, s'interposa son frère.

– Ce n'est pas ma faute si quand tu causes tu es plus lent qu'un escargot, lui avait reproché l'autre en se torturant la barbe avec les mains.

Ces touffes de poils arrachés ne lui plaisaient vraiment pas. Avoir mis en jeu une incisive, ça, il s'en fichait, mais sa barbe… non, vraiment pas ! Maintenant il la triturait de façon compulsive, comme si ça pouvait reboucher ces trous obscènes.

– Pour revenir à ce que vient d'évoquer Joe Jack, il y a deux ouvertures potentielles. Deux puits en ciment. L'un se trouve entre les quartiers de White Smoke et Antique Pink, pas loin de la forêt de Lynwood. L'autre, qui pour moi est en meilleur état, se trouve aux Gullies.

Ainsi, ils étaient sortis en éclaireurs et avaient rejoint les Gullies à cheval sur la motoneige. Coleman avait pris son fidèle fusil à double canon, tandis qu'il avait prêté à son cousin un fusil à pompe.

Nous étions inquiets. La trotteuse de l'horloge accrochée sous les cornes de l'élan tournait inexorablement. Le temps passait, mais nous ne voyions pas l'ombre de Coleman Cox et Bob Hutchison revenir. J'en profitai pour aller aux toilettes, pour faire pipi et balancer dans mon estomac ma dose journalière de pémoline.

Ce médicament était extraordinaire, il ne me faisait pas grossir et en plus il me rendait euphorique. Je retournai dans la salle, Joe Jack était assis près du fauteuil roulant de Nelda. Était-il en train de lui demander des explications ? Cette vieillarde puante avait réellement parlé. Un exploit qui avait duré cinq pauvres secondes et dont trente personnes avaient été témoin.

– Et donc c'est votre compagne, Monsieur Cox… lui demandai-je.

Une de ses mains était posée sur son poignet.

– Oui, elle a été la première et la dernière.

– Excusez-moi si je me permets, mais combien d'années de moins que Nelda avez-vous ?

– Trente, tout rond.

– Waouh ! Soixante-neuf ? Vous les portez bien.

– Je vous remercie, Madame Goldwyn. Notre histoire a été un amour excessif, tourmenté. Surtout à cause de moi, me sourit-il. Je l'ai obligée à rompre la relation qu'elle entretenait depuis dix ans avec Théodore.

– C'est qui Théodore ?

– De ce que je sais, il est mort il y a quelques années. C'était un magnat du Massachusetts, un de ceux qui ont une belle petite fortune en poche. Vous voyez ce que je veux dire ?

– Vous êtes une canaille, JJ et Nelda aurait abandonné tous ces biens de Dieu pour vous ?

Il me sourit encore. Ses yeux brillaient.

– Par amour, Ethel. Par amour, me dit-il, puis son expression changea. Je vais boire un peu d'eau.

Il s'éloigna.

J'allais m'en aller moi aussi, mais les ongles de Nelda s'accrochèrent à la bretelle de ma salopette. Avec tous ces bubons et ses excroissances, son visage ressemblait à un champ de mines. Du coin de l'œil, je suivis Joe Jack qui s'éloignait, puis je m'accroupis près du fauteuil roulant.

– Tout ça est inutile désormais.

Les mots parvenaient à mes oreilles, entrecoupés par des ricanements.

– Dame et chevalier se sépareront, mais pas avant la dernière danse. D'autres mères mourront, d'autres enfants. La dernière danse doit encore commencer.

– Je ne comprends pas, Nelda.

Voulait-elle me dire quelque chose à moi en particulier, ou avait-elle l'intention d'impliquer les autres aussi ? Je criai pour alerter les personnes présentes. Les jeunes, allongés sur les bancs, se redressèrent.

– Venez ! criai-je à nouveau. Nelda est en train de me parler.

Rosa Hill, Carol Mullins et Joe Jack s'entassèrent, les uns après les autres autour de moi. La vieille continuait à me tenir ferme, ses doigts serrés autour de ma bretelle. Si elle était réellement capable de voir l'au-delà, la prophétie qu'elle venait de me révéler était… effroyable !

– Que t'a-t-elle confié ? demanda Wolf qui était la plus réceptive.

– Demandez-lui de répéter elle-même, non ? Allez, Nelda, l'encourageai-je.

La vieille femme avait des difficultés à tenir son cou droit et sa peau molle sentait la viande tournée. Mais tout cela n'était que secondaire, comparé à sa prophétie.

D'autres morts. D'autres mères, d'autres enfants.

Des femmes baignant dans leur sang... Des coups de marteaux, des poitrines embrochées par des harpons, des haches, des clous, des gorges tranchées.

Et... *les enfants tels des chrysalides.* Comment l'avait défini Coleman, déjà ? Ah oui, le *modus operandi.* Le mode opératoire de la meurtrière était résumé dans cette phrase.

Les enfants tels des chrysalides... et les femmes baignant dans leur sang. Et que sont les chrysalides sinon des enveloppes dorées fabriquées par les larves avant leur métamorphose ? Seul le matériau changeait. Au lieu de la soie on avait utilisé de vulgaires sacs en plastique pour la conservation des aliments.

– La vieille ne parle pas, dit Meg Drinkwater.

Joe Jack bouscula les personnes qui occupaient la première rangée et se plaça devant sa compagne.

– Nelda, regarde-moi.

La presque centenaire lâcha ma salopette et essaya de caresser le visage de l'homme. Ses yeux noir corbeau étaient illuminés par une lumière inconnue, la lueur finale avant le néant. Elle ouvrit ses lèvres, mais de sa bouche aucun son ne sortit.

– Tu as dit quelque chose à Ethel, insista Joe Jack.

La vieille ne répondit pas.

– Elle l'a inventé, croassa Carol Mullins. Il n'y a que nous qui l'avons entendu parler, et elle, elle ne voulait pas être en reste. Tout le monde sait au village, qu'Ethel, la couturière, n'a pas la lumière à tous les étages. N'ai-je pas raison ?

Bizarrement, Meg Drinkwater resta en retrait et ne soutint pas l'insinuation de sa voisine de quartier.

Joe Jack fit une autre tentative, en vain. Il réessaya. Encore et encore. Une larme solitaire lui échappa. Elle brilla sur sa paupière, pour s'évaporer ensuite dans la mousse velue de sa barbe.

La femme de sa vie lui avait fait ses adieux. Pour toujours.

47

Il faisait nuit noire. Quand deux heures et quart sonnèrent, les silhouettes de Bob et Coleman se profilèrent le long de la vitrine de la brasserie. Leurs mouvements leur donnaient l'air de soldats échappés du front. Mais quand les lumières du local chassèrent les ombres de leur visage, je changeai d'idée. Ils ressemblaient à un couple d'épouvantails qui avait morflé à cause d'une nuée de corbeaux dévoreurs de boyaux.

Aucun des deux ne dit mot et ils rejoignirent le comptoir. Ils se servirent deux bières et les avalèrent d'une traite. Coleman enleva ses gants et s'essuya les lèvres avec le dos de la main.

– Où est JJ ? me demanda-t-il en regardant autour de lui.

Je lui indiquai l'escalier en colimaçon qui montait au premier étage.

– Lui et Jacob ont emmené Nelda dans le lit de ton neveu. Elle est morte.

– Morte ?

– Oui ! Soudainement.

L'homme alla au bas de l'escalier qui s'enroulait à l'intérieur du plafond.

– JJ ! Descends !

Son injonction était péremptoire. Silence. Puis on entendit un bruit de pas métalliques. Les grosses cuisses de Jacob apparurent, suivies de son ventre proéminent et de son visage joufflu.

– Tonton veut qu'on le laisse en paix. Il veut veiller le corps de Nelda tant qu'elle ne sera pas enterrée.

Une expression d'agacement assombrit le visage rond de Coleman.

– Quelle tête de bois !

Il baissa la fermeture Éclair de sa veste coupe-vent et extirpa *son* lapin du haut-de-forme. Le gilet de Joe Jack était entier, mais orphelin de ses tournevis.

– Dis-lui que c'est un ordre… et que son frère a ça, conclut-il en agitant l'habit multipoches.

Le grand gaillard comprit et remonta l'escalier, essoufflé.

Joe Jack se présenta dans la grande salle. Il était visiblement très affecté. Coleman ne lui laissa pas le temps d'ouvrir la bouche et lui lança son gilet. L'aîné l'empoigna d'un coup de poignet et ne se fit pas prier pour le remettre.

– Comment avez-vous fait ?

– Il était chez les Powell, expliqua son frère.

Joe Jack tâta ses nombreuses poches. Dans l'une d'elles il récupéra un bonbon au lait déjà ouvert. Il le fit virevolter dans les airs et le rattrapa au vol la gueule grande ouverte. Il le tritura avec les molaires et l'avala.

– Où sont mes tournevis ?

Exactement ! Où étaient passés ses outils de vissage et dévissage ? Coleman s'écarta pour laisser la parole à son cousin. Bob roula les manches de son pull jusqu'à la moitié de ses avant-bras et commença à nous raconter à partir de leur arrivée au cimetière.

S'il n'y avait pas eu les tilleuls pour délimiter la zone, les Gullies auraient ressemblé à un vaste désert de neige avec en leur centre l'oasis blanchie du cimetière. Les buissons, les manèges et les chevaux en bois étaient recouverts de neige, relevant juste assez le manteau blanc pour créer de subtiles dunes lisses et brillantes.

Le portail des Gullies était fermé et ne leur permettait pas d'entrer dans le parc avec la motoneige, à moins de déblayer à vive allure. Mais le temps était compté et ils utiliseraient la pelle d'ici peu pour libérer le trou du puits. Cet imprévu les avait conduits lui et Coleman à escalader le portail en fer forgé et à chausser une paire de raquettes. Le point d'accès aux canalisations était situé au sud, entre le mur le plus haut du cimetière et la première rangée de bouleaux de Lynwood.

Ils n'avaient qu'une seule pelle. Pour ne pas trop se fatiguer, ils avaient donc partagé le travail en alternant. Le déblayage terminé, ils avaient laissé les raquettes à l'extérieur et s'étaient jetés dans la gorge du puits. Coleman connaissait par cœur le croisement de ces tunnels et avait élaboré une stratégie. Ils devraient rejoindre l'épicentre de Joylet, qui se trouvait exactement sous Rainbow square. Le réseau d'assainissement était subdivisé en secteurs qui concordaient en tout et pour tout aux routes du dessus. Au lieu des six ruelles, il y avait six conduits de deux mètres de haut. Mais les six tunnels ne communiquaient pas entre eux. La seule possibilité pour se déplacer de l'un à l'autre était de retourner au centre et de changer de direction.

La procédure pensée par Coleman consistait à se placer au cœur du réseau de tunnels, dans l'attente que la meurtrière apparaisse de l'un des six conduits principaux. Là, en bas, le noir était total, il était donc logique qu'ils se déplacent avec une source de lumière. Lampe torche, lanterne, bougie… peu importait pourvu que cela éclaire.

Coleman et Bob s'étaient assis au centre, sur un îlot de pierre, dos à dos, pour maximiser les ressources. Ils avaient gardé les lampes éteintes. Cox gardait à l'œil trois tunnels – Coral Red, Pulp Lime et Ocher – tandis que le regard de Bob était focalisé sur White Smoke, Antique Pink et Turquoise Blue. Ils ne s'adressaient la parole que pour s'assurer que tout allait bien, le strict nécessaire. Pour coincer cette salope, ils auraient même arrêté de respirer.

Après quelques minutes d'attente, comme par enchantement, une étincelle tremblante était apparue. Du deuxième conduit, de Coral Red, on apercevait une lueur circulaire. Quelqu'un était là.

– La voilà, avait soufflé Coleman dans la nuque de Bob.

Les deux s'étaient déplacés contre le mur qui séparait le conduit de Coral Red de celui de Turquoise Blue. Le boucher s'était penché et avait aperçu la lumière s'éloigner. Elle n'avait pas d'échappatoire, car l'accès au fond menait aux sept habitations qui s'érigeaient dans la partie la plus externe du troisième anneau de Coral Red. Ils avaient attendu qu'elle soit arrivée à la fin du tunnel et qu'elle ait tourné à gauche. Elle ne pouvait rien faire d'autre que d'y réfléchir à nouveau et de faire demi-tour. À moins que…

Dès que la lueur s'était atténuée, les deux s'étaient mis à poursuivre la femme, tenant leurs torches toujours inclinées à quarante-cinq degrés vers la rigole d'eau croupie qui coulait vers leur droite.

Le troisième tunnel latéral de Coral Red était surmonté de sept ouvertures supérieures, alignées et distantes de vingt et un mètres l'une de l'autre. Seule une des sept bouches d'égout n'avait pas de couvercle.

– Le numéro quatre, avait murmuré Cox.

– Les Powell… avait ajouté l'autre.

Le cousin avait acquiescé d'un signe de tête à peine visible. Bob avait aidé son cousin à monter dans la cave des Powell.

Puis d'un élan d'athlète, il s'était soulevé de ses propres forces et l'avait rejoint. Il avait monté l'escalier. La porte laquée de blanc était entrouverte.

Entrer ou attendre ? Coleman avait passé sa tête par la porte, le couloir était totalement noir. Pas un éclair lumineux qui pût laisser présager d'une quelconque présence. Ils devaient s'armer de courage et se diriger vers les chambres à coucher. À cette heure de la nuit, Nicol, Joey et Mitchell, devaient être là.

La chambre des enfants était vide. Coleman avait poussé un soupir de soulagement, ignorant du spectacle épouvantable qui les attendait peu après, dans la chambre des parents.

Le gilet de Joe Jack pendait sur le lustre. Nicol était au milieu, à plat ventre avec une rangée de tournevis enfoncés dans le dos : un porc-épic gisant sur le sol. À côté d'elle, ses deux angelots n'avaient pas eu le temps de prendre leur envol, ils étaient restés sur Terre, enfermés dans leur capuche de plastique désoxygénant.

– Et maintenant ? Par où s'est-elle échappée ? demanda Rosa Hill.

– Pas par chez les Powell, répondit Bob.

Désorientées, les femmes se regardèrent, marquées par des expressions terrorisées. Ils l'avaient eue à portée de main mais elle avait pourtant réussi à s'en tirer.

– Comment elle a fait ? demandai-je. C'était absurde.

– Elle nous a trompés, peut-être qu'elle a compris qu'elle n'était plus seule dans les canalisations. D'autant plus après le revers qu'elle a subi chez vous, Madame Goldwyn. Supposons que les Powell aient été assassinés bien avant. Sa manœuvre était intelligente. Elle a ouvert la bouche d'égout et l'a laissée comme ça, puis elle s'est faufilée dans la cave d'une autre famille du troisième anneau de Coral Red, en faisant attention à ne pas déclencher le mécanisme de fermeture externe de la trappe. Quand nous étions chez les Powell, elle est redescendue dans les canalisations et elle a décampé. J'aurais dû rester en bas et monter la garde pendant que Coleman allait chez les Powell.

– Maudite soit-elle ! cria Meg Drinkwater. Sois maudite !

Et avec elle, le chœur furieux qui s'était élevé avant l'expédition vers la cabane de Joseph Walker repartit. Mais au lieu de « Vérité ! Vérité ! », le nouveau slogan était « Vengeance ! Vengeance ! »

– Ça suffit ! dit Coleman en élevant la voix. Pas de vengeance. C'est le devoir de la police de l'arrêter et de la condamner. Nous, en revanche, il ne nous reste qu'une chose à faire…

Je m'installai sur un banc du local. Je me penchai vers la fenêtre en formant un écran avec mes mains et constatai l'immobilité de l'air. Les flocons s'étaient dissipés, il ne neigeait plus.

– Qu'est-ce que vous proposez Coleman ? demanda Amanda Rosberg, qui était restée à l'écart tout le temps.

Apparemment elle avait épuisé la liste des saints auxquels se vouer.

– Lutter pour survivre. Nous resterons ici, au chaud. La nourriture ne manque pas.

– C'est vrai, confirma Bob. Ça me paraît être la seule solution possible, en attendant que les communications avec le reste du comté soient rétablies.

48

Aujourd'hui, 29 novembre 2014 (Atmore, Alabama)

– Ça t'embête si je finis de manger, Stevie ?

Il ne reste plus grand-chose pour conclure mon compte rendu sur le massacre de Joylet, mais mon plat préféré est en train de refroidir. Mon petit-fils n'a rien à objecter, la seule chose qui lui importe c'est d'arriver à la fin de l'histoire. Quelques minutes en plus ne changeront pas le sort de Joylet.

– Tu es sûr de ne pas en vouloir un peu ?

– Non. Je n'ai pas faim.

J'embroche deux pommes de terre avec ma fourchette. Salées comme il se doit et croustillantes.

– Tu as un truc là, me fait remarquer Steven.

– Où ça ?

Il indique la commissure droite de ses lèvres. Je prends une serviette et me nettoie du mauvais côté. C'est un réflexe inné qui m'a toujours induit en erreur. Je n'y arrive jamais.

– Ce n'est pas là… dit Stevie en explosant de rire. C'est là.

– Aaah.

Je réitère le geste de l'autre côté. Le petit morceau de saumon s'en va et en moins de deux minutes je nettoie l'assiette, récoltant également les miettes. S'il n'y avait pas eu mon petit-fils, *je l'aurai même léchée.*

– On l'a mise en prison après ? me demande Stevie à brûle-pourpoint.

– Je ne te dirai rien, petit coquin.

Mais je n'ai pas le temps de finir de répondre car ma fille nous rejoint dans la chambre.

– C'était bon, maman ?

– Délicieux. Mais il ne fallait pas t'embêter, je serai venue, à la cuisine.

– Steven t'aurait suivie jusque là-bas, et m'aurait contrainte à écouter. Je déteste l'histoire de Joylet. Je t'avais dit de les jeter à la poubelle, ces cahiers. Les brûler aurait été la décision la plus sage. Ressasser le passé me perturbe, tu le sais.

– Susy, oublier est impossible. Le bracelet que tu portes au poignet était à Violet. Les souvenirs tu les gardes sur toi et, inévitablement, ils t'entraînent toujours là-bas. Il y a trente ans.

Susan essuie ses mains grasses sur son tablier. Elle a dans les yeux une lueur de nostalgie.

– Tu as raison. Tu as toujours eu raison. Je ne te remercierai jamais assez de ce que tu as fait pour moi, d'être restée à mon côté et d'avoir pris soin de moi. Tu m'as accordé une seconde chance, une seconde famille.

– J'avais compris que Susy c'était maman, gazouille Steven. Mais… je comprends pas. Pourquoi moi j'en ai qu'une ?

Et la voilà, la question à un million de dollars.

– Tous les êtres humains n'ont qu'une maman.

– La mienne en a deux. Il y en a une qui est fausse ?

Susan vole à mon secours.

– Violet a été ma maman biologique, celle qui m'a mise au monde. Ethel m'a adoptée parce que j'étais sans parents. Elle a été, et elle est toujours une femme extraordinaire. La meilleure mère que je pouvais avoir.

Steven porte un doigt à sa bouche, il semble légèrement déconcerté.

– Donc, si les parents d'un enfant meurent… il ne meurt pas lui aussi.

Susan et moi échangeons un regard complice et nous mettons à rire. Stevie continue à nous observer, perplexe.

– Mais non, mon grand, lui expliqué-je. Chacun de nous à son propre parcours. Et seul le Père Éternel sait quand viendra notre heure. Si ce n'était pas comme ça, les orphelinats, les familles d'accueil et les foyers n'existeraient pas. Grâce à ces structures, les enfants les moins chanceux peuvent aspirer à un futur différent avec de *nouveaux* parents.

– Moi, je suis restée un an, dans l'un de ces endroits, ajoute Susan. Parce qu'avant de m'adopter, ta grand-mère a dû batailler, et pas qu'un peu. Les lois et la bureaucratie sont des choses bien compliquées.

Ma démangeaison à la jointure du coude continue à me persécuter. Je me gratte. Le va-et-vient de mes ongles me procure une sensation de soulagement momentanée, qui disparaît dès que je m'arrête. Le néon clignote.

– Ah, ma fille ! Quand est-ce que tu vas te décider à le changer ? la réprimandé-je en gardant un timbre de voix chaleureux.

– J'y veillerai.

– Oui, mais maintenant va-t'en, lui ordonne Steven. Mamie doit lire encore.

Susy lève les mains en signe de capitulation et nous laisse seuls.

Par nature, les enfants aiment les fins heureuses. Malheureusement je décevrai ses attentes. Stevie n'acceptera pas une fin où le méchant gagne et les gentils risquent leur vie.

La réalité sait être cruelle.

À Joylet elle a été cruelle jusqu'au bout.

49

9 janvier 1983 (Joylet, Pennsylvanie)

Joylet nous avait présenté l'addition. Une addition salée, déséquilibrée.

Il suffisait de penser à une libellule à l'état larvaire, enfermée dans son cocon, sous la surface d'un étang. De cet œuf sortait une nymphe qui grandissait dans l'eau, grâce à un bras mandibulaire extensible qui lui permettait d'étourdir ses proies. Il vivait ainsi pendant environ deux ans, pour ensuite quitter l'environnement aquatique et prendre son envol. Un envol équilibré grâce à ses deux paires d'ailes. Libellule, *libra*[1], « balance ».

Joylet, elle, n'était en rien équilibrée. Joylet était le chapiteau affaissé d'un cirque, le pire côté d'un paillasson. Joylet était une libellule manchote, née avec des ailes inégales et au vol discordant.

Déréglée, sournoise. Maladroite.

Un projet déféqué par un esprit dissident.

Je n'arrivais pas à m'expliquer le pourquoi de ces six quartiers en secteurs, de cette route en spirale, de ce cimetière des Gullies, de ce réseau d'assainissement espions de familles avec ses bouches d'égout conçues à l'envers. Pourtant, l'attraction principale de Joylet était ses habitants : des personnages sinistres

1. Signe de la Balance en anglais.

et clownesques. Une en particulier : cette meurtrière qui avait massacré ses pairs sans retenue.

Une maudite, indifférente. Féroce.

Des atrocités indescriptibles que je ne réussirais jamais à effacer de ma mémoire. Que je traînerais avec moi le reste de ma vie, comme un énorme sac de matière radioactive. Il en serait de même pour les autres, les rescapés de ce massacre. Les Drinkwater, les Cox, les Hutchison, les Wolf, et même Carol Mullins. Sauvés physiquement, mais pollués à jamais au fin fond de leur âme.

Au Whiner Squonk, Joe Jack était remonté, pour veiller le cadavre de Nelda.

En bas, nous parlions. Nous nous réconfortions. Nous voulions retrouver nos maris, le plus vite possible. Qui sait ce qu'ils étaient en train de faire ? Comment avaient-ils réagi en apprenant la coupure de courant et du réseau téléphonique. Pour eux, ça ne devait être qu'une broutille, un simple incident. Ils étaient sûrement plus calmes que nous, ils n'avaient pas de monstre qui leur soufflait dans le cou et les caressait à coups de hache.

Le parfum de Chris me manquait, ses bras aussi. Comment prendrait-il mon envie d'adopter la petite Susan Rivera ? Il mourrait d'envie d'avoir un enfant, il serait enthousiaste.

Mais loin d'ici. Fini Raw Coal. Fini Joylet. J'étais déterminée à laisser le comté de Luzerne le plus vite possible. Nous retournerions en Alabama, nous trouverions une solution qui nous satisferait tous les deux. Tout ce sang le convaincrait.

Coleman Cox faisait les cent pas dans le local. Soudain, il hésita et dévia du sillon imaginaire qu'il avait tracé sur le sol. Il venait vers moi.

En soupirant, il me tendit la main. Instinctivement je lui tendis la mienne. Il la serra fermement.

– Je vous dois des excuses, me dit-il.

– Nous nous sommes disputés ? Je ne me rappelle pas…

– Non, non. Mais depuis je vous ai surprise dans le salon des Rivera, cramponnée au corps de Violet, le doute ne m'a jamais quitté. Pas même pendant l'assemblée générale, je l'avoue. Même si cette histoire d'horaires avait une certaine logique. Je vous ai défendue mais mes doutes persistaient. Votre comportement n'a pas toujours été cohérent, mais…

Je me dégageai de sa poigne.

– Mais ?

– Je suis descendu, là, en bas, dit-il en pointant son index vers les dalles marron du Squonk. La coupable était dans les canalisations alors que vous étiez ici, à regarder Nelda rendre son dernier souffle. Pardonnez-moi, Ethel.

Je croisai son regard, de la glace sur le point de fondre.

– N'implorez pas mon pardon. Je me suis comportée de la même manière. Moi non plus, je n'étais pas vraiment convaincue par votre innocence, Cox. J'ai encore des doutes maintenant sur certains aspects, mais je n'ai jamais remis en question votre bonne volonté. Vous êtes étrange, là-dessus il n'y a aucun doute.

Coleman ricana enroulant ses moustaches.

– Joylet est particulière, je vous le concède. Moi j'aime aller à la chasse et discuter.

– Tiens, en parlant de chasse : les squonk ?

– Dans la forêt de Lynwood il y a quelques exemplaires.

– Et vous êtes le seul à les avoir vus…

– Évidemment !

– Coleman… dis-je en fronçant les sourcils. S'il vous plaît.

Il ricana de nouveau.

– D'accord, mais qu'est-ce que ça peut faire, d'accorder du crédit à une légende en brodant dessus ?

Il traça un cercle dans les airs, pour envelopper symboliquement toute la population de Joylet, et posa un doigt sur ses lèvres.

– Eux, ça les amuse, me murmura-t-il.

– Je m'en suis rendu compte, confirmai-je. Mais tant qu'on y est : c'est quoi la drôle de manie de Joe Jack le lundi après-midi ?

– Vous parlez du sucre sur les tombes des enfants ?

Je lui répondis d'un signe de tête affirmatif. Pour me détendre la colonne vertébrale, je tirai le tabouret en arrière de façon à pouvoir m'appuyer au comptoir. Coleman saisit une chaise et s'assit dessus à l'envers, bras posés sur le dossier.

– Mon frère est un peu toqué vous savez…

L'accroche n'était pas des meilleures.

– Il croit qu'au Paradis il y a un traitement un peu trop paritaire, qu'on ne fait pas de distinction entre les adultes, les personnes âgées et les enfants. Selon lui, les plus petits méritent leur dose de sucre et de douceur.

– Et qu'est-ce qu'il espère changer dans la hiérarchie des Cieux, avec cette action ? demandai-je.

Coleman se massa une tempe.

– Voyez-vous… selon sa théorie, les grains de sucre s'évaporeraient là-haut avec les esprits, les nuages s'adouciraient et les enfants profiteraient ainsi d'étendues infinies de barbe à papa.

J'eus un frisson, agréable. Un pincement bienveillant se propagea dans ma poitrine et s'enroula autour de mon cœur. Se faire une mauvaise opinion de quelqu'un et être contredit par la simplicité d'une phrase… c'est ce qui venait d'arriver. Joe Jack était un homme à l'âme noble. Il avait pris soin d'une femme à qui il avait offert trente années et il ne s'en était pas libéré à la première difficulté, il ne l'avait pas laissée pourrir dans une maison de retraite.

Pendant ce temps, les reflets de l'aube jouaient avec les baies vitrées de la brasserie, créant des jeux de lumière suggestifs. Si les rayons s'infiltraient, cela signifiait que quelque part, derrière le feuillage de la forêt, le soleil perçait. À califourchon sur les bancs, les enfants étaient excités, et montraient du doigt le bleu du ciel qui se fondait dans les couleurs de l'aurore.

Nous nous rapprochâmes aussi des vitrines.

– L'intempérie a cessé, nous réconforta Coleman.

En silence, nous contemplâmes ce spectacle extraordinaire. La neige formait des vagues qui recouvraient les routes, les cours et les voitures. Ce dimanche-là, la chaleur allait l'effleurer, la toucher, et la fonte commencerait.

Soudain, le téléphone du Whiner Squonk émit une sonnerie.

Puis une autre. Une série de sonneries. Nous restâmes un bon moment hébétés, incrédules devant la réalité de ces sons.

Coleman fut le premier à réagir.

Le retour de la ligne téléphonique méritait le silence. Coleman leva le combiné.

– Al… Allô ? !

Quelques secondes… puis il cacha la partie du combiné où se trouvait le microphone, se tourna vers nous.

– C'est Dave Mikeller.

Que n'avait-il pas dit là ! Sasha bondit en direction du téléphone. Il était en larmes. Coleman essaya de résister à l'insistance du petit garçon, mais il dut céder et lui passer le téléphone.

– Papa, dit-il. Papa ! Ils sont morts !

Je ne pouvais qu'imaginer Dave pris au dépourvu par ce coup de poing en pleine figure.

Sasha Mikeller pleurait et les mots sortaient hachés, presque incompréhensibles. Certains semblaient inventés de toutes pièces, tellement ils étaient mal prononcés. Je ne pouvais rester sans rien faire devant cette scène dramatique. Je m'avançai et repris le combiné des mains humides du garçon.

– Dave. C'est Ethel.

– Par tous les saints, Ethel. Sasha divague… tous morts. Il a pété un plomb ?

– Non, mais…

– J'ai vu le journal télévisé de six heures. La panne sur la ligne téléphonique dans la zone de Joylet a été réparée. Espérons que l'électricité sera bientôt rétablie.

– Sasha n'a pas…

Il m'interrompit de nouveau. Vous comprenez maintenant pourquoi les Mikeller me tapaient sur les nerfs ?

– Mat va mieux. J'ai essayé de téléphoner à Leonor pour la rassurer, mais elle ne m'a pas répondu. Il n'a plus que trente-sept trois, maintenant. Tout est sous contrôle.

– Bon sang, Dave ! Tu me laisses parler ? Ton fils ne divaguait pas. Il y a eu un massacre ici. Leonor et Will font partie des victimes. Préviens la police, l'armée, qui tu veux. Nous avons besoin de renforts.

– Qu… Quoi ? siffla-t-il.

J'écrasai le combiné contre mon oreille, un bourdonnement frénétique se fit entendre.

– Dave, tu es là ?

Une autre personne me répondit. Un timbre de voix féminin qui roulait les r.

– Allô ? Vous êtes Leonor Mikeller ?

– Non, Madame. Je m'appelle Ethel Goldwyn. Écoutez-moi bien…

50

10 janvier 1983 (Joylet, Pennsylvanie)

À vingt heures pétantes le soir précédent l'électricité était elle aussi revenue. Bob Hutchison avait enfin pu éteindre le groupe électrogène et le prodigieux vacarme dû à son fonctionnement. Nous avions passé la nuit regroupés dans le local, sans mettre le nez dehors. Le téléphone du Squonk chauffait, pire qu'une centrale. Un appel après l'autre. Le gouverneur de Pennsylvanie, les pompiers, la police. Les hôpitaux, les parents... et les directeurs des pompes funèbres qui nous proposaient des services complets et haut de gamme. L'appel du Président Ronald Reagan ne se fit pas attendre. Je remarquai que nombre de personnes présentes tordirent le nez, comme pour dire « OK, c'est lui qui commande, mais moi, je reste un démocrate. »

Les survivants de Joylet qui n'étaient pas avec nous étaient encore retranchés dans leur habitation.

La belle journée de la veille avait fait descendre le niveau de neige d'au moins quinze centimètres. Et aujourd'hui, ce serait la même. Mais peu m'importait ; le gouverneur nous avait garanti l'arrivée des secours dans la matinée.

Et il en fut ainsi.

Les vitrines du Squonk vibraient du déplacement d'air provoqué par les rotors des deux Boeing CH-47 Chinook qui ronflaient au-dessus de nos têtes. Ils tournaient en rond depuis au moins dix minutes. Ils avaient deux possibilités pour atterrir : Rainbow square ou les Gullies. Le Boeing CH-47 était une sorte d'hélicoptère militaire de transport. Comme on l'avait expliqué à Coleman, ils pouvaient en général accueillir entre trente-cinq et trente-huit soldats. Nous n'étions plus que cent soixante-quinze, dont quatre-vingt-quatorze enfants : le capitaine qui dirigeait la mission avait estimé deux voyages allers-retours pour chaque avion.

Ils décidèrent que la Rainbow square était l'endroit le plus facile, car large et sans obstacle. Je montai avec Susan dans le fuselage du troisième hélicoptère, le deuxième tour du premier Boeing pour être claire. Quand le véhicule à pales de rotor s'éleva, j'éprouvai un sentiment de légèreté. De libération. Je n'avais jamais volé, le maximum que je m'étais permis était un saut de trois mètres depuis la pointe d'une falaise.

Par l'un des hublots, j'aperçus Joylet, elle ressemblait à un gâteau géant inondé de chantilly. On reconnaissait les toits et la structure édentée du pont en ciment. Un peu plus loin, les Gullies avec leur cimetière et ses plates-formes qui, je l'espérais, n'accueilleraient plus de dépouilles. Ce village méritait d'être rasé, tout comme l'avait précédemment fait Fred Hutchison avec les chaumières des bûcherons. La nouvelle des cinquante-neuf victimes, en comptant Nelda probablement morte d'une attaque cardiaque, allait envahir les premières pages des quotidiens et des journaux télévisés mondiaux.

Cinquante-huit homicides et une meurtrière en cavale. L'idée que parmi les cent soixante-quinze personnes qui étaient montées à bord du Boeing CH-47, pouvait se cacher l'inhumanité d'une femme sans pitié me fit dresser les poils. Je serrai Susan contre moi, elle m'adressa un regard.

Elle souriait.

Le voyage dura moins d'un quart d'heure. Nous atterrîmes dans la clairière de la Raw Coal. Depuis le vendredi, nos maris séjournaient non loin de la mine de charbon.

Les pneumatiques de l'hélicoptère plongèrent dans la neige. Dès que les rotors finirent de mouliner, je descendis d'un bond et aidai Susan. Je vis Chris, il avait les mains dans les cheveux. Il courut vers moi au risque de glisser. Il m'embrassa sur les lèvres, encore et encore, et serra mon visage dans ses mains, il avait les yeux brillants.

– Comment tu vas ? me demanda-t-il tandis qu'il continuait à me caresser et à me couvrir d'attentions.

– C'était affreux. Violet, Leonor... dis-je en me retenant de pleurer. Un cauchemar. Il y avait des morts partout.

– Je sais. À la télé ils ne parlent que de ça.

Nous nous dirigeâmes vers le bungalow de Chris, le long de la route nationale. Grâce aux godets des chasse-neige la circulation avait repris son rythme habituel. Nous traversâmes la route. Susan s'éloigna, attirée par un petit chien qui rôdait dans les tas de neige.

– Comment elle va ? me demanda Chris, se référant à la fillette.

– Elle a sept ans, elle aura le temps de soigner ses blessures.

Nous dépassâmes Amanda Rosberg et ses filles. Un peu plus loin il y avait Sasha Mikeller.

– Dave arrivera dans l'après-midi, m'informa Chris. Mat sortira de l'hôpital demain, mais le père veut passer la nuit avec eux. Comme que le réseau routier est potable, il passera prendre Sasha et l'emmènera à l'hôpital de Wilkes-Barre.

– Il fait bien, répondis-je d'un ton plat.

Dans les difficultés, ils me paraissaient tous meilleurs. Chris me fit entrer.

– Attends, ne referme pas. Il y a aussi Susan.

Je me penchai et l'appelai. La petite arrêta de caresser le chiot.

– Susan ?

– Oui, il faut qu'on en parle.

– Dans quel sens ? me demanda-t-il le regard assombri.

– Elle n'a plus de parents, elle n'a ni grands-parents ni aucuns membres de sa famille qui puissent l'élever.

– Tu n'es pas en train de penser à… Je lui mis une main sur le bras.

– Si, Chris. C'est une petite fille intelligente, gentille. Elle ne nous posera pas de problème.

Au même moment, Susan surgit devant le bungalow, suivie par le chiot qui remuait la queue. L'animal avait la langue pendante.

– On peut le garder, Ethel ?

Je cherchai du regard mon mari. Son expression était similaire à celle d'un boxeur sur la corde, dans l'attente du poing qui le mettrait sur le tapis.

EXPIATION

La mort est miséricordieuse car elle est sans retour, alors que pour celui qui est sorti des profondeurs de la nuit, conscient et désemparé, il n'y a plus de paix.

Tiré de l'incipit de la nouvelle *Hypnos*
de Howard Phillips Lovecraft.

51

Aujourd'hui, 29 novembre 2014 (Atmore, Alabama)

C'est une journée plutôt chaude dans le comté d'Escambia. On dirait plutôt une journée de mi-printemps que de fin de novembre. L'agent Hector Marcado s'est accordé une pause ; désormais il connaît sur le bout des doigts les mots de ce qu'écoutent et regardent les deux autres dans la salle de contrôle. Il sort sa dernière Winston du paquet, celle qu'il laisse habituellement à l'envers du côté du filtre. *La cigarette porte-bonheur.* Il frotte une allumette et l'allume en faisant bouclier avec la main pour que la flamme ne s'éteigne pas. Il aspire. La fumée qu'il recrache forme un petit nuage qui se perd dans le ciel bleu azur de l'Alabama.

Hector est à l'ombre, au bord du mur d'enceinte qui délimite la zone où les détenus passent leur heure à l'air libre. Sa carrière de gardien de prison touche à sa fin. Que peut connaître ce débutant, Brandon Puckett, des violences, des difficultés et des horreurs auxquelles lui a assisté dans les prisons du sud des États-Unis ?

Hector est d'origine mexicaine, ses traits et sa peau cuite par le soleil sont ses marques de fabrique. Mais il n'aime pas se laisser pousser la moustache, comme le font pourtant la plupart des hommes de ce pays pour afficher leur virilité.

Hay que ser hombre machin[1].

Il termine sa cigarette en tirant une longue bouffée, la jette à terre et l'écrase avec le talon de sa botte. Dans une poubelle du couloir, il jette le paquet de Winston et va aux toilettes. S'il le peut, il se lave les mains après avoir fumé. Il presse sur le bouchon doseur du porte-savon et se rince sous le jet du robinet. Le miroir à moitié cassé est devenu son pire ennemi : loyal et sincère, mais bâtard. Encore aujourd'hui, il donne sa sentence : *mon cher Hector, tu es en train de pourrir.* Les ridules autour de ses yeux sont le signe le plus évident de l'inéluctabilité de la vieillesse. La peau ridée de son cou le fait ressembler à une tortue.

Il écrase le bouton rouge du sèche-mains électrique et y passe rapidement paume et revers, et sort des toilettes réservées au personnel de la William C. Holman Correctional Facility, prison située à un peu moins de neuf kilomètres au nord d'Atmore.

De retour dans la salle de contrôle, Hector trouve l'agent Brandon Puckett en pleine conversation avec le docteur Clegg, psychologue pénitentiaire, qui a suivi personnellement le cas du triple homicide de Tuscaloosa.

Sur son bureau, deux cartons à pizza sont ouverts.

– Tu veux une part, Hector ? lui propose le docteur Clegg.

Tomate oignons ou légumes ?

– Non, merci, répond le vieil agent. Au fait, il s'est rétabli, le garçon ? dit-il en parlant à Puckett.

– Il est encore pas mal secoué. Il a croqué un bout de légumes, mais n'a pas pu continuer.

– C'est invraisemblable, s'immisce Puckett d'un ton incertain – on dirait que quelqu'un lui a râpé la langue et les cordes vocales – je ne peux pas y croire.

– Il fait ça depuis le jour de son arrestation, lui confie le psychologue. C'est arrivé pendant l'été il y a deux ans.

1. Il faut être un homme macho.

– Mi-août, si je ne me trompe pas, précise Hector Marcado. Une personne désemparée, incapable d'articuler une phrase sensée. Le travail psychologique effectué par le docteur Clegg a été fondamental. En l'espace de cinq jours, il a admis être l'auteur du triple délit.

Brandon Puckett tient dans ses bras une petite pile de feuilles épinglées.

– Mais… ça ne respecte pas le scénario dans sa totalité.

– Je te l'ai déjà dit, Puckett.

Tous trois lèvent les yeux en direction des deux écrans qui montrent les images de la cellule numéro sept, celle qui fait partie du couloir de la mort du pénitencier William C. Holman. Une structure carcérale bondée, construite pour accueillir cinq cent quatre-vingt-un prisonniers, mais qui, en ce moment en accueille plus de mille. La numéro sept est une petite pièce dotée d'un lit une place, d'un petit meuble et d'un WC dans le coin. La lumière artificielle tremblote, mais le personnel ne changera le néon qu'après l'exécution capitale de l'après-midi. Les murs non plus ne sont pas au meilleur de leur forme ; une fissure visible à l'œil nu longe le petit meuble et il y a de la poussière et de la saleté partout.

Christopher Goldwyn est assis sur son lit de camp et fixe le plat de céramique vide. Il a bien apprécié, son dernier repas. Saumon cuit au four avec des grains de poivre rose et des pommes de terre dorées four, son ultime souhait. Près de lui, les cinq cahiers que sa femme a écrits de sa propre main.

Les homicides d'Ethel Goldwyn, Susan Rivera et du petit Steven ont signé sa condamnation à mort. Les faits sont survenus le 13 août 2012, et aujourd'hui, à dix-neuf heures zéro cinq du 29 novembre 2014, Christopher Goldwyn quittera ce monde par la main d'un bourreau.

Pour toujours.

– Goldwyn et sa femme vivaient dans des maisons séparées, à dix kilomètres de distance car il n'avait jamais accepté la volonté d'Ethel d'adopter la petite orpheline, Susan Rivera. Les années, les décennies ont passé, mais la situation ne s'est jamais arrangée. Goldwyn refusait de reconnaître Susan comme sa fille.

– Les dix-huit premiers mois, les conjoints Goldwyn et la fillette ont vécu sous le même toit, à Tuscaloosa, continua Clegg. Mais il a fini par s'en aller de la maison en 1984. Depuis cinq mois il avait commencé à travailler pour une compagnie théâtrale, et avait eu bien plus de chance que dans le passé. Il gagnait bien sa vie, mais la situation familiale ne s'était pas améliorée. Ethel était ferme sur sa décision, et pendant ce temps, Susan grandissait. Les rapports entre les conjoints se sont détériorés, même s'ils continuaient à s'appeler et à se voir. En décembre 2010, Christopher a perdu son travail de comédien. Il a quand même réussi à glaner quelques dollars par-ci par-là en donnant des petites représentations dans des clubs, comme imitateur. Mais l'argent ne suffisait pas, les fantômes de sa jeunesse ont refait surface et il a commencé à boire. En août il y a deux ans, il s'est présenté chez sa femme. Ethel n'était pas là, je crois qu'elle était sortie pour faire la révision de la voiture. Chris a trouvé Susan et Steven… et il les a tués.

L'agent Puckett est au courant de tout, car il a lu le dossier. Il sait qu'au retour de sa femme, Goldwyn s'est prosterné à ses pieds en lui demandant de se remettre avec lui. Dans son esprit malade, le problème était résolu : ce serait de nouveau possible, vu que Susan et l'enfant n'étaient plus là. Sur le coup, Ethel n'a pas totalement compris la folie de Christopher. Il l'a donc traînée lui-même dans les chambres de sa fille et de son petit-fils. Susan avait été égorgée, tandis que Steven était mort étouffé avec un sac plastique fermé par d'un serre-câble en nylon. Ethel a réagi impulsivement et s'est enfermée dans sa propre chambre. Elle a contacté la police avec son téléphone portable. Mais sa fuite n'a duré que quelques minutes, car l'homme, habile et rapide, a fait sauter la porte et l'a étranglée avec un drap.

– Mais comme tu le sais, Puckett, dès que la nouvelle a été donnée aux journaux télévisés locaux, et nationaux, nous avons reçu trois appels.

– Trois survivants du massacre de Joylet, commente le docteur Clegg, portant à sa bouche un morceau de pizza aux légumes.

52

Le massacre de Joylet en 1983, l'une des plus sanglantes pages de chroniques noires dans l'histoire des États-Unis d'Amérique, est entré dans les annales comme un cas irrésolu. Cinquante-huit victimes qui n'ont pas connu leur bourreau. À l'époque, les survivants ont été transportés dans la zone de la Raw Coal à bord de deux hélicoptères militaires. Le jour suivant, des interrogatoires méticuleux ont commencé. Ils ont été retournés comme des chaussettes un par un. Les Cox, les Hutchison, Ethel Goldwyn, mères et enfants. Plus d'une fois. Personne n'a été épargné par cette rafale de questions. Les déclarations se ressemblaient, quelques-unes divergeaient, mais un point les reliait : le tueur était une femme. Et pourtant, seul Joe Jack avait entendu sa voix en personne.

– Ce n'était pas une femme, confirme l'agent Hector Marcado. C'était un homme. Mais jusqu'à il y a deux ans ce massacre avait été étiqueté comme l'œuvre extrême d'une meurtrière atroce. On l'avait surnommée la « Vieille Sorcière ».

La Vieille Sorcière.

– Des prélèvements avaient été effectués dans les maisons, sur les corps. Joylet avait été examinée sous tous les angles, mise sens dessus dessous, afin de retrouver un indice qui puisse permettre de coincer la coupable de ce massacre. Des efforts gaspillés pour rien. Le coupable était un homme. Un très bon imitateur.

Le docteur Clegg acquiesce. Il enlève ses petites lunettes et se masse les paupières. Finalement, cette histoire horrible va s'achever cet après-midi.

– L'assassin a été propre, comme guidé par une entité supérieure, un savant du crime. Pas même une putain d'erreur, une faille. Rien de rien.

– Christopher Goldwyn, dit l'agent Puckett.

– C'est ça. Il faut remercier ces trois appels téléphoniques. Nous aurions difficilement relié ce triple homicide de Tuscaloosa au massacre de Joylet, des faits advenus il y a trois décennies qui coïncident avec les écrits de Madame Goldwyn.

Les trois témoins qui ont contacté la police sont deux dames âgées, Rosa Hill et Carol Mullins, ainsi qu'un maître d'école de Green Bayle, un certain Jacob Cox. Les informations fournies aux forces de l'ordre ont été fondamentales pour réunir les deux affaires. Ces trois-là ont cohabité avec les mêmes cauchemars, pendant des années et des années : des mères massacrées et des enfants étouffés.

– La scientifique a trouvé les cinq cahiers d'Ethel Goldwyn, une sorte de journal intime divisé en cinq épisodes. Une preuve qui n'existait pas en 1983 parce que la femme avait gardé ses écrits secrets. Elle n'en avait pas même parlé aux détectives. Ce n'est qu'en 2012 que les enquêteurs ont pu procéder à des vérifications en croisant les témoignages de Rosa, Carol et Jacob, les notes d'Ethel et le *modus operandi* de Christopher Goldwyn.

– C'est ainsi que j'ai commencé le *vrai* travail sur Goldwyn, intervient Clegg. Un travail difficile, si on le compare au précédent. Nous avons fait des séances journalières. Il m'a fallu un certain temps pour fouiller dans son psychisme, retracer les fragments d'un passé que l'accusé semblait avoir égaré. Il avait tout effacé, il ne se souvenait que de son séjour à Joylet, de la mine et du motel. Mais il était plus que convaincu de n'avoir fait de mal à personne, pas même à une mouche. Et je vais te dire, Puckett, même moi il m'avait persuadé. C'est seulement plus tard que j'ai compris qu'il bluffait. Goldwyn, ce misérable, est un foutu joueur de poker.

Le docteur Clegg remet ses lunettes et demande à l'agent Puckett de lui passer les documents qu'il a posés sur ses cuisses. Le psychologue pénitentiaire feuillette pendant un moment, jusqu'à retracer le point exact.

– Le retournement est advenu le 17 octobre 2012, deux mois après son arrestation. Goldwyn a été mis au courant pour les cahiers de sa femme et il a réclamé que nous les lui rendions. Une étrange requête, si l'on y pense bien. Mais pas tant que ça non plus, étant donné que ce jour-là, Ethel, si elle avait encore été vivante, aurait fêté son cinquante-neuvième anniversaire. Un homme *nostalgique*.

– Je les lui ai apportés en personne. La police a gardé deux copies des textes dans ses archives. Les originaux ont été examinés et épluchés dans les moindres détails, précise Hector Marcado. Je suis entré dans la cellule et je les ai posés sur un petit meuble. À partir de là, Christopher Goldwyn a commencé le premier acte de sa comédie.

Une pièce de théâtre jouée au moins une fois par mois. L'homme en proclame le début imminent, en s'approchant de l'une des deux caméras de vidéosurveillance que le directeur de la prison a fait installer dans la cellule numéro sept. D'un seul coup, Goldwyn se glisse dans la peau des trois personnages, et en imite les voix : Ethel, Steven et Susan. Sa petite mise en scène prévoit un dialogue fictif entre la grand-mère et le petit garçon, de temps en temps la fille adoptive s'immisce également dans les discours. Les dialogues ne sont pas toujours identiques. Aujourd'hui, par exemple, il a inséré la scène du saumon et des pommes de terre, parce que le gardien les lui avait servis pendant sa scène. Pour résumer dans les grandes lignes, le script créé par Christopher prévoit une phase introductive où l'enfant découvre les cahiers et demande avec insistance à sa grand-mère de les lui lire. À ce moment-là, le timbre de voix de Goldwyn change : du ton enfantin de Steven il passe à celui plus mature d'Ethel. Les mots s'écoulent, tels que les a transcrits sa femme, si ce n'est…

– Dans ces passages, Goldwyn y ajoute sa touche personnelle, signale Clegg à l'agent Puckett en faisant glisser son doigt sur une ligne précise du premier cahier.

Tu souffriras pour toujours…

Ethel a écrit « tu souffriras pour toujours » et non « tu dormiras pour toujours » comme le déclare et le modifie Christopher. Le psychologue passe au troisième cahier : Obscurité. Et retrace l'un des points centraux.

Tu les feras tous souffrir. Ton mari et tes parents.

Les enfants sont les manifestations de la joie… et les mères sont des femmes heureuses.

Pourtant, dans sa pantomime, Goldwyn a transformé ces pensées en paroles de mort. « Ils dormiront tous. Les enfants tels des chrysalides… et les mères baignant dans leur sang. »

– Les hallucinations, convient l'agent Puckett. Je l'ai suivi pas à pas. Je parcourais le texte du regard, pendant que le détenu parlait. Dans ces parties, le texte ne coïncidait pas avec ce qu'il disait, et même les comportements de sa femme étaient différents. La scène au cimetière, celle du Téléphone Bavard, par exemple. Ethel a reporté sur le papier avoir entendu quelque chose au-delà du combiné. Mais ça s'arrêtait là. Le mari en revanche a exagéré. Écoute, là.

Il rembobine la bande d'enregistrement jusqu'à 7.43 minutes.

Extrait de l'enregistrement à l'intérieur de la cellule numéro 7.

Le combiné émit un bourdonnement confus, un murmure

« Ethel… Ethel… Ethel… elle te cherche. »

Succession d'éclairs. Coups de tonnerre. Le vent se leva.

– Qui ? Qui me cherche ? demandai-je le souffle court.

– Adèle… elle est là, avec moi. Elle veut te parler.

Silence.

L'eau pluviale, la sueur et les prémices d'une larme se mélangèrent sur la peau tendue de mon visage.

– Allô ? Allô ?

– Ethel… le timbre de voix avait changé, ce n'était plus celui d'un petit garçon. C'était une fille. Ethel, pourquoi ?

– Adèle, c'est toi ?

– C'est trop tard à présent, tu comprends ?

J'éclatai en sanglots, le combiné écrasé contre ma joue.

– Pour quoi ?

– Ils mourront tous…

– Qui ? De qui parles-tu, Adèle ?

– Justement ! reprit le docteur Clegg. Ethel souffrait d'hallucinations auditives, rarement visuelles. Certaines ont été reportées dans ses cahiers. Mais Christopher les a romancées, amplifiant et déformant le problème de sa femme. De plus, il a été vérifié qu'Ethel abusait de la pémoline. Ce médicament a été retiré du commerce en 2005 à cause de sa toxicité au niveau hépatique. Parmi les effets secondaires, on dénombrait également des phénomènes hallucinatoires. Ignorant sa nocivité, Ethel en prenait comme anorexigène. Cela explique pourquoi, quand son mari l'a emmenée voir un neuropsychiatre, on ne lui a rien trouvé. Elle n'était pas schizophrène. Sa plus grande erreur a été celle de ne dire à personne qu'elle prenait des pastilles de pémoline. Elle l'avait même caché à son médecin. A posteriori, je ne suis pas en mesure de faire un diagnostic précis sur la santé mentale de cette pauvre femme, elle était, sans doute, un sujet anxieux de base. Et la disparition de sa sœur avait aggravé ce trait de caractère déjà fragile. Elle ressentait le manque de sa frangine, et la problématique s'est élargie à tous les domaines de sa vie. Aspect physique inclus.

Pendant qu'il l'écoute, l'agent Marcado s'est installé à côté de son jeune collègue, entre eux il y a une différence d'âge de trente-deux ans. Hector frotte les rides de son cou.

– Ce connard a une putain de voix dans le cerveau. Tu le savais, Puckett ? lui demande-t-il subitement.

Brandon plisse les yeux, puis il se retourne vers Clegg pour lui demander de clarifier.

– C'est exactement ça. Il y a plus d'un cas comme celui-là : des femmes qui noient leurs propres enfants parce qu'elles doivent se soumettre au vouloir des extraterrestres, des personnes qui réussissent à tirer sur des innocents en croyant que leurs propres parents ont « changé de visage » seulement pour les faire douter. Et puis il y a Christopher Goldwyn, un homme schizophrène qui entend des voix. *Une* voix, pour être précis, *l'Autre*. Mais en même temps il a été habile, juste ce qu'il fallait, pour réussir à masquer sa maladie. À tous. Du moins, jusqu'il y a deux ans.

– Tu parles de la fois où il a mentionné le démon ? demande le jeune policier.

– Tout à fait, Brandon. Mais aussi dans le chapitre suivant, quand il identifie sa « voix » cérébrale avec *l'Autre*, justement.

Clegg tourne les pages.

– Dans les enregistrements de sa mise en scène, Christopher dit : « Ils sont comme la peste. Enfants et génitrices. Progénitures et putains du diable. Joylet est la demeure du démon. » ou encore dans le chapitre suivant : « *L'Autre* avait abattu la barrière des soldats et avançait imperturbable, il était en train de s'infiltrer dans les bas-fonds de ma matière grise. » Mais tu as remarqué ce qui est écrit là ?

Le psychologue tend le cahier vers le garçon, de façon qu'il puisse lire ce qu'a écrit en réalité Ethel. La femme se trouve dans la chambre froide de la boucherie de Bob Hutchison et a eu une petite crise de panique et des hallucinations auditives.

– Rien ! La femme se trouve entre les quarts de bœuf, elle a la tête qui tourne, elle perçoit une voix lointaine. Puis, elle s'évanouit.

– Exactement : rien. Son mari a inventé ce passage de toutes pièces.

– Mais alors, si cet homme est schizophrène, dit-il en passant le doigt sur l'écran où se détache le visage de Goldwyn, désormais sexagénaire. Il ne devrait pas être enfermé dans un centre pour malades mentaux ?

Le docteur Clegg nie fermement.

– Partons de la supposition qu'être fou n'implique pas d'être à l'abri de la peine capitale. Dans notre cas elle lui a été infligée pour le triple homicide de Tuscaloosa, car il a admis lui-même ses fautes et a été déclaré pourvu d'une volonté libre et d'une intelligence lucide. Même s'il a copié le *modus operandi* d'il y a trente ans, il était lucide. Peut-être légèrement bourré, mais il était conscient de ce qu'il faisait. Contrairement aux homicides de Joylet qui, peut-être, ont été une conséquence de sa psychose.

– Selon vous, Docteur Clegg, l'aurait-on exécuté sans le massacre de Tuscaloosa ?

Le psychologue pénitentiaire attend un peu avant de répondre.

– Je n'en mettrais pas ma main à couper, mais je pense que sa maladie mentale serait passée au second plan face aux cinquante-huit victimes. Il ne serait pas le premier, Brandon.

L'agent Marcado pointe son index vers Puckett.

– Tu es intelligent, mon gars, le complimente-t-il. Mais il y a un trou énorme dans toute cette histoire.

Le jeune redresse le col de sa chemise. Bien sûr qu'il y a un trou béant dans cette affaire, c'est évident. On pourrait même dire que c'est un gouffre.

– Comment a-t-il pu arriver jusqu'à Joylet, ce tas de merde ? Tu te rappelles qu'il se trouvait dans un motel avec les autres mineurs, à des kilomètres et des kilomètres du village. De plus, le pont s'était écroulé et il y avait plus d'un demi-mètre de neige, si on se réfère à ce qu'a rapporté Madame Goldwyn dans ses cahiers.

L'agent Puckett reste un instant à ruminer. Il essaye de raisonner, sans réussir à se donner une explication logique.

– Je n'en ai aucune idée. Comment a-t-il fait ?

Marcado s'installe sur le fauteuil et lui explique.

En relisant les notes d'Ethel, son mari lui a téléphoné deux fois. La première fois, il la met au courant de l'impraticabilité des routes, à cause de la neige et que donc, lui et les autres mineurs logeront dans les bungalows du motel. La deuxième fois, il voulait savoir ce qu'il en était du pont. Mais, à la différence du premier appel, sa femme n'entend pas le brouhaha de fond de ses collègues. Il y a un silence irréel. Pourquoi ? Parce que Goldwyn est seul et, surtout, parce qu'il n'appelle pas du motel. Il est dans la maison de Joseph Walker. Donc, à minuit et quart du 8 janvier il est déjà à Joylet.

Revenons en arrière : à vingt heures, le sept janvier, Christopher Goldwyn quitte son logement de fortune en catimini. Ses collègues sont fatigués, barricadés dans leur propre bungalow. Avant de sortir, il écrit un petit mot qu'il laisse sur la table. Et, détail non des moindres, il ne ferme pas sa porte à clef. Sur ce morceau de papier, il a écrit qu'il est allé à la mine, où il fait croire qu'il y a oublié des objets de valeur. Son espoir repose sur le fait que les autres dorment et ne se rendront compte du message que le lendemain matin. Ils n'auraient jamais pu remonter à l'heure exacte où il avait écrit ces mots.

Et c'est comme ça que ça se passe.

D'ailleurs, pour la réussite d'une mission, on a toujours besoin d'une petite dose de chance, non ?

Le seul moyen qu'il a pour rejoindre Joylet est de se faire transporter par un des chasse-neige en service. Du moins jusqu'à un certain point. Il est donc sorti à vingt heures non pas par hasard, mais parce qu'il a repéré les phares géants de l'un de ces véhicules.

Et qui est au volant de cette grosse bête orange ? Jimmy Reed. Grâce à un prétexte lié à sa femme, Christopher est monté dans la cabine de Jimmy qui l'a laissé devant le numéro trois de White Smoke. Mais Goldwyn n'est pas rentré chez lui, il a continué tout droit jusqu'à la baraque en bois de Joseph Walker. Les évènements suivants, l'écroulement du pont et la mort de Jimmy, ont de nouveau joué en sa faveur.

Ce qui se passe à partir de là, vous le savez déjà.

Ah, et le trousseau de clefs de Coleman ? Il l'a volé au cours des festivités du 5 janvier au Whiner Squonk. Lors d'un échange de propos enflammés entre Fred Hutchison et le même Coleman Cox, un soir d'automne, il avait eu connaissance de l'endroit où il gardait le trousseau des canalisations et des bouches d'égout.

Pour ce qui est de son retour, après s'être rendu compte qu'il était traqué par Coleman et Bob, il a échappé à la filature des deux cousins en laissant la bouche d'égout des Powell ouverte. Grâce à cette diversion, il s'est dirigé vers Lynwood et s'est enfermé dans la vieille cabane de Walker en bordure de forêt. Le lendemain matin, en s'orientant avec la mini boussole de sa montre, il a parcouru quelques kilomètres en longeant le précipice qui donnait sur le Susquehanna, du côté ouest de Lynwood. À un certain point, le fleuve déviait pour laisser place à la route départementale, proche de la pompe à essence des Bennett. Une fois à la station-service, il n'a pas eu de difficultés à monter en voiture avec un couple d'adolescents qui rentraient à Wilkes-Barre. Il était sept heures du matin, le lundi 10 janvier. Depuis plus de vingt-quatre heures les chasse-neige avaient repris leur circulation et les routes étaient désencombrées.

Goldwyn est descendu de la voiture, mais il n'est pas rentré au motel, parce que c'eût été trop suspect. Ainsi, il s'est dirigé vers la Raw Coal, et a trouvé refuge dans le niveau le plus haut de la mine : la zone des toilettes et de l'entrepôt. Ses collègues l'ont retrouvé là, recroquevillé par terre, à côté d'un bidon en métal où Goldwyn avait fait brûler ses haillons. Quand ils l'ont réveillé de son sommeil mensonger, il a répondu qu'il avait passé deux jours en enfer. *Mieux valait rester ici au sec que de s'aventurer là dehors, où il y avait de la neige de partout,* s'était-il justifié.

– Un plan tortueux, constate Puckett.

– Et chanceux, ajoute Marcado.

Le docteur Clegg n'est pas tout à fait d'accord avec les deux autres.

– Je ne voudrais pas vous contredire, mais je crois que la voix qui s'était installée dans la tête de Goldwyn, *l'Autre*, avait une intelligence *propre* et qu'elle était dotée d'une ingéniosité hors du commun.

– Hein ? ! Mais le cerveau n'est pas le même ?

– Si, mais le cerveau humain a encore des côtés obscurs. Ces mêmes voix peuvent être le reflet d'aptitudes endormies chez un individu. Une exaltation de la fourberie. Et je pense que Goldwyn a tiré le meilleur parti des situations qui se sont présentées. Si Jimmy Reed n'était pas passé par là, rien ne dit que Christopher n'aurait pas tout de même mis son plan à exécution. Il l'aurait résolu d'une autre manière, croyez-moi. Peut-être conduit par le chasse-neige d'un autre. Il serait descendu chez les Bennett et serait arrivé à Joylet par la forêt. C'eût été plus ardu, avec un parcours plus difficile, mais il y serait arrivé. J'en suis convaincu.

Épilogue

Aujourd'hui, 29 novembre 2014 (Atmore, Alabama), une heure avant l'exécution.

Christopher ! Christopher, tu m'entends ?

– Qu'est-ce que tu veux ? rétorqué-je à cette voix lointaine.

L'Autre a été mon commandant suprême, mon mentor.

Aujourd'hui nous allons nous séparer...

– Non ! Tu viendras avec moi, lui dis-je alors qu'un déraillement de clef m'écorche les tympans.

Ce bronzé de Marcado vient me chercher. Il me l'a promis. La mise à mort est fixée pour dix-neuf heures cinq.

Moi, Christopher Goldwyn, je serai exécuté par un beau mélange de venin liquide.

L'injection létale : « la plus humaine des condamnations à mort » comme l'a définie une bande de spécialistes blagueurs. Rien que d'y penser, j'ai envie de rire : une condamnation à mort reste une condamnation à mort ! Un point c'est tout !

Oui, on pourrait rester ici à débattre sur le fait que ce soit un moyen étique ou non. Parce que je ne sais pas jusqu'à quel point un homme peut être moins coupable que moi, comme ce bourreau pseudo-anesthésiste, qui dans une heure m'injectera trois substances différentes dans les veines. Le Penthotal, comme puissant barbiturique. Puis le Pavulon, qui permettra un relâchement musculaire en paralysant mon diaphragme. Et enfin, le chlorure de potassium, le coup de masse final qui m'offrira un bel arrêt cardiaque. En gros, d'abord ils m'abrutiront complètement pour ensuite me tuer lentement en annihilant chacune de mes fonctions vitales.

Je ne suis pas toi, Christopher. Je ne fais même pas partie de ton cerveau. Je m'évaporerai bien avant que l'aiguille ne t'effleure la peau. Je n'ai pas de temps, je n'ai pas de forme. Je suis le néant qui s'insinue dans les têtes périssables et qui se nourrit des faibles. Mais je veux te demander une chose…

– Quoi ?

Pourquoi as-tu porté le chapeau pour la mort du nègre ?

– Joseph Walker ?

Ce n'est pas toi qui l'as tué. Je ne t'ai jamais ordonné d'assassiner les hommes adultes.

– Je sais.

Et qui pourrait l'avoir fait alors ? *Tu ne te l'es jamais demandé* ?

La porte de la cellule numéro sept s'ouvre en grinçant. L'agent Hector Marcado entre. Derrière lui, un jeune homme transpire à grosses gouttes, il porte le même uniforme que le Mexicain sans moustache.

– Puckett, viens là, intime le vétéran au bleu.

– Je ne sais pas, murmuré-je à *l'Autre*, en grattant avec insistance le creux de mon bras qui accueillera la piqûre mortifère. Mais quand j'ai trouvé le corps de Cyclope, je me souviens que dans l'air il y avait une odeur douceâtre. On aurait dit de la barbe à papa.

Remerciements

C'est le 25 décembre. Étrange hein ?

Cela semble presque poétique d'écrire des remerciements le jour même de Noël. Dommage qu'au-dehors on se croie au printemps. La neige est une utopie. Il y a du soleil, la température frise les quatorze degrés. Mais vous savez quoi ? Cette météo capricieuse va comme un gant avec le livre que vous venez tout juste de lire. En effet, d'une certaine façon *Blackout* est un thriller étrange, je le définirais presque comme un pari.

Je suis conscient du risque encouru. Tout comme je sais que le risque fait partie du métier. De n'importe quel métier.

Mais trêve de bavardages maintenant : je dois vous remercier, non ?

Quand j'arrive aux « remerciements » je suis touché par le syndrome de la page blanche. Je voudrais tous vous remercier, mais je me rends compte que je n'en suis pas capable. Je suis maladroit et je risquerais d'oublier certains d'entre vous.

J'ai pensé à une nouvelle astuce : je laisse cette corvée à mes pensées. Je les laisse en suspension. Elles sont là, elles se chevauchent, se volent un centimètre cube d'air entre elles. Et je pense à vous, un par un. Je sais que mes ondes cérébrales vous arriveront, où que vous soyez. Le temps d'un instant, nous rentrerons en contact, et ce sera un contact qui prendra forme, il se manifestera de différentes manières. Mais le sens ne sera qu'un : merci !

Ce livre a en réalité déjà sa dédicace spéciale. Vous l'avez lue sur la page d'ouverture.

Bien que j'écrive des lignes et des lignes, je n'ai jamais été doué avec les mots lorsqu'il s'agit d'extérioriser l'amour.

J'aime ma famille.

Et donc merci pour ce que vous avez fait, ce que vous faites encore et ce que je sais que vous ferez pour moi.

Vous êtes mon immensité !

M+ éditions
6 rue Masséna
69006 Lyon
mpluseditions.fr.

Imprimé en France par
CPI Bussière
en octobre 2024
N° d'impression : 2080868